LA LEY DEL AMOR

LAURA ESQUIVEL

LA LEY DEL AMOR

grijalbo

LA LEY DEL AMOR

© 1995, Laura Esquivel

Dibujo de historieta, portada y contraportada:
Miguelanxo Prado

D.R. © 1995 por EDITORIAL GRIJALBO, S.A. de C.V.
     Calz. San Bartolo Naucalpan núm. 282
     Argentina Poniente 11230
     Miguel Hidalgo, México, D.F.

ISBN 970-05-0517-0

IMPRESO EN MÉXICO

A Sandra

A Javier

Instructivo

Como ya habrá notado, este libro viene acompañado de un compact disc. Así es que si usted no dispone de un aparato para escuchar su compact disc, espero que al menos tenga a la mano una buena vecina o vecino, según sea el caso, para pedirle prestado su aparato y poder proceder a la utilización del libro.

Se preguntará también por qué demonios se me ocurrió esta idea. Procedo de inmediato a explicar mis razones.

En esta novela la música forma parte importante de la trama porque yo estoy convencida de que la música, aparte de provocar estados alterados de conciencia, tiene el poder de sacudirnos el alma favoreciendo con ello la remembranza. Por tanto, la música lleva a mis personajes a revivir partes importantes de sus vidas pasadas. Desde que ideé la novela quise que mis lectores vieran y escucharan lo mismo que mis protagonistas. La manera que encontré para lograrlo fue por medio de imágenes y sonidos específicos. En el libro se encontrará con partes en las que la narración se da a través del cómic, sin diálogo. En esas partes usted verá junto al texto un pequeño número que corresponde al de la pista del compact que se debe escuchar mientras se contemplan las imágenes.

Instrucciones para escuchar la música clásica

No puede haber unas instrucciones para todos, pues sé muy bien que no todo el mundo está familiarizado con el mismo tipo de música. Para empezar hay tres grandes categorías de público: los que aman la ópera, los que nunca en su vida han escuchado ópera y los que de plano detestan la ópera. En cada caso el procedimiento va a variar como a continuación se explica:

Para los que aman la ópera

Si usted se encuentra en esta categoría, de seguro no sólo conoce muy bien la letra de las arias y los duetos sino que hasta se los sabe de memoria y los tararea en la regadera de vez en cuando. Usted puede ver sin problema las imágenes del cómic al mismo tiempo que escucha la música. Sin embargo, lo único que le pido es que se olvide por un momento de la historia a la que estas arias originalmente pertenecen. Por ejemplo, si escucha el dueto de amor de *Madame Butterfly* no lo relacione con el último montaje que vio en Bellas Artes o en la Metropolitan de Nueva York, según sea el caso, ni piense si en ese momento Butterfly estaba sentada en el piso y con Pinkerton sobre ella, o algo por el estilo. Sólo preste atención a la música y relaciónela con las imágenes del cómic hasta que se le ponga toda la piel de gallina.

Para los que nunca han escuchado ópera

Si se encuentra en esta categoría, es posible que usted nunca la haya escuchado porque pensaba que esa música era exclusivamente para gente *snob*, o porque nunca le llamó la atención o porque le molestan las voces agudas o porque cuando era niño nunca lo pusieron a escuchar este tipo de música o, de plano, porque no se le ha dado la gana hacerlo. Está bien. Lo respeto. Pero le aseguro que, tal y como me pasó a mí, pasó a mí, después de escucharla por primera vez le puede gustar. El chiste es entrarle sin prejuicio. Olvídese del odiado vecino que la ponía a todo volumen los domingos por la mañana y le provocaba pesadillas. A usted le sugiero especialmente que primero escuche una o dos veces el aria o el dueto antes de ver el cómic; después que vea el cómic siguiendo la letra del aria y leyendo los subtítulos y, por último, que repita la operación tratando de que la música y la imagen sean una sola cosa.

Para los que de plano detestan la ópera

¿Qué les puedo decir? Sé que de entrada se van a resistir a escuchar el compact disc. Pero, para su consuelo, alternadamente con la ópera he incluido varios danzones que estoy segura van a ser de su agrado. Si esto no es suficiente para animarlos, por qué no piensan que están participando en un experimento nunca antes visto y que van a escuchar la música viendo las imágenes nada más para ver qué se siente o, si fueran ustedes creyentes, ¿por qué no ofrecen su sufrimiento a Dios o a favor de los niños desamparados? O, no sé, de seguro con un poco de imaginación ustedes podrán encontrar buenas razones para escuchar la ópera, pero óiganla, no sean cabrones, ¡no saben el trabajo que me dio convencer a mis editores de incluir el compact disc!

Instrucciones para escuchar la música popular

Cuando estén leyendo este libro, de pronto se encontrarán con el anuncio que dice INTERMEDIO PARA BAILAR. ¿Qué hacer en esta parte? Se supone que bailar, ¿cierto? Pero como sé muy bien que no todos saben hacerlo, aquí les van unas sugerencias pues lo ideal es que muevan el cuerpo al ritmo de la música. Si ustedes no lo hacen, el capítulo que sigue les puede llegar a parecer pesado y se me pueden dormir. En cambio, si lo leen después de haberse movido un rato, el calor

13

de su cuerpo y la energía generada harán que su estado de ánimo sea el mejor para enfrentar la lectura.

Al igual que con la ópera, hay tres grandes categorías de lectores. Los que aman la música popular, los que niegan que les gusta la música popular y los que detestan la música popular.

Los que aman la música popular

Si usted ama la música popular, no tendrá ningún problema con estos intermedios musicales y de seguro podrá bailar con gran entusiasmo, solo o acompañado. Lo único que le sugiero en caso de bailar acompañado es que no se me distraiga mucho y vaya a dejar el libro para irse a retozar con su compañero de baile. Recuerde que el intermedio es sólo un paso preparatorio para poder continuar con la lectura, no están en un congal, o si lo están, ¿qué demonios hacen perdiendo el tiempo con mi novela en la mano? Mejor diviértanse como es debido y guarden el libro hasta llegar a casa.

Los que niegan que les gusta la música popular

Si usted entra dentro de esta clasificación, significa que es un bailador de clóset y que niega que le gusta la música popular con tal de no aceptar su verdadero origen. En tal caso le sugiero que escuche la música con los ojos cerrados, que imagine que verdaderamente está dentro de un clóset y así, protegido por la oscuridad y el anonimato, libre de prejuicios, se deje llevar por la música. Empiece por seguir el ritmo con los pies, luego con los hombros y así sucesivamente hasta sacudir hasta el último pelo de su cabeza.

Los que detestan la música popular

Si usted está en el grupo de los que nunca han escuchado música popular, ¿qué quiere que le diga? Para empezar, que ya es tiempo de que la escuche. No se puede presumir de ser un conocedor de música culta si no se ha considerado que la música popular es la base de todas las formas musicales. Además de que no sabe lo que se pierde, no hay nada más sensual que el roce de la piel, el intercambio de humores, el cruce de miradas, el trueque de mensajes eróticos bajo las ropas. ¡Anímese a contaminarse de sudores, olores, movimientos de cadera, ...de vida!

Ahora que si a usted no le gusta ni la música clásica ni la popular, para no entrar en más problemas, dese un buen toque de mota e imagínese que está en un concierto de los Rolling Stones, espero que le funcione.

Estoy embriagado, lloro, me aflijo,
pienso, digo,
en mi interior lo encuentro:
si yo nunca muriera,
si yo nunca desapareciera.
Allá donde no hay muerte,
allá donde ella es conquistada,
que allá vaya yo.
Si yo nunca muriera,
si yo nunca desapareciera.

Ms. "Cantares Mexicanos", fol. 17 v.
Nezahualcóyotl.
Trece poetas del mundo azteca, Miguel León-Portilla.
México, 1984.

¿Cuándo mueren los muertos? Cuando uno los olvida. ¿Cuándo desaparece una ciudad? Cuando no existe más en la memoria de los que la habitaron. ¿Cuándo se deja de amar? Cuando uno empieza a amar nuevamente. De eso no hay duda.

Ésa fue la razón por la que Hernán Cortés decidió construir una nueva ciudad sobre las ruinas de la antigua Tenochtitlan. El tiempo que le llevó tomar la medida fue el mismo que le lleva a una espada empuñada con firmeza atravesar la piel del pecho y llegar al centro del corazón: un segundo.

Pero en tiempo de batalla, un segundo significa esquivar una espada o ser alcanzado por ella.

Durante la conquista de México sobrevivieron sólo aquellos que pudieron reaccionar al instante, los que tuvieron tal miedo a la muerte que pusieron todos sus reflejos, todos sus instintos, todos sus sentidos al servicio del temor. El miedo se convirtió en el centro de comando de sus actos. Instalado justo atrás del ombligo, recibía antes que el cerebro todas las sensaciones percibidas por medio del olfato, la vista, el tacto, el oído, el gusto. Ahí eran procesadas en milésimas de segundo y ya se enviaban al cerebro con una orden específica de acción. Todo el acto no iba más allá del segundo imprescindible para sobrevivir. Con la misma rapidez con que los cuerpos de los conquistadores aprendieron a reaccionar, fueron desarrollando nuevos sentidos. Podían presentir un ataque por la espalda, oler la sangre antes de que apareciera, escuchar una traición antes que nadie pronunciara la primera palabra y, sobre todo, podían ver el futuro como la mejor pitonisa. Por eso, el día en que Cortés vio a un indio tocando el caracol frente a los restos de una antigua pirámide, supo que no podía dejar la ciudad en ruinas. Habría sido como dejar un monumento a la grandeza de los aztecas. La añoranza invitaría tarde o temprano a los indios a intentar organizarse para recuperar su ciudad. No había tiempo que perder. Tenía que borrar de la memoria de los aztecas la gran Tenochtitlan. Tenía que construir una nueva ciudad antes de que fuera demasiado tarde. Con lo que no contó fue con que las piedras contienen una verdad más allá de lo que la vista alcanza a percibir. Poseen una energía propia, que no se ve, sólo se siente. Una energía que no se puede encerrar dentro de una casa o una iglesia. Ninguno de los nuevos sentidos que Cortés había adquirido estaba lo suficientemente afinado como para que pudiera percibirla. Era una energía demasiado sutil. Su presencia invisible le daba total libertad de acción y le permitía circular silenciosamente en lo alto de las pirámides sin que nadie se diera cuenta. Algunos conocieron sus efectos, pero no supieron a qué atribuirlos. El caso más grave fue el de Rodrigo Díaz, valiente capitán de Cortés. Él nunca se imaginó las tremendas consecuencias que tendría su frecuente contacto con las piedras de las pirámides que él y sus compañeros derrumbaban. Es más, si alguien le hubiera advertido que esas piedras tenían el poder suficiente como para cambiarle la vida, nunca lo habría creído. Sus creencias nunca fueron más allá de lo que sus manos alcanzaban a tocar. Cuando le dijeron que había una pirámide sobre la que los indios acostumbraban celebrar ceremonias paganas a una supuesta diosa del amor, se rió. No creyó ni por un momento que pudiera existir tal diosa. Mucho menos que la pirámide sirviera para algo. Todos coincidieron con él y decidieron que ni siquiera valía la pena erigir una iglesia en su lugar. Sin pensarlo mucho, Cortés decidió darle a Rodrigo el terreno donde se encontraba dicha pirámide para que construyera sobre ella su casa.

Rodrigo estaba de lo más feliz. Se había hecho merecedor a ese terreno gracias a sus logros en el campo de batalla y a la fiereza con que había cortado brazos, narices, orejas y cráneos. De su propia mano habían muerto aproximadamente doscientos indios y el premio no se había hecho esperar: mil metros de tierra al lado de uno de los cuatro canales que atravesaban la ciudad, mismo que con el tiempo se convertiría en la calzada de Tacuba. La ambición de Rodrigo lo había hecho soñar con edificar su casa sobre un terreno más grande y de ser posible sobre los restos del templo mayor, pero se tuvo que conformar con ese humilde lote, pues en el otro pensaban edificar la Catedral. Además, para compensarlo de no estar dentro del círculo selecto de casas que los capitanes construyeron en el centro de la ciudad y que darían fe del nacimiento de la Nueva España, le dieron en encomienda cincuenta indios, entre los cuales iba Citlali.

Citlali era una indígena descendiente de una familia de nobles de Tenochtitlan. Desde niña había recibido una educación privilegiada y, por lo tanto, su andar, en lugar de reflejar sumisión, era orgulloso, altanero, incluso retador. El sandungueo de sus anchas caderas, cargaba el ambiente de sensualidad. Su meneo esparcía olas de aire por todos lados. El desplazamiento de energía era muy parecido al de las ondas que se generan en un lago apacible cuando de improviso cae una piedra en su superficie.

Rodrigo presintió la llegada de Citlali a cien metros de distancia. Por algo había sobrevivido a la conquista: por la poderosa capacidad que tenía de percibir movimientos fuera de lo normal. Suspendió su actividad y trató de ubicar el peligro. Desde lo alto donde se encontraba dominaba toda acción a su alrededor. De inmediato ubicó la columna de indios en camino a su terreno. Al frente de todos venía Citlali. Rodrigo en seguida supo que el movimiento que tanto lo alteraba provenía de sus caderas. Y se sintió completamente desarmado. No supo cómo enfrentar el desafío y cayó presa del conjuro de esas caderas. Todo eso pasaba mientras sus manos estaban concentradas en quitar la piedra que formaba la cúspide de la Pirámide del Amor. Antes de que lo lograra, dio tiempo a que la poderosa energía que emanaba de la pirámide empezara a circular por sus venas. Fue una descarga tremenda, fue un relámpago encandilante que lo deslumbró y le hizo ver a Citlali ya no como la simple india que era, sino como la misma Diosa del Amor.

Nunca había deseado tanto a alguien, mucho menos a una india. No sabía explicar qué le pasaba. Con ansiedad, terminó de quitar la piedra, más que nada para dar tiempo a que Citlali llegara a su lado. En cuanto la tuvo cerca, no se pudo controlar, ordenó a los demás indios que se buscaran acomodo en la parte trasera del terreno y ahí mismo, en el centro de lo que fuera el templo, la violó.

Citlali, con el rostro impávido y los ojos muy abiertos, contemplaba su imagen reflejada en los verdes ojos de Rodrigo. Verdes, verdes, como el color del mar que una vez, cuando era niña, había tenido la oportunidad de ver. El mar siempre le había producido temor. Percibía el enorme poder de destrucción que estaba latente en cada ola. Desde que se enteró que los esperados hombres blancos vendrían de más allá de las aguas inmensas, vivió con temor. Si ellos tenían el poder para dominar el mar, de seguro era porque iban a traer en su interior la misma capacidad de destrucción. Y no se equivocó. El mar había llegado para arrasar todo su mundo.

Sentía el mar rebotando con furia en su interior. Ni todo el peso del cielo sobre la espalda de Rodrigo era capaz de detener el movimiento frenético del mar dentro de ella. Se trataba de un mar salado que le provocaba ardores dentro de su cuerpo y cuyo agresivo movimiento le daba mareo y náusea. Rodrigo entraba en su cuerpo tal y como lo había hecho en su vida: con lujo de violencia. Tiempo atrás, durante una de las batallas que anticiparon la caída de la gran Tenochtitlan, había llegado, el mismo día en que ella acababa de dar a luz a su hijo. Citlali, por su noble linaje, había recibido las mejores atenciones durante el parto a pesar del duro combate que libraba su pueblo contra los españoles. Su hijo llegaba a este mundo entre el sonido de la derrota, el humo y los gemidos de la gran Tenochtitlan agonizante. La comadrona que lo recibió, tratando de compensar de alguna manera el inoportuno arribo, pidió a los Dioses que le procuraran al niño bienaventuranza. Tal vez los Dioses vieron que el mejor destino de esa criatura no estaba en este mundo, pues al momento en que la comadrona le daba a Citlali a su hijo para que lo abrazara, ésta lo hizo por primera y última vez.

Rodrigo, que acababa de matar a los guardias del palacio real, llegó a su lado, le quitó al niño de las manos y lo estrelló contra el piso. A ella la tomó de los cabellos, la arrastró unos metros y le hundió la espada en un costado. A la comadrona le cercenó el brazo con que lo intentaba atacar, y por último salió a prenderle fuego al palacio. Ojalá uno pudiera decidir en qué momento morirse. Citlali habría querido hacerlo ese día: el día en que murieron su esposo, su hijo, su casa, su ciudad. Ojalá sus ojos nunca hubieran visto a la Gran Tenochtitlan vestirse de desolación. Ojalá sus oídos nunca hubieran escuchado el silencio de los caracoles. Ojalá que la tierra sobre la que caminaba no le hubiera respondido con ecos de arena. Ojalá que el aire no se hubiera llenado de olores aceitunados. Ojalá que su cuerpo nunca hubiera sentido un cuerpo tan odiado en su interior y ojalá que Rodrigo al salirse se hubiera llevado el sabor de mar junto con él.

Mientras Rodrigo se levantaba y se ponía la ropa en su lugar, Citlali pidió a los dioses fuerza suficiente para vivir hasta que Rodrigo se arrepintiera de haber profanado a la Diosa del Amor y a ella. No podía haber cometido mayor ultraje que violarla en un sitio tan sagrado. Citlali suponía que la Diosa también tendría que estar de lo más ofendida. La energía que había sentido circular por su espina mientras fue presa de la salvaje acometida de Rodrigo, nada tenía que ver con una energía amorosa. Había sido una energía descontrolada, desconocida para ella. Alguna vez, cuando aún estaba completa, Citlali había participado en una ceremonia en lo alto de esa pirámide con resultados completamente opuestos. La diferencia tal vez radicaba en que ahora la pirámide estaba trunca, y sin la cúspide la energía amorosa circulaba loca y desorganizadamente. ¡Pobre Diosa del Amor! De seguro se sentía tan humillada y profanada como ella y de seguro no sólo la autorizaba sino que esperaba ansiosamente que ella, una de sus más fervientes devotas, vengara la afrenta.

Pensó que la mejor forma de vengarse sería descargar en una persona amada por Rodrigo toda su rabia. Por eso se alegró tanto el día en que se enteró que una mujer española venía en camino para unirse al hombre. Ella creía que si Rodrigo pensaba casarse era porque estaba enamorado. No sabía que él lo hacía sólo para cumplir con uno de los requisitos de la encomienda que especificaba que el encomendero estaba obligado a combatir la idolatría, a iniciar la construcción de un templo dentro de sus tierras en un plazo no mayor de seis meses a partir de la concesión de la encomienda, a levantar y habitar una residencia a más tardar en dieciocho meses y a trasladar a su esposa, o a casarse, durante el mismo tiempo. Por tanto, en cuanto la construcción estuvo lo suficientemente avanzada como para poder habitar la casa, Rodrigo mandó traer de España a doña Isabel de Góngora para hacerla su esposa. De inmediato contrajeron nupcias y pusieron a Citlali a su servicio como dama de compañía.

El encuentro entre ellas no fue ni agradable ni desagradable. Simplemente no existió.

Para que un encuentro se dé, dos personas tienen que reunirse en un mismo lugar y en un mismo espacio. Y ninguna de las dos habitaba la misma casa. Isabel seguía viviendo en España, Citlali en Tenochtitlan. Si no había manera de que se diera el encuentro, mucho menos la comunicación. Ninguna de las dos hablaba el mismo idioma. Ninguna de las dos se reconocía en los ojos de la otra. Ninguna de las dos traía los mismos paisajes en la mirada. Ninguna de las dos entendía las palabras que la otra pronunciaba. Y no era cuestión de entendimiento. Era una cuestión del corazón. Ahí es donde las palabras adquieren su verdadero significado. Y el corazón de ambas estaba cerrado.

Por ejemplo, para Isabel, Tlatelolco era un lugar sucio y lleno de indios, donde forzosamente tenía que abastecerse y donde difícilmente podía encontrar azafrán y aceite de oliva. En cambio, para Citlali, Tlatelolco era el lugar que más le había gustado visitar de niña. No sólo porque ahí podía gozar de todo tipo de olores, colores y sabores sino porque podía disfrutar de un espectáculo callejero sorprendente: un señor, al que todos los niños llamaban Teo, pero cuyo verdadero nombre era Teocuicani (cantor divino), quien acostumbraba bailar sobre la palma de la mano dioses de barro articulados. Los dioses hablaban, peleaban y cantaban con voces de caracol, cascabel, pájaro, lluvia o trueno, emitidas por las prodigiosas cuerdas vocales de este hombre. No había vez que Citlali escuchara la palabra Tlatelolco en que no vinieran a su mente esas imágenes, y no había vez que pronunciara la palabra España sin que una cortina de indiferencia le cubriera el alma. Todo lo contrario de Isabel, para quien España era el lugar más bello del mundo y más rico en significados. Era la verde yerba donde infinidad de veces se había tendido a observar el cielo, la brisa de mar que desplazaba las nubes hasta hacerlas estrellarse en las altas cumbres de las montañas. Era la risa, el vino, la música, los caballos salvajes, el pan recién horneado, las sábanas tendidas al sol, la soledad de la llanura, el silencio. Y fue en esa soledad y en ese silencio que se hacía más profundo por el ruido de las olas y las cigarras, que Isabel imaginó mil veces a Rodrigo, su amor ideal. España era el sol, el calor, el amor. Para Citlali, España era el lugar donde Rodrigo había aprendido a matar.

La enorme diferencia de significados radicaba en la enorme diferencia de experiencias. Isabel habría tenido que vivir en Tenochtitlan para saber qué quiere decir ahuehuetl. Para saber qué se sentía al descansar bajo su sombra después de haber realizado una ceremonia en su honor. Citlali tendría que haber nacido en España para saber qué significa mordisquear lentamente una aceituna, sentada a la sombra de un olivo mientras se observaba a los rebaños pastar en la pradera. Isabel tendría que haber crecido con una tortilla en la mano para que no le molestara su "húmedo" olor. Citlali tendría que haber sido amamantada bajo los aromas del pan recién horneado para que le encontrara gusto a su sabor. Y las dos tendrían que haber nacido con una menor arrogancia para poder hacer a un lado todo lo que las separaba y descubrir la enorme cantidad de cosas que tenían en común.

Las dos pisaban las mismas losas, eran calentadas por el mismo sol, eran despertadas por los mismos pájaros, eran acariciadas por las mismas manos, besadas por la misma boca y, sin embargo, no encontraban el menor punto de contacto, ni siquiera en Rodrigo. Isabel veía en Rodrigo al hombre que soñó en la playa entre los vapores que escapaban de la dorada arena, y Citlali veía al asesino de su hijo, pero ninguna de las dos lo veía en realidad. Ahora que, también era cierto, Rodrigo no era fácil de percibir. En él habitaban dos personas a la vez. Tenía una sola lengua, pero se deslizaba dentro de las bocas de Citlali e Isabel de muy diferente manera. Tenía sólo una garganta, pero su voz podía resultar una caricia para la una y una agresión para la otra. Tenía sólo un par de ojos verdes, pero su mirar era para una un mar violento y agitado, y para la otra un mar cálido, tranquilo y espumoso. Lo importante del caso es que ese mar generaba la vida en los vientres de Isabel y Citlali indistintamente. Sólo que si Isabel esperaba la llegada de su hijo con gran ilusión, Citlali lo hacía con horror. Cada vez que se sabía embarazada, abortaba. No le gustaba nada la idea de traer a este mundo a un niño mitad indio y mitad español. No creía que pudiera hospedar pacíficamente dos naturalezas tan distintas en su interior. Era como condenar a su hijo a vivir en batalla constante. Era como ponerlo en medio de una encrucijada permanente, y eso de ninguna manera podía llamarse vida.

Rodrigo lo sabía mejor que nadie. Él tenía que compartir su cuerpo con dos Rodrigos muy distintos. Cada uno luchaba por tomar el mando del corazón, que se transformaba radicalmente dependiendo de quién fuera el ganador. Ante Isabel, era una mansa brisa, ante Citlali, una pasión arrebatada, una gusanera incendiaria, un deseo emperrado, una concupiscencia calcinante que lo hacía actuar como macho en celo. Todo el tiempo andaba tras ella, la asediaba, la acechaba, la arrinconaba, y cada día la presentía a más distancia. Si durante la conquista esta capacidad de percepción de movimientos en el aire le había servido para sobrevivir, ahora lo estaba matando. No podía dormir, no podía comer, no podía pensar en otra cosa que no fuera fundirse en el cuerpo de Citlali. Vivía sólo para detectar en el aire el cachondo fluir de sus caderas. No había movimiento que ella realizara, por mínimo que fuera, que pasara desapercibido para Rodrigo. Enseguida lo sentía y una urgencia abrasadora lo incitaba a integrarse a la fuente que lo generaba, a desahogarse entre esas piernas, a tumbarse al lado de Citlali donde fuera, a cabalgarla día y noche tratando de encontrar alivio. No había día en que no se acostaran al menos cinco veces. Su cuerpo necesitaba un respiro. Ya no podía más. Ni siquiera por las noches encontraba descanso. Al momento en que Citlali giraba en su petate, el movimiento de sus caderas generaba olas que llegaban a Rodrigo con la fuerza de una poderosa marejada. Lo levantaban de la cama y lo lanzaban a su lado con la velocidad de una flecha certera.

Rodrigo pensaba que no había mejor manera que ésa para demostrarle a Citlali su amor. Sin embargo, Citlali nunca se dio por enterada. Sufría las acometidas de Rodrigo con gran estoicismo. Pero nunca reaccionó a esa pasión. Su alma siempre fue una incógnita para él. Sólo una vez intentó comunicarse con Rodrigo, transmitirle un deseo. Desgraciadamente, en esa ocasión él no pudo hacer nada por satisfacerlo.

Fue una tarde en que Citlali estaba regando las macetas de los balcones y vio cómo una comitiva traía jalando a un loco al que le habían cortado las manos. Su corazón dio un vuelco al descubrir que se trataba de Teo, el hombre que bailaba dioses de barro sobre sus manos en el mercado de Tlatelolco cuando ella era niña. Había enloquecido durante la conquista y lo habían descubierto vagabundeando, cantando y bailando unos dioses de barro a un grupo de niños. Lo traían a la presencia del Virrey, que estaba comiendo en casa de Rodrigo, para que él decidiera qué hacer. Por lo pronto, le habían cortado las manos para que no volviera a intentar desobedecer la orden que se había dictado en contra de la posesión de ídolos de barro. Su uso estaba estrictamente prohibido. En cuanto el Virrey escuchó el caso, decidió que, además, le cortaran la lengua, pues el loco se dedicaba a repetir en lengua náhuatl consignas que incitaban a la rebelión.

Citlali, con la vista, pidió a Rodrigo que suplicara clemencia para Teo, pero Rodrigo estaba entre la espada y la pared. El Virrey lo visitaba precisamente porque le habían llegado al cabildo alarmantes noticias de que estaba siendo débil con sus encomendados. Los vecinos lo habían visto tratar a Citlali con demasiada condescendencia. El Virrey lo había amenazado sutilmente con quitarle a los indios junto con los honores y privilegios que se había ganado durante la conquista. No podía ahora dar una opinión en favor de ese hombre, pues con ello se arriesgaba a que lo inculparan de querer propiciar la idolatría entre la población, lo cual sería causa más que suficiente para que le retiraran la concesión de la encomienda, y de ninguna manera se quería arriesgar a perder a Citlali. Así que bajó la vista y fingió no haber visto la súplica en sus ojos.

Citlali nunca se lo perdonó. En la vida le volvió a dirigir la palabra y se encerró para siempre en su mundo.

La casa, pues, quedó habitada por seres que no interactuaban unos con otros. Por seres incapacitados para verse, para escucharse, para amarse. Por seres que se rechazaban en la creencia de que pertenecían a culturas muy diferentes. Nunca supieron que la verdadera razón era una que nadie veía. Que el rechazo provenía del subsuelo, del choque de energías entre los restos de la Pirámide del Amor y la casa que le habían construido encima. Del rechazo total entre las piedras que formaban la pirámide y las que formaban la casa. Del disgusto de la pirámide que no esperaba más que el momento adecuado para sacudirse de encima las piedras ajenas y así recuperar su equilibrio. De igual manera reaccionaban los habitantes de la casa, con la diferencia de que para Citlali recuperar su equilibrio anterior no significaba quitarse unas piedras de encima, sino llevar a cabo su venganza. Afortunadamente para ella, no tuvo que esperar mucho tiempo. Isabel dio a luz un bello niño rubio. Citlali no se despegó de su lado, y en cuanto la partera recibió al niño ella lo tomó en sus brazos para llevárselo a Rodrigo y, fingiendo un tropezón, lo dejó caer. La criatura se desnucó al instante. Junto con el cuerpo del niño, cayeron al piso las líneas de la mano de Citlali. Su destino estaba ya marcado en la tierra, en el aire, en los gritos y lamentos de Isabel. Ya no le pertenecía. Rodrigo la tomó de los cabellos y la sacó de la recámara a jalones, entre la confusión que reinaba en ese momento. La sacó antes de que nadie tuviera tiempo de reaccionar en su contra. No podía permitir que la dañaran manos ajenas. El único que le podía dar una muerte digna era él. Citlali no tenía escapatoria, él lo sabía perfectamente, y sabía también que ese cuerpo tan recorrido, tan conocido, tan besado, tan deseado, merecía una muerte amorosa. Con gran dolor, Rodrigo sacó un puñal, y tal y como había visto hacer a algunos sacerdotes durante los sacrificios humanos, le abrió el pecho a Citlali por un costado, tomó su corazón entre las manos y se lo besó repetidas veces antes de arrancárselo finalmente y lanzarlo lejos. Todo fue tan rápido que Citlali no experimentó el menor sufrimiento. Su rostro reflejaba gran tranquilidad, su alma por fin descansaba en paz, pues había logrado concretar su venganza. Lo que ella nunca supo fue que esa venganza no consistió en haber matado al rubio recién nacido, sino en haberse hecho merecedora de la muerte. Logró con su muerte lo que deseó la primera vez que vio a Rodrigo: que aullara de dolor.

Isabel murió casi al mismo tiempo que Citlali, convencida de que Rodrigo había enloquecido al ver a su hijo muerto y por eso había matado tan brutalmente a Citlali. Así se lo narraron al oído. Sólo eso le dijeron. No tenía caso que le contaran a la moribunda parturienta que su esposo, inmediatamente después de haber matado a Citlali, se había suicidado.

¿Es acaso nuestra mansión la tierra?
No hago más que sufrir, porque sólo en angustias vivimos.
¿He de sembrar otra vez, acaso
mi carne en mi padre y en mi madre?
¿He de cuajar aún, cual mazorca?
¿He de pulular de nuevo en fruto?
Lloro: nadie está aquí: nos han dejado huérfanos.
¿Es verdad que aún se vive
en la región donde todos se reúnen?
¿Lo creen acaso nuestros corazones?

Ms. "Cantares Mexicanos", fol. 13 v.
Trece poetas del mundo azteca, Miguel León-Portilla.

Las pirámides de Parangaricutirimícuaro
están parangaricutirimizadas;
el que las desparangaricutirimise
será un gran desparangaricutirimizador.

Ser Ángel de la Guarda no es nada fácil. Pero ser Anacreonte, el Ángel de la Guarda de Azucena, realmente está cabrón. Azucena no entiende de razones. Está acostumbrada a hacer su santa voluntad. Quiero dejar sentado que esa "santa" voluntad no tiene nada que ver con la divinidad. Ella no reconoce la existencia de una voluntad superior a la suya, por ende, nunca se ha sometido a ninguna orden que no sea la que le dictan sus deseos. Dándonos una licencia poética, diríamos que soberanamente se pasa la voluntad divina por el arco del triunfo, y continuando con la licencia diríamos que, por sus huevos, ella decidió que ya era justo y necesario conocer a su alma gemela, que ya estaba harta de sufrir y que no estaba dispuesta a esperar ni una vida más para encontrarse con ella. Con gran obstinación, realizó todos los trámites burocráticos que tenía que ejecutar y convenció a todos los burócratas que encontró en su camino de que la tenían que dejar entrar en contacto con Rodrigo. Yo no la critico; me parece muy bien. Supo escuchar su voz interior correctamente y, a fuerza de voluntad, venció todos los obstáculos. Lo que pasa es que ella está convencida de que triunfó por sus huevos, y está en un error: si todo salió bien fue porque su voz interior estaba en completa concordancia con la voluntad divina, con el orden cósmico en el que todos tenemos un lugar, el lugar que nos corresponde. Cuando lo encontramos, todo se armoniza. Nos encauzamos en el río de la vida. Nos deslizamos fluidamente por sus aguas, a menos que encontremos un obstáculo. Cuando una piedra está fuera de lugar, impide el paso de la corriente y el agua se estanca, apesta, se pudre.

Es muy fácil detectar el desorden en el mundo real y tangible. Lo difícil es encontrar el orden de las cosas que no se ven. Pocos pueden hacerlo. Entre ellos, los artistas son los "acomodadores" por excelencia. Con su especial percepción deciden cuál es el lugar que debe ocupar el amarillo, el azul o el rojo en un lienzo; qué lugar deben ocupar las notas y qué lugar los silencios; cuál debe ser la primera palabra de un poema. Van armando rompecabezas guiados únicamente por su voz interior que les dice "Esto va aquí" o "Esto no va aquí", hasta poner la última pieza en su lugar.

Si dentro de cada obra artística hay un orden predeterminado para los colores, los sonidos o las palabras, quiere decir que esa obra cumple un objetivo que está más allá de la simple satisfacción del autor. Significa que desde antes de que fuera creada ya tenía asignado un lugar específico. ¿Dónde? En el alma humana.

Por lo tanto, cuando un poeta acomoda palabras dentro de un poema de acuerdo con la voluntad divina, está acomodando algo en el interior de todos los seres humanos, pues su obra está en concordancia con el orden cósmico. Como resultado, su obra circulará sin obstáculos por las venas de todo el mundo, creando un vínculo colectivo poderosísimo.

Si los artistas son los "acomodadores" por excelencia, también existen los "desacomodadores" por excelencia. Son aquellos que creen que su voluntad es la única que vale. Los que tienen el poder suficiente, además, para hacerla valer. Los que creen tener la potestad para decidir sobre las vidas humanas. Los que ponen la mentira en lugar de la verdad, la muerte en lugar de la vida, el odio en lugar del amor dentro del corazón, obstaculizando por completo el flujo del río de la vida. Definitivamente, el corazón no es el lugar adecuado para el odio. ¿Cuál es su lugar? No lo sé. Ésa es una de las incógnitas del Universo. Pareciera que a los Dioses como que les gusta el desmadre, pues al no haber creado un lugar específico para poner el odio, han provocado el caos eterno. El odio forzosamente se busca acomodo, metiéndose donde no debe, ocupando un lugar que no le pertenece, desplazando inevitablemente al amor.

Y la naturaleza, que, al contrario que los Dioses, es bastante ordenada, casi neurótica, podríamos decir, siente la necesidad de entrar en acción para mantener el equilibrio y poner las cosas en donde deben estar. No puede permitir que el odio se instale dentro del corazón, pues esta energía impediría la circulación de la energía amorosa dentro del cuerpo humano, con el grave peligro de que, al igual que el agua estancada, el alma se apeste y se pudra. Tratará de sacarlo, pues, a como dé lugar. Es muy sencillo hacerlo cuando el odio anidó en nuestro corazón por equivocación o descuido. La mayoría de las veces basta con ponernos en contacto con obras artísticas producidas por los "acomodadores". Al hacerlo, el alma se separa del cuerpo. Se deja elevar a las alturas por la sutil energía de los colores, los sonidos, las formas o las palabras. La energía del odio es tan pesada, literalmente hablando, que no entiende de estas sutilezas y le es imposible elevarse junto con el alma. Se queda dentro del cuerpo, pero como que ya no "se halla", no encuentra sitio que le acomode, y decide irse a buscar un lugar más acogedor. Cuando el alma regresa a su cuerpo, ya existe un lugar dentro del corazón para que el amor ocupe su sitio. Así de sencillo.

El problema existe cuando el odio fue puesto en nuestro corazón por la acción directa de un "desacomodador". Cuando nos vemos afectados por el hurto, la tortura, la mentira, la traición, el asesinato. En esos casos, el único que puede quitar el odio es el agresor mismo. Así lo indica la Ley del Amor. La persona que causa un desequilibrio en el orden cósmico es la única que puede restaurarlo. La mayoría de las veces no es suficiente una vida para lograrlo. Por eso, la naturaleza permite la reencarnación, para dar oportunidad a los "desacomodadores" de arreglar sus desmadritos. Cuando existe odio entre dos personas, la vida los reunirá tantas veces como sea necesario hasta que éste desaparezca. Nacerán una y otra vez cerca uno del otro, hasta que aprendan a amarse. Y llegará un día, después de catorce mil vidas, en que habrán aprendido lo suficiente sobre la Ley del Amor como para que les sea permitido conocer a su alma gemela. Ésa es la mejor recompensa que un ser humano puede esperar de la vida. Y pueden estar seguros de que a todos les va a tocar, pero a su debido tiempo. Esto es lo que mi querida Azucena no entiende. El momento de conocer a Rodrigo ya le había llegado, pero no el de vivir a su lado pues, antes, ella tiene que adquirir mayor dominio sobre sus emociones, y él saldar deudas pendientes. Debe poner algunas cosas en su lugar antes si pretende unirse para siempre con ella, y Azucena va a tener que ayudarlo. Esperamos que todo salga bien para beneficio de encarnados y desencarnados. Pero yo sé que va a estar dificilísimo. Para triunfar en su misión, Azucena necesita mucha ayuda. Yo, como su Ángel de la Guarda que soy, tengo la obligación de socorrerla. Ella, como mi protegida, tiene que dejarse y seguir mis instrucciones. Y ahí está lo cabrón. No me hace el menor caso. Llevo cinco minutos diciéndole que tiene que desactivar el campo áurico de protección de su casa para que Rodrigo pueda entrar y tal parece que le estoy hablando a la pared. Está tan emocionada con la idea de conocerlo que no tiene oídos para mis sugerencias. A ver si el pobre novio no se le estropea mucho al querer cruzar la puerta. ¡Ni hablar! Al fin que por mí no ha quedado. Le he susurrado una y mil veces lo que tiene que hacer. ¡Y nada! Lo que más me preocupa es que si no es capaz de escuchar y ejecutar esta orden tan simple, qué va a ser cuando de a de veras dependa de mi cooperación para salvar su vida. En fin, ¡que sea lo que Dios quiera!

Hasta que la alarma de su departamento comenzó a sonar, Azucena comprendió lo que Anacreonte le había estado tratando de decir. ¡Se había olvidado por completo de apagarla! ¡Eso sí que era grave! El aura de Rodrigo no estaba registrada en el sistema electromagnético de protección de su casa, por lo tanto, si no desactivaba la alarma de inmediato el aparato iba a detectar a Rodrigo como un cuerpo extraño y como resultado iba a impedir que las células de su cuerpo se integraran correctamente dentro de la cabina aerofónica. ¡Tanto tiempo de espera para salir con esa estupidez! ¡No podía ser! Rodrigo, en el mejor de los casos, corría el peligro de quedar desintegrado en el espacio por un lapso de veinticuatro horas. ¡Tenía que actuar rápidamente y sólo contaba con diez segundos para hacerlo! Afortunadamente, la fuerza del amor es invencible y lo que el cuerpo humano es capaz de ejecutar en casos de emergencia es realmente notable. Azucena en un instante cruzó la sala, desactivó la alarma, regresó antes de que la puerta del aerófono se abriera, y aún tuvo tiempo de arreglarse el pelo y poner su mejor sonrisa para recibir con ella a Rodrigo.

Sonrisa que Rodrigo nunca vio, pues en cuanto puso sus ojos en los suyos se dio inicio al más maravilloso de los encuentros: el de dos almas gemelas, en el que las cuestiones del cuerpo físico pasan a ocupar un nivel inferior. El calor de los ojos de los enamorados derrite la barrera que la carne impone y los deja pasar de lleno a la contemplación del alma. Alma que, al ser idéntica, reconoce la energía del compañero como propia. El reconocimiento empieza en los centros receptores de energía del cuerpo humano: los chakras. Existen siete chakras. A cada uno le corresponde un sonido dentro de la escala musical y un color del arco iris. Cuando son activados por la energía proveniente del alma gemela, vibran a todo su potencial y producen un sonido. Obviamente, en el caso de las almas gemelas, cada chakra resuena y es, al mismo tiempo, el resonador del chakra de su compañero. Estos dos sonidos idénticos, armonizados, generan una sutil energía que circula por la espina dorsal, sube hasta el centro del cerebro y de ahí es lanzada hacia arriba, desde donde inmediatamente después cae convertida en una cortina de color que baña el aura de arriba abajo.

Durante el apareamiento de almas, Azucena y Rodrigo repitieron este mecanismo con cada uno de sus chakras hasta que llegó el momento en que su campo áurico formaba un arco iris completo y sus chakras entonaban una melodía maravillosa, parecida a la que emiten los planetas del sistema solar en su trayectoria.

Existe una diferencia abismal entre los apareamientos de cuerpos de almas diferentes y los de cuerpos de almas gemelas. En el primer caso, hay una urgencia por la posesión física, y por más intensa que llegue a ser la relación, siempre va a estar condicionada por la materia. Nunca se logrará la comunión perfecta de almas por más afinidad que haya entre ellas. A lo más que se puede llegar es a obtener un enorme placer físico, pero no pasa de ahí.

En el caso de las almas gemelas la cosa se pone más interesante, pues la fusión entre ellas es total y a todos los niveles. Así como hay un lugar dentro del cuerpo de la mujer para ser ocupado por el miembro viril, entre átomo y átomo de cada cuerpo hay un espacio libre para ser ocupado por la energía del alma gemela, o sea, que estamos hablando de una penetración recíproca, pues cada espacio se convierte al mismo tiempo en el contenedor y en el contenido del otro: en la fuente y el agua, en la espada y la herida, en el sol y la luna, en el mar y la arena, en el pene y la vagina. La sensación de penetrar un espacio sólo es equiparable a la de sentirse penetrado. La de mojar, a la de sentirse mojado. La de amamantar, a la de ser amamantado. La de recibir el tibio esperma en el vientre, a la de eyacularlo. Los dos son motivo de orgasmo. Y cuando todos y cada uno de los espacios que hay entre átomo y átomo de las células del cuerpo han sido cubiertos o han cubierto, que para el caso es lo mismo, viene un orgasmo profundo, intenso, prolongado. La fusión de las dos almas es total y ya no hay nada que la una no sepa de la otra, pues forman un solo ser. La recuperación de su estado original las hace conocedoras de la verdad. Cada uno ve en el rostro de su pareja los rostros que la otra ha tenido en las catorce mil vidas anteriores a su encuentro.

Llegado ese momento, Azucena ya no supo quién ni qué parte del cuerpo le pertenecía y qué parte no. Sentía una mano pero no sabía si era la suya o la de Rodrigo. Era una mano, punto. Tampoco supo más quién estaba adentro y quién afuera. Quién arriba y quién abajo. Quién de frente y quién de espalda. Lo único que sabía era que formaba junto con Rodrigo un solo cuerpo que, adormecido de orgasmos, danzaba en el espacio al ritmo de la música de las esferas.

*   *   *

Azucena aterrizó nuevamente en su cama cuando sintió una pierna entre las suyas. De inmediato supo que esa pierna no le pertenecía, o sea, que no era ni de Rodrigo ni de ella. Rodrigo tuvo que haber sentido lo mismo, pues gritó al unísono con ella cuando descubrió el cuerpo de un hombre muerto a su lado. La vuelta a la realidad no podía haber sido más bestial. La recámara de la luna de miel estaba llena de policías, reporteros y curiosos. Abel Zabludowsky, micrófono en mano, sentado a la orilla de la cama de Azucena, entrevistaba en ese momento al jefe de campaña del candidato americano a la Presidencia Mundial del Planeta, quien acababa de ser asesinado.

—¿Tiene usted alguna idea de quién disparó contra el señor Bush?

—No.

—¿Cree usted que este asesinato es parte de un complot para desestabilizar a los Estados Unidos de Norteamérica?

—No lo sé, pero definitivamente este cobarde asesinato nos ha sacudido la conciencia y no puedo más que condenar, al igual que todos los habitantes del Planeta, el que la violencia nos haya vuelto a ensombrecer. Y quiero aprovechar la oportunidad que me da para manifestar públicamente mi repudio absoluto a este tipo de actos y para exigir que la Procuraduría General del Planeta proceda de inmediato para saber de dónde proviene este ataque y quiénes son los autores intelectuales. Pienso que hoy es un día de luto para todos.

El jefe de la campaña presidencial, al igual que todo el mundo, estaba de lo más consternado. Hacía más de un siglo que se había erradicado el crimen del planeta Tierra y este hecho tan inexplicable los hacía volver a una época de oscurantismo que parecía superada.

A Azucena y a Rodrigo les tomó un momento recuperarse de la impresión. Rodrigo no sabía qué estaba pasando, pero Azucena sí. Se le había olvidado apagar el despertador que tenía conectado a la televirtual. Tomó el control remoto que estaba en su mesa de noche y apagó el aparato. Las imágenes de todos los presentes en el lugar del asesinato de inmediato se esfumaron, pero el sabor amargo que les quedó en la boca, no. Azucena tenía náuseas. No estaba acostumbrada a enfrentarse con la violencia. Mucho menos de una manera tan brutal, tan directa. Es que la televirtual verdaderamente lo transporta a uno al lugar de los hechos. Lo instala en el centro de la acción. Curiosamente, por eso la había adquirido. Porque era muy agradable despertarse con el reporte climatológico. Uno podía amanecer en cualquier lugar del mundo o la galaxia. Gozar desde los paisajes más exóticos hasta los más sencillos. Abrir los ojos viendo el amanecer en Saturno, escuchar el sonido del mar neptuniano, gozar el calor de un atardecer jupiteriano o la frescura de un bosque recién bañado por la lluvia. No había mejor manera de levantarse antes de ir al trabajo. Nunca esperó tener un despertar tan violento después de la noche maravillosa que había pasado. ¡Qué horror! No podía quitarse de la mente la imagen del hombre con un balazo en la cabeza en medio de su cama. ¡Su cama! ¡La cama de Rodrigo y de ella manchada de muerte! Pero, al mirar nuevamente los ojos de Rodrigo, recuperó el alma y los horrores se esfumaron. Y al sentir su abrazo, recuperó nuevamente el Paraíso. Ella se habría quedado por siempre así de no haber sido porque Rodrigo la separó. Quería ir a su departamento a recoger sus cosas. Pensaba mudarse de inmediato y no separarse nunca más de ella. Antes de salir, Azucena le prometió que a su regreso no encontraría más sorpresas desagradables. Iba a desconectar todos los aparatos electrónicos de su casa y dejaría la alarma del aerófono desactivada para que Rodrigo no tuviera problemas para entrar nuevamente al departamento. Rodrigo festejó la medida con una amplia sonrisa y ésa fue la última imagen que Azucena tuvo de él.

* * *

Lo primero que Azucena extrañó al despertar fue la sensación de bienestar al contemplar la luz del sol. La angustia desplegaba sus alas negras sobre ella, ennegreciéndola, enmudeciéndola, adormeciéndole el gozo, enfriándole las sábanas, silenciando la música de las estrellas. La fiesta había terminado sin que se le agotaran los boleros de antaño. Se había quedado sin bailar tango a la orilla del río, sin haber brindado con vino, sin haber hecho llorar de placer al amanecer, sin decirle a Rodrigo que le enloquecía que la llenara de susurros. Sentía las palabras hechas nudo en la garganta y no tenía voz para sacarlas ni oídos que las escucharan. Gran parte de ella se había ido entre célula y célula del cuerpo de Rodrigo y se había quedado literalmente vacía. De su noche de amor sólo le quedaba un dulce dolor en sus partes íntimas y uno que otro moretón producto de la pasión. Eso era todo. Pero los moretones empalidecían sin remedio, dejando de ser violetas en los prados del éxtasis para convertirse en testigos del abandono, de la soledad. Y el dolor iba desapareciendo conforme los músculos internos, que con tanto gusto habían recibido, alojado, apretado, arropado, mojado y saboreado a Rodrigo, volvían a su lugar dejando a su cuerpo sin ningún recuerdo palpable de la breve luna de miel.

No cabe duda que la lejanía es uno de los mayores tormentos de los amantes. Y en el caso de las almas gemelas puede llegar a tener consecuencias fatales, pues actúa sobre los cuerpos con la misma fuerza que los tentáculos de un pulpo. A mayor distancia, mayor capacidad de succión. Azucena sentía un vacío enorme, profundo, total. Perder su alma gemela significaba perderse ella misma. Azucena lo sabía, y por eso trataba desesperadamente de recuperar el alma de Rodrigo, caminando por los sitios que él había recorrido. Penetrando en los espacios que él había dejado marcados en el aire. Este popular remedio casero le funcionó por un tiempo, ya que al principio el alma de Rodrigo estaba muy presente, pero conforme pasaba el tiempo dejó de surtir efecto pues la energía del aura día a día se hacía menos perceptible. Azucena ya casi no la sentía, ya no se acordaba de Rodrigo, ya no se acordaba de su olor, de su sabor, de su calor. Su memoria se estaba oscureciendo a causa del sufrimiento. Los espacios vacíos entre las células de su cuerpo se encogían de tristeza y el alma del amado se le escapaba inevitablemente. Lo único que sentía a flor de piel era la soledad que la rodeaba.

La desaparición injustificada de Rodrigo la tenía completamente descorazonada, sin respuestas ni argumentos. ¿Qué explicación le daba a su cuerpo, que a gritos le pedía una caricia? Y sobre todo ¿qué le iba a decir a la pinche Cuquita, la portera? Azucena había ido a pedirle que en cuanto Rodrigo volviera necesitaban registrar su aura en el control maestro del edificio, y había quedado como pendeja. Cada vez que se cruzaba con ella, Cuquita le preguntaba con toda la mala leche del mundo que cuándo regresaba su alma gemela. La odiaba. Siempre se habían caído mal, pues Cuquita era una resentida social que pertenecía al PRI (Partido de Reivindicación de los Involucionados). Siempre la había espiado, tratado de encontrarle un defecto, uno solo, para no sentirse de plano tan inferior a ella. Nunca lo había encontrado, pero ahora ella misma se había puesto en una situación de desventaja frente a Cuquita y le chocaba ser objeto de sus burlas. ¿Qué le podía decir? No tenía ni una respuesta. El único que las tenía, y de seguro sabía dónde estaba Rodrigo, era Anacreonte, pero Azucena había roto comunicación con él. Ninguna información que viniera del Ángel le interesaba. Estaba furiosa. Él sabía perfectamente que lo único que a ella le había interesado en la vida era localizar a Rodrigo. ¿Cómo era posible entonces que no le hubiera advertido que Rodrigo podía desaparecer? ¿De qué demonios le servía tener un Ángel de la Guarda si no le podía evitar ese tipo de desgracias? No pensaba escucharlo nunca más. Era un bueno para nada al que le tenía que demostrar que no lo necesitaba para poder manejar su vida.

Lo malo era que no sabía por dónde empezar. Además, salir a la calle la deprimía. El ambiente era demasiado pesado. Todo el mundo estaba temeroso después del asesinato. Si alguien se había atrevido a matar, ¿qué seguía? ¡El asesinato! ¡Pero cómo no había pensado en eso! ¡Claro! ¡Lo más probable era que, a consecuencia del asesinato, a Rodrigo le hubiera pasado algo! A lo mejor habían ocurrido nuevos desórdenes que habían impedido que Rodrigo regresara, y ella de pendeja catatónica esperando que el novio le cayera del cielo. Rápidamente encendió la televirtual. Hacía una semana que no se enteraba de lo que pasaba afuera.

Al momento, su recámara se convirtió en un plantío de cacao que estaba siendo destruido por personal del ejército. La voz de Abel Zabludowsky narraba la acción.

—El día de hoy el ejército americano asestó un fuerte golpe al narcotráfico del cacao. Se destruyeron varias hectáreas de la droga y se logró la captura de uno de los más poderosos capos del chocolate que hacía tiempo era buscado por la policía. Ésta es toda la información que tenemos hasta el momento. Los nombres del capo y sus cómplices no serán dados a conocer para no obstruir la investigación, que puede culminar con la detención del cártel venusino.

En seguida, la recámara de Azucena se convirtió en un laboratorio lleno de computadoras, pues en ese momento estaban pasando un documental sobre cómo se había erradicado la criminalidad del Planeta. Fue cuando se inventó una computadora que, con una simple gota de sangre o de saliva, o con un pedazo de uña o de pelo, podía reconstruir el cuerpo completo de una persona e indicar su paradero. Los delincuentes podían ser detenidos y castigados a los pocos minutos de haber cometido sus fechorías, sin importar que se hubieran escondido en Tumbuctú.

Pero, por supuesto, el asesino del candidato se había cuidado de no dejar ni una huella. Ya habían analizado todos los escupitajos que había en la banqueta y nada, ni señas del criminal.

De pronto, desaparecen las imágenes del laboratorio y aparecen Abel Zabludowsky y el doctor Díez. Cada uno sentado en la cama al lado de Azucena. Azucena se sorprende. El doctor Díez es su vecino de consultorio. Abel Zabludowsky entrevista al doctor.

—Bienvenido, doctor Díez. Gracias por asistir a nuestro programa.

—Al contrario, gracias por la invitación.

—Díganos, doctor, ¿en qué consiste el aparato que acaba de inventar?

—Es un aparato muy sencillo que fotografía el aura de las personas y detecta en ella las huellas áuricas de otras personas que se le hayan acercado. Por este medio, va a ser muy fácil determinar quién fue la última persona que entró en contacto con el señor Bush.

—Espéreme, no entiendo bien, o sea, que el aparato que usted inventó ¿capta en una fotografía el aura de todas las personas que se hayan acercado a uno?

—Así es. El aura es una energía que desde hace mucho se ha venido fotografiando. Todos sabemos que cuando una persona penetra en nuestro campo magnético, lo contamina. Hay infinidad de aurografías que muestran el momento en que el aura se vio afectada, pero hasta ahora nadie había podido analizar y determinar a quién pertenecía el aura de la persona contaminadora. Eso es lo que mi aparato puede

40

hacer. Por medio de la aurografía del contaminante puede reproducir el cuerpo de la persona que la posee.

—Pero, espéreme tantito. El señor Bush fue asesinado cuando iba caminando entre la gente. Infinidad de personas se le tienen que haber acercado y contaminado su aura. ¿Cómo va a saber entonces cuál es el aura del asesino?

—Por el color. Recuerde que todas las emociones negativas tienen un color específico...

Azucena no quiere escuchar más. El doctor Díez, aparte de ser su vecino de consultorio, es su amigo íntimo, sólo tiene que ir a verlo y dejar que le tome una aurografía para localizar a Rodrigo. ¡Bendito sea Dios! Toma su bolsa y sale de inmediato, sin ponerse los zapatos, sin peinarse y sin apagar la televirtual. Si se hubiera esperado un minuto más, sólo un minuto más, habría visto a Rodrigo brincando como loco por toda la recámara. Abel Zabludowsky había pasado a la información interplanetaria. En Korma, un planeta de castigo, un volcán había hecho erupción. Se pedía la colaboración de los televirtualenses para enviar ayuda a los damnificados, ya que los habitantes de dicho planeta, miembros del Tercer Mundo, vivían en la época de las cavernas. Uno de ellos era nada menos que Rodrigo, quien corría desesperado tratando de evitar ser alcanzado por la lava.

*　　*　　*

Rodrigo es el último en entrar en una pequeña cueva en lo alto de la montaña. Hasta el más pequeño de los seres primitivos que habitan el planeta Korma corre más rápido que él. Su lentitud no sólo se debe a que no cuenta en los pies con callos que lo protejan de las piedras o del calor, sino a que sus músculos no están ejercitados para esa clase de esfuerzo físico. A lo más que había llegado en su vida era a caminar hasta la caseta aerofónica más cercana para transportarse de un lugar a otro del Planeta. No sabía en qué momento se había metido en la caseta que lo había llevado hasta allí. No recordaba haberlo hecho. Bueno, no recordaba nada. Una sensación de angustia lo acompañaba todo el tiempo. Sentía que había dejado de hacer algo importante, que tenía un pendiente por concluir. Su cuerpo tenía antojo de algo que no sabía, sus pies tenían ganas de bailar tango, su boca sentía la urgencia del beso, su voz quería pronunciar un nombre borrado en la memoria. Lo tenía en la punta de la lengua, pero su mente estaba completamente en blanco. De lo único que estaba seguro era de que le hacía falta la luna... y que esa cueva apestaba a rayos.

El humor concentrado de alrededor de treinta seres primitivos, entre hombres, mujeres y niños, era realmente insoportable. La combinación de sudor, orina, excremento, semen, restos de comida descomponiéndose en la boca, sangre, cerilla, mocos y demás secreciones acumuladas por años en los cuerpos de esos salvajes nauseabundos era para marear a cualquiera. Pero era más grande la necesidad de oxígeno para regular su respiración después de la maratónica carrera que acababa de efectuar, que lo desagradable del olor, así que Rodrigo aspiró el aire a bocanadas y en seguida se dejó caer sobre una piedra. Cuidó de hacerlo lo más lejos posible de todos. Tenía las piernas acalambradas por el esfuerzo, pero no le quedaba energía como para darse un masaje. Estaba completamente extenuado. No tenía fuerzas ni siquiera para llorar, ya no se diga para gritar con desesperación al igual que una mujer que estaba frente a él. La mujer acababa de sufrir la pérdida de su hijo. Caminaba en círculo cargando los restos calcinados de un cuerpo de niño. La mujer tenía las manos chamuscadas. Rodrigo se la imagina metiéndolas en la lava para salvar al hijo. El olor a carne quemada se diseminaba en espiral conforme ella daba vueltas y vueltas frente a la entrada de la cueva. Afuera, todo estaba bañado de lava incandescente. El calor era insoportable.

Rodrigo cierra los ojos. No quiere ver nada. Se arrepiente de haber huido de la lava. ¿Qué caso tiene mantenerse vivo en ese lugar que no le pertenece? No recuerda quién es ni de dónde viene, pero tiene una profunda sensación de haber estado en un lugar privilegiado. No se necesita ser muy observador para darse cuenta que él es ajeno a esa civilización. Se siente abandonado, adolorido, desgarrado interiormente. Siente un vacío enorme. Como si le hubieran arrancado de golpe la mitad del cuerpo. No sabe qué hacer. No existe la menor posibilidad de huida. Además, ¿adónde podría ir? ¿Tendría familia? ¿Habría alguien que lo llorara? ¿Cuánto tiempo podría sobrevivir en ese planeta? Él solo, ni un día, y como miembro de esa tribu tiene muy pocas posibilidades. Constantemente percibe las recelosas miradas de esos salvajes sobre su persona. No los culpa. Su apariencia de macho sin pelo, sin fuerza bruta, que no le falta un diente —lo cual sólo les pasa a los niños de tres años—, sin cicatrices, sin agresividad, que en lugar de defecar en la cueva lo hace atrás de un árbol, que en lugar de atacar dinosaurios utiliza las puntas de las lanzas para sacarse la mugre de las uñas, que en lugar de comerse los mocos se suena con los dedos de una mano mientras con la otra se cubre para que nadie lo vea, y que para colmo no fornica con las mujeres de la tribu, es altamente sospechosa. Todos lo rechazan.

Sólo hay una mujer que se siente atraída hacia él y nadie entiende por qué. La razón es que ella fue la única que presenció el aterrizaje de la nave espacial que trajo a Rodrigo a Korma.

La vio descender de los cielos entre fuego y truenos. Rodrigo bajó del extraño aparato desnudo y confundido. Para ella, la nave era como un vientre flotante que dio a luz a ese hombre. Considera a Rodrigo como a un Dios nacido de las estrellas. Más de una vez le ha salvado la vida, luchando como fiera contra los demás hombres del clan por defenderlo. No encuentra forma de mostrarle su agrado. A veces se acuesta frente a él y abre sus peludas piernas esperando que él le salte encima, tal y como lo hacen los demás primitivos ante la misma provocación. Pero Rodrigo ha fingido ceguera y de ahí no ha pasado la cosa. Sin embargo, la primitiva no ha perdido la fe y piensa que ahora que su Dios está herido tiene su gran oportunidad. Se acuesta a sus pies y con ternura le empieza a lamer las heridas que Rodrigo sufrió durante su huida. Rodrigo abre los ojos e intenta retirar los pies, pero sus músculos no lo obedecen. A los pocos segundos se da cuenta que es muy refrescante la sensación que proporciona la lengua húmeda al entrar en contacto con las ardientes heridas de sus pies. Se siente tan reconfortado que, haciendo a un lado la resistencia, cierra los ojos y se deja querer. Poco a poco la primitiva va subiendo por las piernas con gran intensidad. Ahora le está lamiendo las pantorrillas. A veces tiene que suspender su labor para retirar las espinas que Rodrigo trae clavadas. Luego continúa hacia las rodillas, luego se detiene largo rato en los muslos —donde por cierto no tiene ninguna herida— y finalmente llega a su objetivo principal: la entrepierna. La salvaje se pasa con lujuria la lengua por los labios antes de continuar con su samaritana labor. Rodrigo se preocupa. Sabe muy bien lo que quiere esa horrorosa mujer de pelo en pecho, que huele a diablos, que tiene mal aliento, y que menea lascivamente las caderas. Lo que ella piensa obtener es lo mismo que Rodrigo ha venido evitando desde el principio.

Afortunadamente, otro primitivo no había perdido detalle de lo que pasaba entre ellos. Sus ojos no se habían despegado un segundo del trasero al aire de la mujer. La posición cuadrúpeda en que se encontraba lo hacía altamente apetecible. Y sin pensarlo dos veces, la toma por las caderas y empieza a fornicar con ella. Ella protesta con un gruñido. Como respuesta recibe un mazazo en la cabeza que la somete. Rodrigo está agradecido de que el macho haya entrado al quite, pero le molestan los modos. Además, como ella le ha salvado la vida en muchas ocasiones, se siente obligado a corresponderle. Sin saber de dónde, obtiene fuerzas para levantarse y jalar al macho. El macho, enfurecido, le pone una primitiva golpiza que lo deja peor que si lo hubiera masticado un dinosaurio. ¡Eso era lo último que le faltaba! Rodrigo no puede más y llora de impotencia. ¿Qué hizo para merecer ese castigo? ¿Qué crimen estaba pagando? Todos lo miran con extrañeza. Su actitud desilusionó hasta a la primitiva que tanto lo admiraba. Y a partir de ese momento fue unánimemente repudiado por marica.

El aerófono del doctor Díez no le permitió la entrada a Azucena. Eso era un indicio de que el doctor estaba ocupado con algún paciente y lo había dejado bloqueado. A Azucena, entonces, no le quedó otra que pasar primero a su oficina para desde ahí llamar a su vecino de consultorio y hacer una cita como era debido. Realmente no estuvo nada bien que ella hubiera marcado directamente el número aerofónico del doctor. Era una tremenda falta de educación presentarse en medio de una casa u oficina sin haberse anunciado con anterioridad, pero Azucena estaba tan desesperada que pasaba por alto esas mínimas reglas de cortesía. Claro que para eso estaba la tecnología, para impedir que se olvidaran las buenas costumbres. Azucena, pues, se vio forzada a comportarse de una manera civilizada. Mientras esperaba que se abriera la puerta de su oficina, pensó que no había mal que por bien no viniera, pues hacía una semana que no se presentaba en su consultorio y de seguro tendría infinidad de llamadas de todos los pacientes a los que había abandonado.

Lo primero que escuchó en cuanto la puerta del aerófono se abrió fue un "¡Qué poca!" colectivo. Azucena se sorprendió de entrada, pero luego se apenó enormemente. Sus plantas habían pasado siete días sin agua y tenían todo el derecho de recibirla de esa manera. Azucena acostumbraba dejarlas conectadas al plantoparlante, una computadora que traducía en palabras sus emisiones eléctricas, pues le encantaba llegar al trabajo y que sus plantas le dieran la bienvenida.

Generalmente, sus plantas eran de lo más decentes y cariñosas. Es más, nunca antes la habían insultado. Ahora, Azucena no se los recriminaba; si alguien sabía la rabia que daba que la dejaran plantada, era ella. De inmediato les puso agua. Mientras lo hacía, les pidió mil disculpas, les cantó y las acarició como si ella misma fuera la que se estuviera consolando. Las plantas se calmaron y empezaron a ronronear de gusto.

Azucena, entonces, procedió a escuchar sus mensajes aerofónicos. El más desesperado era el de un muchacho que era la reencarnación de Hugo Sánchez, un famoso futbolista del siglo xx. A partir del 2200, el muchacho, que nuevamente era futbolista, formaba parte de la selección terrenal. Próximamente se iba a celebrar el campeonato interplanetario de futbol y se esperaba que diera una muy buena actuación. Lo que pasaba era que sus experiencias como Hugo Sánchez lo tenían muy traumado; sus compatriotas lo habían envidiado demasiado y le habían hecho la vida de cuadritos. Por más que Azucena había trabajado con él en varias sesiones de astroanálisis, no había podido borrarle del todo la amarga experiencia que tuvo cuando no lo dejaron jugar en el campeonato mundial de 1994. La siguiente llamada era de la esposa del muchacho, que en su vida pasada había sido el doctor Mejía Barón, el entrenador que no dejó jugar a Hugo Sánchez. Los habían puesto en esta vida juntos para que aprendieran a amarse, pero Hugo no la perdonaba y cada vez que podía le ponía unas soberanas palizas. La mujer ya no podía más; le suplicaba a Azucena que la ayudara o de lo contrario estaba decidida a suicidarse. También había varias llamadas del entrenador del muchacho. El partido Tierra-Venus estaba a la vuelta de la esquina y quería alinear a su jugador estrella. Azucena pensó que lo mejor era darle al entrenador el nombre de otro de sus pacientes, que era la reencarnación de Pelé. Ella no estaba en condiciones de atender a nadie en esos momentos. Le daba mucha pena, pero ni modo, así era la cosa. Para poder trabajar como astroanalista uno necesita estar muy limpio de emociones negativas, y Azucena no lo estaba.

Ya no pudo escuchar los demás recados pues sus plantas empezaron a armar un gran escándalo. Gritaban histéricas. A través de la pared estaban escuchando una tremenda discusión proveniente de la oficina del doctor Díez y a ellas para nada les gustaban las malas vibras. Azucena de inmediato abrió la puerta que daba al pasillo, y tocó en la puerta del doctor Díez. El doctor era la persona más pacífica que ella conocía. Algo grave debía de estar pasando para que explotara de esa manera.

Sus fuertes toquidos silenciaron la pelea. Al no recibir respuesta, Azucena intentó tocar de nuevo, pero no fue necesario. La puerta del doctor Díez se abrió intempestivamente. Un hombre fornido la empujó contra la puerta de su consultorio. Azucena chocó contra el cristal. El letrero de Azucena Martínez, Astroanalista, cayó hecho añicos. Tras el hombre fornido salió otro aún más enfurecido y, tras él, el doctor Díez, pero al ver a Azucena en el piso detuvo su carrera y se acercó a auxiliarla.

—¡Azucena! Nunca creí que fuera usted. ¿La lastimaron?

—No, creo que no.

El doctor ayudó a Azucena a incorporarse y la examinó brevemente.

—Pues sí, parece que no le pasó nada.

—Y a usted, ¿lo lastimaron?

—No, sólo estábamos discutiendo. Pero afortunadamente llegó usted.

—¿Y quiénes eran?

—Nadie, nadie... Oiga pero ¿qué le hicieron?

—Ya le dije que nada, sólo fue el golpe.

—No me refiero a ellos. ¿Qué le pasó? ¿Está enferma? Trae una cara terrible.

Azucena no pudo contener por más tiempo el llanto. El doctor la abrazó paternalmente. Azucena, con voz entrecortada por los sollozos, se desahogó con él. Le platicó cómo fue que se encontró con su alma gemela y lo poco que le duró el gusto. Cómo pasó en un mismo día del abrazo al desamparo, del apaciguamiento al desasosiego, de la embriaguez a la cordura, de la plenitud al vacío. Le dijo que ya lo había buscado en todos lados y que no había rastro de él. La única esperanza que le quedaba era localizarlo a través del aparato que él acababa de descubrir. En cuanto Azucena mencionó lo del invento, el doctor Díez volteó a ver si alguien los escuchaba, y tomando a Azucena del brazo la introdujo en su consultorio.

—Venga conmigo. Aquí adentro hablaremos mejor.

Azucena se sentó en una de las cómodas sillas de piel, frente al escritorio del doctor. El doctor Díez habló en voz baja como si alguien estuviera escuchándolo.

—Mire, Azucena. Usted es una amiga muy querida y me encantaría poder ayudarla, pero no puedo.

La desilusión enmudeció a Azucena. Un velo de tristeza le cubrió los ojos.

—Sólo fabriqué dos aparatos. Uno lo tiene la policía, y de ninguna manera me lo prestarían pues lo están ocupando día y noche para localizar al asesino del señor Bush. Y el otro tampoco puedo utilizarlo porque no estoy autorizado a entrar en CUVA (Control Universal de Vidas Anteriores) donde lo tienen... Aunque déjeme pensar... Ahorita hay un puesto vacante... Tal vez si usted entra a trabajar ahí lo podría usar...

—¿Está loco? Ahí sólo admiten burócratas de nacimiento. Ya parece que me van a dejar entrar...

—Yo la puedo ayudar a convertirse en una burócrata de nacimiento.

—¿Usted? ¿Cómo?

El doctor sacó un aparato minúsculo del cajón de su escritorio y se lo mostró a Azucena.

—Con esto.

*   *   *

La señorita burócrata guardó en un cajón la rica torta de tamal que estaba comiendo y se limpió cuidadosamente las manos en la falda antes de saludar a Azucena Martínez, la última de las candidatas al puesto de "averiguadora oficial" que tenía que entrevistar.

—Siéntese por favor.

—Gracias.

—Veo que usted es astroanalista.

—Así es.

—Ése es un trabajo muy bien pagado, ¿qué le hizo venir a aplicar para un puesto de oficinista?

Azucena se sentía muy nerviosa, sabía que una cámara fotomental estaba fotografiando cada uno de sus pensamientos. Esperaba que la microcomputadora que el doctor Díez le había instalado en la cabeza estuviera enviando pensamientos de amor y paz. Si no, estaba perdida, pues lo que verdaderamente cruzaba por su mente en ese momento era que esos interrogatorios eran una pendejada y que las oficinas de gobierno eran una mierda.

—Lo que pasa es que estoy muy agotada emocionalmente. Mi doctor me recomendó unas vacaciones. Mi aura se ha cargado de energía negativa y necesita reponerse. Usted comprende, trabajo muchas horas escuchando todo tipo de problemas.

—Sí, entiendo. Y creo que usted, a su vez, entiende la importancia que tiene el conocimiento de vidas anteriores para entender el comportamiento de cualquier persona.

—Claro que sí.

—Entonces, estimo que no se opondrá a que le hagamos un examen trabajando directamente en el campo de su subconsciente, para de esa manera obtener nuestras conclusiones finales en cuanto a si usted es la persona capacitada para ocupar el puesto en nuestra oficina o no.

Azucena sintió que un sudor frío le recorría la espalda. Tenía miedo, mucho miedo. La prueba de fuego la esperaba. Nadie puede entrar en el subconsciente de otra persona sin previa autorización. Ella tenía que permitir que lo hicieran si de veras deseaba entrar a trabajar en CUVA. Claro que de ninguna manera les iba a permitir el acceso a su verdadero subconsciente, pues los datos que los analistas esperaban recaudar eran los relativos a su solvencia moral y social.

Querían saber si en alguna vida había torturado o matado a alguien. Cuál era su grado de honestidad en el presente. Cuál su nivel de tolerancia a la frustración y cuál su capacidad para organizar movimientos revolucionarios. Azucena era muy honesta y ya había pagado los karmas por todos los crímenes que había cometido. Pero su nivel de tolerancia a la frustración era mínimo. Era una agitadora nata y una rebelde por naturaleza, así que más le valía que el aparato del doctor Díez siguiera funcionando correctamente, si no, no sólo se iba a quedar sin el puesto de "averiguadora oficial" sino que recibiría un castigo terrible: que le borraran la memoria de sus vidas pasadas y ... ahí sí que ¡adiós Rodrigo!

—¿Cuál es la palabra de pase?

—Papas enterradas.

La señorita burócrata escribió la frase en el teclado de la computadora y le proporcionó a Azucena un casco para que se lo pusiera en la cabeza. La cámara fotomental instalada dentro del casco fotografiaba los pensamientos del inconsciente. Los traducía en imágenes de realidad virtual que se computarizaban en la oficina de Control de Datos. Ahí eran analizadas ampliamente por un grupo de especialistas y una computadora.

Azucena se instaló el casco, cerró los ojos y empezó a escuchar una música muy agradable.

En la oficina contigua se empezó a reproducir en realidad virtual la ciudad de México del año 1985. Entonces, los científicos pudieron caminar por la avenida Samuel Ruiz tal y como estaba doscientos quince años atrás, cuando era conocida como el Eje Lázaro Cárdenas. Llegaron hasta la Catedral Metropolitana cuando aún estaba completa. Continuaron su recorrido por el Eje Central hasta llegar a la Plaza de Garibaldi. Ahí se instalaron junto a un grupo de mariachis que tocaban a petición de unos turistas.

Los científicos burócratas empezaron a discutir acaloradamente entre ellos. Era de llamar la atención la claridad de las imágenes que estaban observando. Generalmente, la mente recuerda de una manera confusa y desorganizada. Azucena era la primera persona que conocían que tenía muy claro su pasado. Las imágenes que proyectaba guardaban un perfecto orden cronológico. No estaban fragmentadas, lo cual significaba que la muchacha era un genio o que había introducido ilegalmente una microcomputadora. Hubo quien sugirió la presencia de la policía. Otros, sólo pidieron una investigación a fondo. Y algunos, estremecidos por el sonido de las trompetas, se conmovieron hasta las lágrimas.

Afortunadamente, en estos casos la única que tenía una opinión de peso y daba el veredicto final e inapelable era la computadora. Y la computadora aceptaba la información proporcionada por Azucena sin ningún extrañamiento. La opinión de los científicos sólo se tomaba en cuenta en caso de que la computadora dejara de funcionar, y eso sólo había pasado una vez en ciento cincuenta años. Fue durante el gran terremoto. El día en que la tierra dio a luz a la nueva luna. Y esa vez a nadie le interesó conocer la opinión de los científicos, pues lo importante era salvar la vida. Así que ya podían discutir entre ellos todo lo que quisieran que a nadie le iban a interesar sus conclusiones.

Azucena, completamente aislada de todos, escuchaba la música que salía de los audífonos del casco. Se sentía flotar en el tiempo. La melodía la transportaba suavemente a una de sus vidas pasadas. Su verdadero subconsciente había empezado a trabajar de manera automática y le traía una imagen que Azucena ya había visto en una de sus sesiones de astroanálisis. Nunca había podido ver más allá debido a que tenía un bloqueo en esa vida pasada, pero evidentemente la melodía que ahora estaba escuchando tenía el poder de traspasarlo. (Track 1 CD)

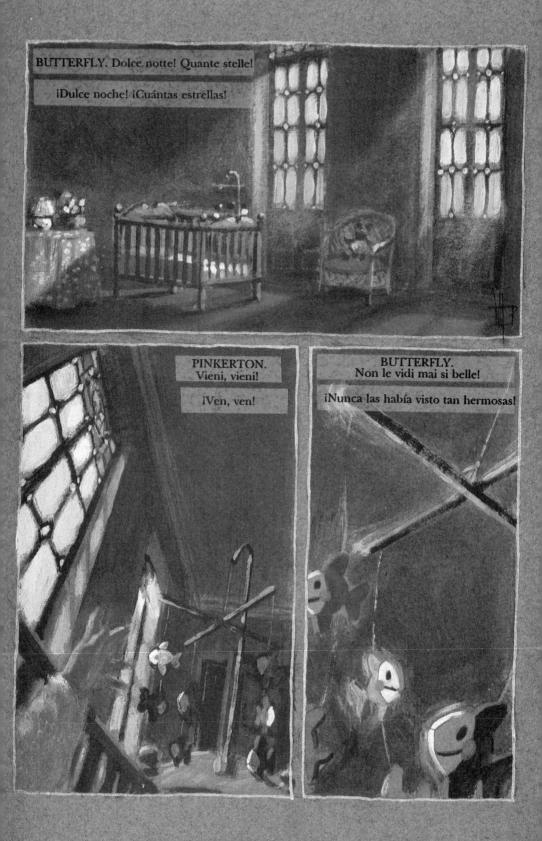

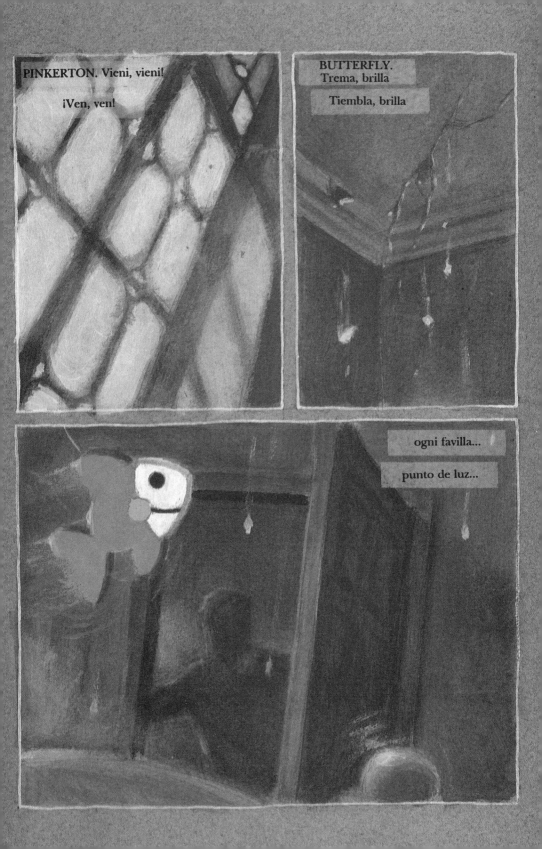

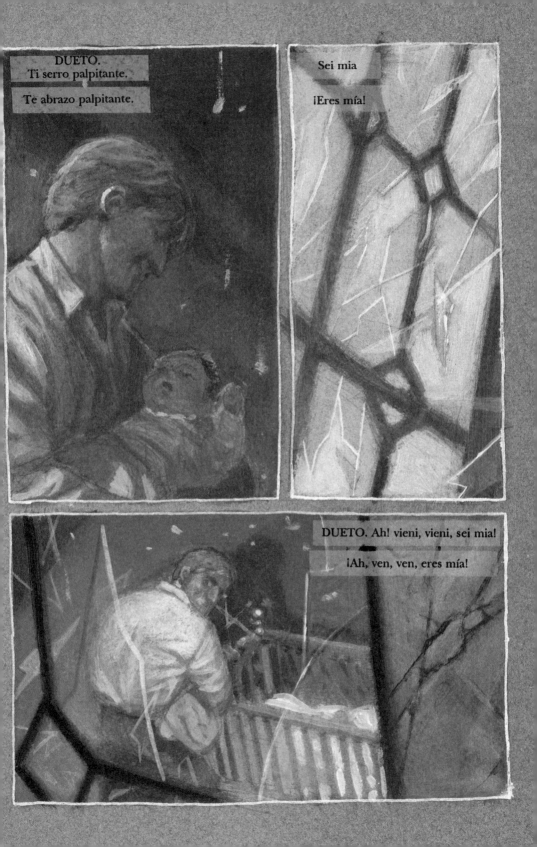

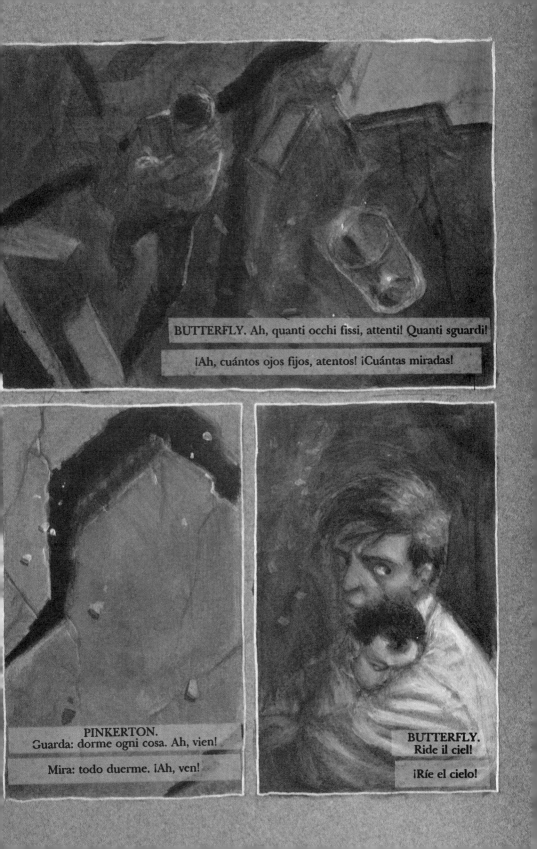

PINKERTON.
Ah, vien! Ah, vien! Sei mia!

¡Ah, ven! ¡Ah, ven! ¡Eres mía!

PINKERTON.
Ah, vieni, vieni!

¡Ah, ven, ven!

DUETO.
Ah, dolce notte! Quante stelle!
Tutto estatico d'amor ride il ciel!

¡Ah, dulce noche! ¡Totalmente
extasiado de amor ríe el cielo!

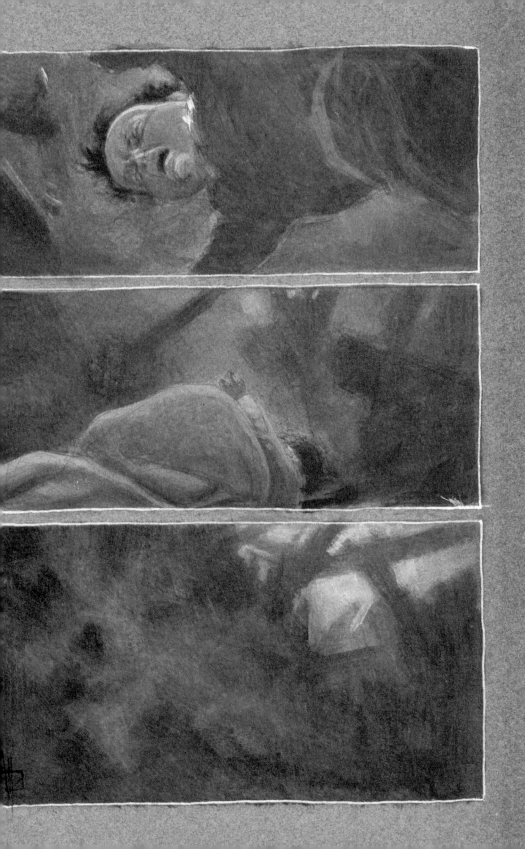

Súbitamente, la música desapareció dejando la mente de Azucena en blanco. Le acababan de desconectar el casco. ¡No podía ser que la señorita burócrata la hubiera despertado justo cuando estaba viendo a Rodrigo! Azucena estaba completamente segura de que el hombre que la tomaba en sus brazos para salvarle la vida era él. Reconoció su rostro entre uno de los catorce mil que ella le vio el día de su encuentro. No podía haber el menor error. ¡Era él! Le urgía saber qué música era la que la había conducido a Rodrigo.

—Es todo, muchas gracias. Esperemos el veredicto final.

—La música que escuché, ¿qué era?

—Música clásica.

—Sí, ya lo sé, pero ¿de quién?

—Mmmmm, eso sí que no lo sé. Me parece que es de una ópera, pero no estoy segura...

—¿No puede preguntar?

—¿Y a usted por qué le interesa saberlo?

—Bueno, no es que me interese personalmente. Lo que pasa es que en mi trabajo de astroanalista es muy bueno utilizar música que provoque estados alterados de conciencia...

—Sí, me lo imagino. Pero como por un buen tiempo no va a trabajar como astroanalista, no tiene caso que lo sepa...

Por una abertura de la mesa del escritorio, la computadora escupió un papel. La señorita burócrata lo leyó y en seguida se lo dio a Azucena.

—Mjum, la felicito, pasó el examen. Lleve este papel al segundo piso. Ahí le van a tomar una aurografía para su credencial. En cuanto la tenga, se puede presentar a trabajar.

Azucena no cabía de gusto. No era posible tanta belleza. Trató de ser prudente y de no mostrar sus emociones, pero no podía disimular una sonrisa triunfal. Todo le estaba saliendo a la perfección. ¡Le iba a enseñar a Anacreonte lo que era solucionar problemas!

En el segundo piso, había aproximadamente quinientas personas esperando para tomarse la aurografía. Eso no era nada en comparación con las colas enormes que Azucena había tenido que hacer anteriormente. Así que con gran resignación ocupó el lugar que le correspondía en la fila. Una cámara fotomental los fotografiaba a todos constantemente. Ésa era la última prueba que tenían que pasar. En ella se detectaba la capacidad de tolerancia a la frustración que tenían los futuros burócratas. Lo que pasaba era que sus compañeros de fila realmente tenían madera de burócratas y con facilidad podían pasar el examen, y ella no. Cada minuto que transcurría minaba su paciencia. El nervioso golpeteo de su talón contra el piso fue lo primero que llamó la atención de los jueces calificadores. Era completamente contradictorio con los pensamientos que Azucena emitía. La cámara fotomental se enfocó en su rostro y captó el rictus de impaciencia que tenían sus labios. La total incongruencia entre pensamiento y gesto era muy sospechosa. Tal vez ésa fue la causa por la que en cuanto Azucena llegó a la ventanilla para ser atendida, pusieron un letrero de "cerrado". Azucena casi se infarta de la rabia. No podía ser. No podía tener tan mala suerte. Tuvo que morderse los labios para que las mentadas de madre no se le escaparan. Tuvo que cerrar los ojos para que no salieran disparados los puñales con los que deseaba atravesar la garganta de la señorita. Tuvo que atarse los pies para que sus piernas no rompieran la ventanilla a patadas. Tuvo que anudar sus dedos para que no destrozaran los papeles que le entregaron en la mano cuando le dijeron que regresara el lunes siguiente.

¡Hasta el lunes! Era jueves por la mañana. No creía posible esperar hasta el lunes con los brazos cruzados. ¿Qué podía hacer? Le encantaría continuar con la regresión a la vida pasada en donde vio a Rodrigo, pero no tenía a la mano el compact disc que se la había provocado, ni sabía qué ópera le habían puesto, y, aunque lo supiera, no era fácil conseguirla. Los últimos descubrimientos en musicoterapia habían complicado la compra-venta de compact discs. Hacía tiempo que se sabía que los sonidos musicales tenían una poderosa influencia en el organismo y alteraban el comportamiento psicológico de las personas, las podían volver esquizofrénicas, psicópatas, neuróticas y, en casos graves, hasta asesinas.

Pero recientemente se había descubierto que toda melodía tenía el poder de activar nuestra memoria de vidas anteriores. Se utilizaban en el área del astroanálisis para inducir regresiones a vidas pasadas. Como se podrá suponer, no era conveniente que cualquier persona utilizara la música para esos fines, pues no todas tenían el mismo grado de evolución. En ocasiones, no es bueno destapar el pasado. Si alguien tiene bloqueado un conocimiento, es porque no lo puede manejar. Ya había pasado infinidad de veces que, de pronto, un ex rey se proponía recuperar las joyas de la corona que le habían pertenecido o cosas parecidas. Por lo tanto el gobierno había decretado que todos los discos, tocadiscos, cassetteras, compact discs y demás aparatos de sonido pasaran al poder de la Dirección General de Salud Pública. Para adquirir un compact disc uno tenía que demostrar su solvencia moral y su grado de evolución espiritual. La manera de hacerlo era presentando una carta certificada por un astroanalista donde se asegurara que esa persona no corría riesgo alguno al escuchar determinada música. Azucena, en su calidad de astroanalista, podía realizar todos esos trámites sin problema, pero le tomaría aproximadamente un mes. ¡Eso sería una eternidad! Tenía que pensar en otra cosa, pues si regresaba a su casa sin haber logrado algún avance en la localización de Rodrigo iba a enloquecer. Quería verlo frente a frente cuanto antes para exigirle una explicación. ¿Por qué la había abandonado? ¿Había cometido algún error? ¿No era lo suficientemente atractiva? ¿O era que tenía una amante a la que no podía abandonar? Azucena estaba dispuesta a aceptar la explicación que fuera, pero quería que se la dieran. Lo que le resultaba insoportable era la incertidumbre. Le despertaba todas las inseguridades que con tanto trabajo había logrado superar con la ayuda del astroanálisis. Su falta de confianza en sí misma le había impedido tener una pareja estable. Cuando encontraba a alguien que valía la pena y que la trataba muy bien, inevitablemente terminaba rompiendo con él. Muy en el fondo sentía que no se merecía la felicidad. Pero, por otro lado, tenía una enorme necesidad de sentirse amada. Así pues, tratando de ponerle remedio a sus problemas había decidido encontrar a su alma gemela pensando que con ella no había margen de error, pues se trataba de la mancomunidad perfecta. ¡Tanto tiempo para dar con ella! ¡Y tan aprisa que la había perdido! ¡No era posible! Era lo más injusto que le había pasado en sus catorce mil vidas.

Definitivamente, tenía que hacer algo para calmar su angustia y desesperación, y tal vez lo más adecuado era ir a hacer cola a la Procuraduría de Defensa del Consumidor. Ahí al menos podría pelearse con alguien, reclamar, gritar, exigir sus derechos. Las burócratas que atendían esos lugares eran de lo más aguantadoras. Las ponían para que la gente desahogara sus frustraciones. Sí, eso era lo que iba a hacer.

*   *   *

La Procuraduría de Defensa del Consumidor parecía la antesala del infierno. Lamentos, quejas, lágrimas, arrepentimientos, penas y miserias se escuchaban por doquier. El hacinamiento al que estaban condenados los miles de personas que hacían cola frente a las ventanillas donde se atendía al público era el causante de un calor verdaderamente endemoniado. Azucena sudaba a mares, lo mismo que Cuquita. Cuquita estaba haciendo cola en la fila de Escalafón Astral, y Azucena en la de Almas Gemelas. Las dos fingían demencia. No tenían el menor deseo de saludarse. Pero el destino parecía estar empeñado en juntarlas, pues en el momento en que Cuquita estaba siendo atendida, Azucena avanzó en la fila y quedó prácticamente junto a ella. Desde la posición en que se encontraba podía escuchar perfectamente la conversación que sostenían Cuquita y la burócrata que la estaba atendiendo. La comunicación entre ambas se dificultaba un poco debido a que Cuquita tenía el vicio de tratar de impresionar a las demás personas con la utilización de palabras finas y elegantes. El problema radicaba en que como no sabía su significado, utilizaba una palabra por otra y terminaba diciendo barbaridad y media que no hacía más que confundir a sus interlocutores.

—Mire, señorita. ¿Usted sabe lo horrible que es haber puesto tanto *añico* para nada?

—¿Tanto qué?

—*Añico*, yo he puesto mucho *añico* para superarme y pienso que ya he levado bastante mi alma y merezco mejor trato.

—Sí, señora, no lo dudo, pero el problema es que en esta vida todo se paga, en abonos o al contado, pero se paga.

—Sí, señorita, pero de veras que yo hace mucho que pagué todos mis karmas. Y quiero el divorcio.

—Lo siento mucho, señora, pero mis informes dicen que aún tiene deudas con su esposo de otras vidas.

—¿Cuáles deudas?

—¿Quiere que le recuerde su vida como crítico de cine?

—Bueno sí, reconozco que me porté muy mal, pero ¡no es para tanto, oiga! ¡Llevo muchas vidas pagando los karmas que me gané con los comentarios de mi lengua *vespertina* como para que ahora me pongan junto a este *negrúmeno*! Mire cómo traigo el ojo. Si no me dejan divorciarme le juro que lo voy a matar.

—Haga lo que quiera, ya tendrá que pagar por eso también. El que sigue, por favor.

—Oiga, señorita, ¿y qué no habría manera de que nos arregláramos entre nosotras para que me dejen conocer a mi alma gemela?

—¡No, señora, no la hay! Y mire, hay mucha gente en el mismo caso que usted. Todos quieren tener belleza, dinero, salud y fama sin haber hecho méritos. Ahora que si usted verdaderamente quiere a su alma gemela sin habérsela ganado, le podemos tramitar un crédito, siempre y cuando se comprometa a pagar los intereses.

—¿De cuánto estamos hablando?

Si usted firma este papel la ponemos en contacto con su alma gemela en menos de un mes, pero se tiene que comprometer a pasar diez vidas más al lado de su actual esposo sufriendo golpes, humillaciones, o lo que sea. Si usted está dispuesta a aguantar, ahorita mismo lo hacemos.

—No. Por supuesto que no estoy dispuesta.

—Si así es la cosa, son muy buenos para pedir, pero no para pagar. Por eso hay que pensar muy bien lo que se quiere.

Azucena se sintió apenada de haber escuchado los reclamos de Cuquita. Aunque le caía mal, no era nada agradable verla padecer. Lo peor era que Azucena sabía muy bien que Cuquita no tenía el menor chance de obtener una autorización para conocer a su alma gemela. Pobre. Quién sabe cuántas vidas más tenía que esperar. Bueno, Azucena a esas alturas estaba llegando a la conclusión de que el amor y la espera eran una misma cosa. El uno no existía sin el otro. Amar era esperar, pero paradójicamente era lo único que la impulsaba a actuar. O sea, la espera la había mantenido activa. Gracias al amor que Azucena le tenía a Rodrigo había hecho infinidad de colas, había adelgazado, había purificado su cuerpo y su alma. Pero a raíz de su desaparición no podía pensar en otra cosa que no fuera saber su paradero. Su arreglo personal era deplorable. Ya no le importaba peinarse. Ya no le importaba lavarse los dientes. Ya no le importaba tener un aura luminosa. Ya no le importaba nada de lo que pasara en el mundo a menos que estuviera relacionado con Rodrigo.

El compañero de fila que estaba atrás de Azucena ya le había platicado setenta y cinco vidas pasadas y ella no le había prestado la menor atención. Su conversación le resultaba soporífera, pero su amigo fortuito no lo había notado, pues Azucena mantenía una expresión neutra en el rostro. Nadie, al verla, podría presumir que estaba empezando a sentir sueño. Ese hombre parecía ser la cura perfecta para el insomnio galopante que la traía atormentada desde la desaparición de Rodrigo. Había tratado de todo para remediarlo, desde té de tila o leche con miel, hasta su método infalible, que consistía en recordar todas las colas que había hecho en la vida. El chiste era contar en cuenta regresiva una por una a las personas que habían sido atendidas primero que ella en la ventanilla. Hasta antes de perder a Rodrigo ese método nunca le había fallado. Pero ya no le funcionaba más. Cada vez que pensaba en una fila, se acordaba de la ilusión con que la había hecho, esperando ser besada, acariciada, apretujada... Y entonces, el sueño se le espantaba, salía huyendo por la ventana y no había manera de alcanzarlo. Ahora, quién sabe si era a causa de la combinación del calor aunada a la plática de su compañero de fila, pero la verdad era que estaba a punto de cerrar los ojos. Ese hombre fácilmente podría dormir a un batallón completo con sus historias. Escucharlo era de hueva infinita.

—¿Y ya le platiqué mi vida de bailarina?

—No.

—¿Noooo? Bueno, en esa vida... ¡Fíjese cómo serán las cosas! Yo no quería ser bailarina, quería ser músico, pero como en otra vida había sido rockero y había dejado sordos a muchos con mi escandalero, pues no me dejaron tener buen oído para la música, así que no me quedó otra que ser bailarina... ¡Ay, y no me arrepiento, oiga! ¡Lo adoré! Lo único horrible, de veras, eran los juanetes que me sacaron las zapatillas, pero de ahí en fuera ¡me encantaba bailar de puntitas! Era algo así como flotar y flotar en el aire... como... ¡Ay no sé cómo explicarme...! Lo malo es que me mataron a los veinte años, ¿usted cree? ¡Ay, fue horrible! Yo iba saliendo del teatro y unos hombres me quisieron violar, como yo me resistí, uno de ellos me mató...

Azucena se enterneció al ver llorar como un niño chiquito a ese hombre tan grande, fornido y horroroso. Sacó un pañuelo y se lo dio. Mientras él se secaba las lágrimas, Azucena trató de imaginárselo bailando de puntitas, pero no le fue posible.

—Fue algo bien injusto, porque yo estaba embarazada... y nunca pude ver a mi hijito...

El hombre había pronunciado las palabras clave para llamar la atención de Azucena: "Nunca pude ver a mi hijito". Si de algo sabía Azucena era del dolor de la ausencia. De inmediato se identificó con la pena de ese pobre hombre que nunca pudo ver a esa persona tan amada y esperada. Sin embargo, no se le ocurrió cómo consolarlo y se limitó, pues, a verlo con una mirada de conmiseración.

—Por eso vine a reclamar. En esta vida me tocaba un cuerpo de mujer para terminar con mi aprendizaje de la otra vida, y por una equivocación nací dentro de este cuerpo tan horroroso. ¿A poco no está feo?

Azucena trató de animarlo pero no se le ocurrió ni un solo piropo. El hombre realmente era feo como pegarle a Dios.

—¡Ay! No sabe lo que diera por tener uno así como el suyo. Odio tener cuerpo de hombre... Como no me gustan las mujeres, pues tengo que tener relaciones homosexuales, pero la mayoría de los hombres, ¡son unos bruscos! No saben cómo ser tiernos conmigo..., y lo que yo necesito es ternura... ¡Ay!, si yo tuviera un cuerpo fino y delicado, me tratarían delicadamente...

—¿Y no ha pedido un trasplante de alma?

—¡Huy, que si no! Llevo diez años haciendo cola, pero cada vez que hay un cuerpo disponible, se lo dan a otro y no a mí. Estoy desesperado...

—Bueno, espero que pronto se lo den.

—Yo también.

El hombre regresó a Azucena el pañuelo que le prestó. Azucena lo tomó de una puntita porque estaba lleno de mocos y finalmente decidió regalárselo al hombre en lugar de guardarlo en su bolsa. Él se lo agradeció mucho y se despidieron apresuradamente, pues a Azucena ya le tocaba el turno de ser atendida.

—Ya le toca, gracias y hasta luego. Que tenga suerte.

—Usted también.

—El que sigue.

Azucena se acercó a la ventanilla.

—¿Asunto?

—Mire, señorita, yo metí mis documentos en la oficina de escalafón astral hace mucho.

—Los asuntos de escalafón son en la otra cola. El que sigue.

—¡Oiga, déjeme terminar...! Ahí me dijeron que ya estaba en condiciones de conocer a mi alma gemela, me pusieron en contacto con él y nos vimos.

—Si ya se encontró con él, ¿a qué viene? Su asunto ya está resuelto. El que sigue...

—¡Espérese! No he acabado. El problema es que desapareció de un día para otro y no lo encuentro. ¿Me podría dar su dirección?

—¿Cómo? ¿Se encontró con él y no sabe la dirección?

—No, porque sólo me dieron su número aerofónico. Ahí le dejé un mensaje y él fue a mi casa.

—Pues llámele de nuevo. El que sigue...

—Oiga, de veras usted cree que soy imbécil, ¿verdad? Le he llamado día y noche y no me contesta. Y no puedo ir a su casa porque no estoy registrada en su aerófono. ¿Me hace el favor de darme su dirección o quiere que arme un escándalo? Porque, óigame bien, ¡yo no me voy a ir de aquí sin la dirección! ¡Usted dice si me la va a dar por la buena o por la mala!

Los gritos de Azucena iban acompañados de una mirada marca chamuco que logró aterrorizar a la señorita burócrata. Con gran docilidad tomó el papel que Azucena le extendió con los datos de Rodrigo y diligentemente buscó la información en la computadora.

—Ese señor no existe.

—¿Cómo que no existe?

—No existe. Ya lo busqué en los encarnados y en los desencarnados y no aparece en ningún registro.

—No es posible, tiene que estar, señorita.

—Le digo que no existe.

—Mire, señorita, ¡por favor no me salga con esa pendejada! La prueba de que existe soy yo misma, pues soy su alma gemela. Rodrigo Sánchez existe porque yo existo, y punto.

No hubo un solo ser viviente dentro de la Procuraduría de Defensa del Consumidor que no oyera los gritos destemplados de Azucena, pero nadie se sorprendió tanto al escucharlos como su compañero de fila. Suspendió de inmediato la enrimelada que se estaba dando en las pestañas. Se estaba retocando los ojos después del copioso llanto que había derramado. Las manos le temblaban de la impresión que recibió y le fue muy difícil poner el rimel en su lugar dentro de su bolsa. Cuando Azucena, hecha una furia, tomó sus papeles y dio la vuelta para salirse, no supo qué hacer. Le tocaba su turno para que lo atendieran, pero se quedó dudando entre dar un paso al frente o seguir a Azucena.

Al salir a la calle, Azucena sintió un golpe en el hombro que la hizo brincar. A su lado estaba un hombre de aspecto muy desagradable susurrándole algo al oído.

—¿Necesita un cuerpo?

—¿Que qué?

—Que yo le puedo conseguir un cuerpo en muy buen estado y a precio módico.

¡Nada más eso le faltaba para terminar una bella e inolvidable mañana en la burocracia! Había cometido el error de prestarle atención a este "coyote" y eso iba a ser suficiente como para no poder quitárselo de encima unas tres cuadras más. En todas las oficinas de gobierno abundaba ese tipo de personajes, pero era necesario ignorarlos por completo si uno quería caminar con tranquilidad por la calle, ya que si ellos veían que uno los observaba por la comisura de los ojos aunque fuera un segundo, insistían en vender sus servicios a como diera lugar.

—No, gracias

—¡Ándele! ¡Anímese! No va a encontrar mejor precio.

—¡Que no! No necesito ningún cuerpo.

—Pues no es por nada, pero yo la veo medio maltratada.

—¡Y eso a usted qué le importa!

—No, pos yo nomás digo. Ándele, tenemos unos que nos acaban de llegar, bien bonitos, con ojos azules y todo...

—¡Que no quiero!

—No pierde nada con irlos a ver.

—¡Que no! ¿No entiende?

—Si le preocupa la policía, déjeme decirle que trabajamos con cuerpos sin registro áurico.

—¡A la policía es a la que le voy a hablar si no me deja de estar chingando!

—¡Huy, qué genio!

No había estado mal, sólo se había tardado una cuadra y media a paso veloz para dejar a un lado al "coyote". Azucena volteó desde la esquina para ver si no la seguía y lo vio abordar a su ex compañero de fila. ¡Ojalá que la desesperación de esa ex "bailarina" frustrada por no tener un cuerpo de mujer no lo fuera a hacer caer en las garras de ese gañán! Pero bueno, ella qué tenía que andarse preocupando, con sus propios problemas tenía más que suficiente. De ahí en fuera, el mundo se podía caer, que a ella no le importaba. Caminaba tan abstraída en sus pensamientos que nunca se dio por enterada de que una nave espacial recorría la ciudad anunciando el nombramiento del nuevo candidato a la Presidencia Mundial: Isabel González.

INTERMEDIO PARA BAILAR

Mala porque no me quieres
mala porque no me tocas
mala porque tienes boca
mala cuando te conviene

mala como la mentira
el mal aliento y el estreñimiento
mala como la censura
como rata pelona en la basura
mala como la miseria
como foto de licencia
mala como firma de Santa Anna
como pegarle a la nana

mala como la triquina
mala, mala y argentina
mala como las arañas
mala y con todas las mañas

mala como el orden, la decencia, como la buena conciencia
mala por donde la mires
mala como una endodoncia
mala como clavo chato
mala como película checa
mala como caldo frío

mala como fin de siglo

mala por naturaleza
mala de los pies a la cabeza
mala, mala, mala
mala, ¡pero qué bonita chingaos!

Liliana Felipe

Ser demonio es una enorme responsabilidad, pero ser Mammon, el demonio de Isabel, es realmente una bendición. Isabel González es la mejor alumna que he tenido en millones de años. Es la más bella flor de mansedumbre que han dado los campos del poder y la ambición. Su alma se ha entregado a mis consejos sin recelos, con profunda inocencia. Toma mis sugerencias como órdenes ineludibles y las lleva a cabo al instante. No se detiene ante nada ni ante nadie. Elimina al que tiene que eliminar sin el menor remordimiento. Pone tanto empeño en alcanzar sus pretensiones que pronto va a pasar a formar parte de nuestro cuerpo colegiado y ese día voy a ser el demonio más orgulloso de los infiernos.

Considero una fortuna haber sido elegido como su maestro. Podían haber escogido a cualquier otro de los ángeles caídos que habitamos las tinieblas, muchos de ellos con mejores antecedentes en el campo de la enseñanza. Pero, ¡bendito sea Dios!, el favorecido fui yo. Gracias a la aplicación de Isabel me voy a hacer merecedor del ascenso que por tantos siglos he esperado. Por fin se me va dar el reconocimiento que merezco, pues hasta ahora no he recibido más que ingratitudes. ¡Mi labor es tan mal pagada! Los que siempre se han llevado los aplausos, las condecoraciones, la gloria, son los Ángeles de la Guarda. Y me pregunto, ¿qué harían ellos sin nosotros, los Demonios? Nada. Un espíritu en evolución necesita atravesar por todos los horrores imaginables de las tinieblas antes de alcanzar la iluminación. No hay otro camino para llegar a la luz que el de la oscuridad. La única manera de templar un alma es a través del sufrimiento y el dolor. No hay forma de evitarle este padecimiento al ser humano. Tampoco es posible darle las lecciones por escrito. El alma humana es muy necia y no entiende hasta que vive las experiencias en carne propia. Sólo cuando procesa los conocimientos dentro del cuerpo los puede adquirir. No hay conocimiento que no haya llegado al cerebro sin cruzar por los órganos de los sentidos. Antes de saber que era malo comer el fruto prohibido, el hombre tuvo que percibir el poder de su aroma, sufrir el antojo, gozar el placer de la mordida, estremecerse con el sonido de la piel desgarrada, recibir el bocado dentro de la boca, saber de sus redondeces, de sus jugos, de la suave textura que le acariciaba el esófago, el estómago, el intestino. Hasta que Adán comió la manzana, su mente se abrió a nuevos conocimientos. Hasta que sus intestinos la digirieron, su cerebro llegó a la comprensión de que caminaba desnudo por el Paraíso. Y hasta que sufrió las consecuencias de haber adquirido la sabiduría de los Dioses que lo habían creado, supo de su equivocación. Nunca habría bastado que se le dijera que no podía comer del Árbol del Bien y del Mal. No hay manera de que los seres humanos acepten un razonamiento a priori. Lo tienen que vivir a plenitud. ¿Y quién les proporciona esas experiencias? ¿Los Ángeles de la Guarda? No, señor, nosotros, los Demonios. Gracias a nuestra labor, el hombre sufre. Gracias a las pruebas que le ponemos, puede evolucionar. ¿Y qué recibimos a cambio? Rechazo, ingratitud, mal agradecimiento. Ni hablar, así es la vida. Nos tocó jugar el papel de los malos. Alguien tenía que jugarlo. Alguien tenía que ser el maestro, el corrector, el guía del hombre en la oscuridad. Y les aseguro que no es fácil. Educar, duele. Aplicar la pena, el castigo, la condena, es una punzada constante. Ver al hombre sufrir eternamente por nuestra culpa, es un penoso tormento. Nada lo alivia. Ni siquiera saber que es por su bien. Eso no ahuyenta el sufrimiento. Sería tan placentero pertenecer al grupo de los que dan alivio, los que consuelan, los que secan las lágrimas, los que dan el abrazo protector. Pero entonces, ¿quién iba a hacer evolucionar al hombre? La letra con sangre entra y alguien tiene que dar el golpe. ¿Qué sería de la cuerda de un piano si alguien no golpea la tecla? Nunca nos enteraríamos del bello sonido que puede producir. A veces hay que violentar la materia para que muestre su hermosura. Es a golpes de cincel como un pedazo de mármol se convierte en una obra maestra. Hay que saber golpear sin piedad, sin remordimiento, sin miedo a hacer a un lado los trozos de piedra que impiden que la pieza muestre su esplendor. Saber producir una obra de arte es saber quitar lo que estorba. La creación utiliza el mismo procedimiento. En el vientre materno, las propias células saben hacerse a un lado, se suicidan para que otras existan. Para que el labio superior pudiera separarse del labio inferior, tuvieron que morir las miles de células que los unían. De no haber sido así, ¿cómo podría el hombre hablar, cantar, comer, besar, suspirar de amor? Desgraciadamente, el alma no tiene la misma sabiduría que las células. Es un diamante en bruto que, para irse puliendo, necesita los golpes que el sufrimiento proporciona. Después de tantos siglos, ya era para que lo hubiera aprendido y dejara de resistirse al castigo. Se niega a ser la célula que se suicida para que la boca se abra y hable por todos. Lo mismo pasa con los seres humanos. No les gusta ser esa piedra que se desecha para que aparezca una escultura. Entonces no hay más remedio que hacerlos a un lado para beneficio de la humanidad. Los indicados para hacerlo son los violentadores de la materia: esos seres que no respetan el lugar ni el orden de las cosas. Son aquellos que no se maravillan ante la vida, ni se sientan a contemplar la belleza de un atardecer. Aquellos que saben que el mundo puede ser transformado para su beneficio personal. Que no hay límites que no puedan ser traspasados. Que no hay orden que no pueda ser desacomodado. Que no hay ley que no pueda ser reformada. Que no hay virtud que no pueda ser comprada. Que no hay cuerpo que no pueda ser poseído. Que no hay códices que no puedan ser quemados. Que no hay pirámides que no puedan ser destruidas. Que no hay opositor que no pueda ser asesinado. Esos seres son nuestros mejores aliados, y de todos ellos Isabel es la reina. Es la más despiadada, inhumana, ambiciosa, cruel y sublimemente obediente de todos los violentadores. Sus brutales golpes, ejecutados con virtuosismo, han producido los más bellos sonidos musicales. Gracias a que ha ejercido la tortura, muchas gentes han recibido los besos y las bendiciones de Luzbel. Gracias a las guerras que ha promovido, se han producido grandes avances en el campo de la ciencia y la tecnología. Gracias a que ha practicado la corrupción, los hombres han podido ejercer la generosidad. Gracias a que usa y abusa de los privilegios que da el poder, a su falta de respeto, a que impone sus ideas, a que controla cada uno de los actos de las personas a su servicio, sus empleados alcanzan la iluminación y el conocimiento.

Para que una persona aprenda el valor que tienen las piernas, es necesario que alguien se las corte. Para que alguien sepa el valor del consuelo, tiene que necesitar de él. Para que alguien valore el apoyo y los besos de la madre, necesita estar enfermo. Para que alguien sepa lo que es la humillación, tiene que ser humillado. Para que alguien sepa lo que es el abandono, tiene que ser abandonado. Para que alguien valore la solidaridad, necesita caer en desgracia. Para que alguien sepa que el fuego quema, tiene que ser quemado. Para que alguien aprenda a valorar el orden, tiene que sentir los efectos del caos. Para que el hombre valore la vida en el Universo, primero tiene que aprender a destruirla. Para que el hombre recupere el Paraíso, primero tiene que recuperar el Infierno y, sobre todo, amarlo. Pues sólo amando lo que se odia se evoluciona. Sólo se llega a Dios a través de los demonios. Azucena, pues, debería estar más que agradecida de estar en el destino de mi querida Isabel, pues pronto, muy pronto, la va a poner en contacto con Dios.

Gocemos, oh amigos,
haya abrazos aquí.
Ahora andamos sobre la tierra florida.
Nadie habrá de terminar aquí
las flores y los cantos,
ellos perduran en la casa del Dador de la vida.

Aquí en la tierra es la región de momento fugaz.
¿También es así en el lugar
donde de algún modo se vive?
¿Allá se alegra uno?
¿Hay allá amistad?
¿O sólo aquí en la tierra
hemos venido a conocer nuestros rostros?

Ayocuan Cuetzpaltzin.
Trece poetas del mundo azteca, Miguel León-Portilla.

En la misma medida en que su casa se llenaba de flores y faxes de felicitación, el corazón de Isabel se llenaba de miedo. La vida no podía haberle dado mayor premio que ser elegida candidata americana a la Presidencia del Planeta. Su sueño hecho realidad. Siempre quiso estar en la cima del poder, sentir el respeto y la admiración de todos. Y ahora que lo había logrado estaba aterrorizada. Un temor inexplicable le impedía gozar de su triunfo. Mientras más gente le mostraba su apoyo, más amenazada se sentía, pues, como era lógico suponer, a cualquiera le gustaría estar en su posición. Se sabía envidiada, observada y muy, pero muy vulnerable. Consideraba a todos los que la rodeaban como sus posibles enemigos. Sabía que el ser humano era corruptible por naturaleza y no confiaba en nadie. Cualquiera la podía traicionar. Por eso había empezado a extremar sus precauciones. Dormía con la puerta bajo llave. Detectaba toda clase de olores extraños que sólo ella percibía. Se había vuelto hipersensible a los sabores. En fin, sentía un peligro real y constante en el mundo externo y estaba convencida de que tenía al Universo entero en su contra. Mientras no tuvo nada que perder había vivido más o menos tranquila, pero ahora que estaba a punto de tenerlo todo temblaba como amapola al viento. Como cuando era niña y no podía caminar en la oscuridad pues sentía que el coco la podía atacar por la espalda. Esa sensación era la misma que experimentaba cuando veía escenas de amor en las películas. Sabía que la mayoría de ellas antecedían a una desgracia y entonces, en lugar de disfrutar los besos que se daban los amantes, su vista andaba pajareando por toda la pantalla esperando el momento en que el puñal entraría en escena y se encajaría en la espalda del novio. Lo mismo le pasaba con la música. Como sabía que la música de miedo era compañera inseparable de toda clase de horrores, en vez de gozar del tema de amor, siempre estaba pendientísima de detectar la mínima variación en la melodía para cerrar los ojos y evitar el sobresalto en el alma. Todo el mundo sabía que ese tipo de angustias eran muy malas para la salud. Tan era así que la Secretaría de Salubridad y Asistencia acababa de prohibir la inclusión de música de susto en las películas porque afectaba tremendamente el hígado de los espectadores. Isabel había aplaudido con entusiasmo la medida. Sólo lamentaba que en la vida real no existiera un organismo que regulara la participación de la tragedia en la vida diaria, que evitara que de un momento a otro el sonido de las campanas de fiesta se convirtiera en el de la sirena de una ambulancia que advirtiera a la población de la llegada del horror para que Isabel pudiera cerrar los ojos a tiempo.

Porque en la situación que la había colocado la vida, la traía en permanente incertidumbre y con el Jesús en la boca. Todo el mundo quería verla, saludarla, entrevistarla, estar cerca de ella, o sea, del poder. Isabel tenía que enfrentar la situación, y con los ojos bien abiertos. Tenía que ser muy cuidadosa. No fiarse de nadie. No dejar el menor cabo suelto del que se pudieran agarrar sus enemigos para destruirla. Tenía que estar alerta y no tentarse el corazón en caso necesario. Claro que con eso no había problema. Si había sido capaz de eliminar a su propia hija, podía hacerlo con cualquiera que se interpusiera en su camino.

Su hija había nacido en la ciudad de México el 12 de enero de 2180 a las 21 horas 20 minutos. Era de signo Capricornio con ascendente en Virgo. Su carta astrológica indicaba que iba a tener muchos problemas con la autoridad debido a que tenía una cuadratura entre los planetas Saturno y Urano. Saturno representa la autoridad y Urano la libertad, la rebeldía. Además, la posición de Urano en el signo de Aries es terriblemente afirmativa, de manera que si decidía llevar la contra, lo iba a hacer en serio, a veces de manera impulsiva e irresponsable. La posición de Urano en la casa VIII del crimen indicaba la posibilidad de que se involucrara en actividades ocultas e ilegales con tal de llevar la contra a la autoridad.

Con todas las subversivas características que esa niña tenía, era de esperarse que cuando creciera se convirtiera en una verdadera ladilla, sobre todo para Isabel, quien siempre había tenido en sus planes ocupar la Presidencia Mundial. Bueno, no sólo era un simple sueño; su carta astral así lo indicaba y aseguraba, además, que cuando eso ocurriera por fin llegaría una época de paz para la humanidad. Así que Isabel no quiso tener a su hija como enemiga, y antes de que pudiera sentir afecto por ella, la había mandado desintegrar por cien años para evitar que el positivo destino de la humanidad se viera alterado.

A veces pensaba en ella. De haber vivido, ¿cómo habría sido? ¿Habría sido bonita? ¿Se habría parecido a ella? ¿Habría sido delgada, o gorda como Carmela, su otra hija?

Pensándolo bien, tal vez le hubiera convenido desintegrar también a Carmela. Nada más la hacía pasar puras vergüenzas. Por ejemplo, esa mañana lo primero que Isabel hizo al despertar fue encender la televirtual para ver si estaban transmitiendo la entrevista que le habían hecho al nombrarla candidata a la Presidencia del Planeta y, efectivamente, la estaban pasando. Fue muy agradable verse en tercera dimensión en su propia recámara. ¡Qué satisfacción pensar que había estado presente en todas las casas del mundo! Le dijeron que había sido vista por millones y millones de personas. Lo único malo fue que a Abel Zabludowsky se le había ocurrido entrevistar a Carmela. ¡Qué vergüenza! La cerda de su hija también había entrado en todos los hogares. Sólo esperaba que hubiera cabido en las habitaciones sin desplazarla a ella. ¡Eso sí que era robar cámara! ¡Qué horror! ¿Qué estaría pensando de ella la gente? Que era una mala madre que no ponía a su hija a dieta. ¡Qué pena! No sabía qué iba a hacer con ella de ahora en adelante. Estaba esperando a una infinidad de personas que venían al "besamanos". En el patio se preparaban para la comida que iba a ofrecer a la prensa y no quería que su hija apareciera por ningún lado. Pero ¿cómo esconderla? Después de que había salido en el noticiero todos iban a preguntar por ella. Tenía que pensar en algo. La voz de su hija interrumpió sus pensamientos.

—Mami, ¿puedo pasar?

—Sí.

La puerta de su recámara se abrió y apareció Carmela. Venía muy arreglada para la comida. Se había puesto un bello vestido blanco de encaje. Quería estar lo mejor presentable en un día tan especial para su madre.

—¡Quítate ese vestido!

—Pero... si es el mejor que tengo...

—Pues te ves como tamal vestido. Te queda pésimo. ¿Cómo se te ocurre vestirte de blanco con lo gorda que estás?

—Es que la comida es de día y tú me has dicho que el negro sólo es para la noche.

—Te acuerdas muy bien lo que digo cuando te conviene, ¿verdad? Pero ¿qué tal cuando tienes que seguir mis órdenes?

¡Vete a cambiar! Y cuando regreses trae la bolsa que vas a usar para ver si combina con tu vestido.

—No tengo bolsa negra.

—Pues búscate una. No vas a bajar sin bolsa en la mano. Sólo las prostitutas andan sin bolsa. ¿Eso es lo que quieres, parecer una puta? ¿Qué es lo que te propones? ¿Hacerme quedar en ridículo?

—No.

Carmela no pudo contener por más tiempo el llanto. Sacó de su bolsa un pañuelo desechable y se limpió las lágrimas que corrían por su rostro.

—¿Qué es eso? ¿No tienes pañuelos de tela? Cómo se te ocurre andar sin uno. ¿Cuándo has visto a una princesa sonarse con pañuelos desechables? De hoy en adelante tienes que aprender a comportarte a la altura de la situación en que me encuentro. ¡Y vete que ya me hiciste enojar!

Carmela dio media vuelta y antes de que llegara a la puerta Isabel la detuvo.

—Y acuérdate de esconderte de las cámaras.

Isabel estaba furiosa. La juventud la reventaba. Sentía que los jóvenes siempre querían salirse con la suya, desobedecer, imponer sus gustos, retar a la autoridad, o sea, a ella. No entendía por qué todo el mundo tenía ese tipo de problemas con su persona. No la podían ver en una posición superior sin querer rebelarse de inmediato. Por cierto, lo más indicado era ir a ver que sus empleados hubieran arreglado el patio y las mesas tal y como ella lo había ordenado.

El patio parecía un panal de abejas histéricas. Infinidad de trabajadores iban de un lado a otro bajo las órdenes de Agapito, el hombre de confianza de Isabel. Agapito se había tenido que esforzar más que nunca para halagar a su jefa, pues había contado con muy poco tiempo para coordinar una comida tan importante. Isabel realmente no tenía por qué habérla dado. Hacía sólo veinticuatro horas que había sido nombrada candidata y era lógico que no estuviera preparada para recibir a tanta gente en su casa, pero ella había querido impresionar a todos con su aparato de organización. Agapito con gran eficiencia se había encargado de que todo estuviera perfecto. Las mesas, los manteles, los arreglos florales, los vinos, la comida, el servicio, las invitaciones, la prensa, la música, todo, lo que se llama todo, había sido coordinado por él. Ni un detalle se le había escapado. En las manos traía todos los recortes de prensa con la noticia del nombramiento y el reporte de todas las personas que habían llamado para felicitar a Isabel. Sabía perfectamente que lo primero que ella iba a querer saber era quién estaba de su lado y quién aún no se había manifestado a favor para ponerlo en su lista de enemigos. En cuanto vio venir a Isabel a su encuentro lo invadió una sensación de impaciencia. Le urgía una felicitación de su ama y patrona. Se había esforzado hasta el cansancio para que todo estuviera perfecto y en orden. Isabel recorrió con la mirada el patio. Todo parecía estar tal y como ella lo esperaba, pero de pronto su vista se topó con los restos de una pirámide que luchaba por salir a la superficie justamente en medio del patio. No era la primera vez que se presentaba este problema y no era la primera vez que Isabel la había mandado tapar. No le convenía para nada que el gobierno se enterara que bajo su casa se encontraba una pirámide prehispánica. Lo que procedía en tales casos era la nacionalización de la propiedad por parte del Estado. Si eso ocurría, los arqueólogos se dedicarían a hacer excavaciones que sacarían a la luz parte del pasado de Isabel, que deseaba que se quedara muy, pero muy enterrado.

—¡Agapito! ¿Por qué no cubrieron la pirámide?

—Pues... porque... creímos que era bueno para su imagen que vieran su preocupación por las cosas prehispánicas...

—¿Creímos? ¿Quiénes?

—Pues... los muchachos y yo...

—¡Los muchachos! Los muchachos son unos pendejos que no pueden pensar por sí mismos y están bajo tus órdenes. Si ellos tienen más poder que tú, ¿para qué te necesito? ¡Voy a tener que contratar a otro que los pueda mandar y que lo obedezcan!

—Bueno, ellos sí me obedecen... Más bien la decisión sí fue mía...

—Pues igual estás despedido.

—Pero... ¿por qué?

—¿Cómo que por qué? Porque ya me cansé de jugar a la escuelita con alumnos tarados. Te he dicho mil veces que el que no hace lo que yo digo se lo lleva la chingada.

—Pero yo sí hice lo que usted dijo.

—Yo nunca dije que dejaras esa pirámide ahí.

—Pero tampoco me dijo que la cubriera. No es justo que me despida por ese error, cuando todo lo demás está perfecto, lo puede ver...

—Lo único que yo veo es que no eres un profesional y que quiero que te vayas de inmediato. Dile a Rosalío que tome tu lugar.

—Rosalío no está.

—¿Cómo que no está? ¿Adónde fue?

—Al centro...

Isabel se entusiasmó con la respuesta y en secreto le preguntó a Agapito.

—¿A conseguirme mi chocolate?

—No, usted le dio permiso de ir a meter sus papeles a la Procuraduría de Defensa del Consumidor.

—Pues a él también me lo despides. ¡Ya me tienen harta!...

Isabel dejó de gritar y puso su ensayada sonrisa *charming* en cuanto vio que entraba Abel Zabludowsky con su equipo y las cámaras. El terror la invadió. ¿La habría oído gritar? Esperaba que no. No era nada adecuado para su imagen. Le pasó un brazo por los hombros a Agapito y fingió estar bromeando con él por si las dudas. De pronto, el corazón le brincó. Carmela venía en camino con sus trescientos kilos encima. Tenía que impedir que la entrevistaran nuevamente y también que Abel Zabludowsky viera la punta de la pirámide.

Agapito se vio muy listo y adivinándole el pensamiento sugirió una idea genial que le hizo recuperar su puesto y la confianza que Isabel tenía depositada en él.

—¿Qué le parece si sentamos a Carmela sobre la punta de la pirámide y le decimos que no se puede mover de ahí?

Y fue así que Carmela, la exuberante, bolsa negra en mano, salvó a su madre de que alguien se enterara que el patio de su casa estaba a punto de parir una pirámide.

Azucena había regresado a su casa a pie. Al caminar recobraba la tranquilidad mental. En la esquina de la calle donde vivía vio que Cuquita iba entrando en su edificio. Le extrañó mucho que apenas estuviera llegando, pues había salido de la oficina de Escalafón Astral mucho antes que ella. Al ver que traía cargando una bolsa del mandado encontró una razón justificada. De seguro había ido al mercado antes de volver a casa. Cuquita, a lo lejos, también vio a Azucena y no le agradó nada. Intentó entrar lo más pronto posible para no toparse con ella, pero se lo impidió el cuerpo seboso de su borracho marido que se encontraba tendido a lo largo de la puerta. Eso no era nada raro. Prácticamente, su esposo era parte de la escenografía del barrio, y a nadie le extrañaba verlo a diario tirado en el piso todo vomitado y mosqueado. Los vecinos ya habían presentado una queja ante Salubridad y Asistencia y se le había advertido a Cuquita que no podía dejar que su esposo utilizara la calle de dormitorio. "¡Pobre Cuquita!", pensó Azucena. No en vano quería cambiar de esposo. Pero bueno, algo gordo tendría que haber hecho en otras vidas para tener ese karma encima. Desde el lugar donde se encontraba, Azucena observó cómo Cuquita trataba de arrastrar a su esposo hacia el interior del edificio, y cómo el esposo se encabronó y empezó a ponerle a Cuquita una golpiza marca diablo. A Azucena, ese tipo de injusticias la enfurecían. Sin poderlo evitar, se le subía la sangre al cerebro

83

y se convertía en una fuerza desatada de la naturaleza. En menos que canta un gallo llegó al lado de la pareja dispareja, jaló al marido de Cuquita de los pelos, lo lanzó contra la pared y acto seguido le propinó una fenomenal patada en los huevos. Para rematar le dio un gancho al hígado y, ya en el piso, una buena dotación de puntapiés en los que descargó toda la rabia contenida. Azucena quedó agotada, pero con una gran sensación de alivio. Cuquita no sabía si besarle la mano o correr a levantar el contenido de la bolsa del mandado que había caído por las escaleras. Se decidió por darle las gracias brevemente y empezó a recoger sus cosas antes de que alguien las viera. Azucena se aprestó a ayudarla y se sorprendió enormemente al ver que dentro de la bolsa no había ni fruta ni verduras sino una cantidad impresionante de virtualibros.

Unos meses atrás, Cuquita le había pedido su ayuda para la adquisición de los mismos. Su abuelita era ciega y se desesperaba mucho de no poder leer ni ver la televirtual. Acababa de salir al mercado un invento sensacional de películas para ciegos. Eran unos lentes muy sencillos que enviaban impulsos eléctricos al cerebro sin necesidad de pasar por los ojos y hacían que los ciegos "vieran" películas virtualizadas con la misma claridad que las personas que gozaban del sentido de la vista. La abuelita de Cuquita fue la primera en presentar su solicitud para adquirir el aparato y la primera en ser rechazada. No podía gozar de esos placeres pues su ceguera era karmática, ya que cuando había sido militar argentino, durante sus torturas había dejado ciegas a varias personas. Cuquita, al verla llorar día y noche, se había atrevido a pedirle a Azucena una carta de recomendación en la que dijera que ella era la astroanalista de la señora y que certificaba que ya había pagado sus karmas como "gorila", lo cual no era cierto. Azucena, por supuesto, se había negado. Iba contra la ética de su profesión hacer algo así. Pero para su asombro Cuquita se había salido con la suya y los había conseguido. Azucena estaba de lo más intrigada sobre cómo lo había hecho. ¿A quién habría sobornado? Cuquita no le dio tiempo de suponer nada. Llegó a su lado corriendo, le arrebató uno de los virtualibros de las manos y lo guardó rápidamente dentro de la bolsa. Acto seguido, se dirigió a ella en una actitud de lo más retadora.

—¿Qué, me va a *enunciar*?

—¿A *enunciar* qué?

—¡No se haga! Nomás le advierto que si le dice a la policía soy capaz de todo. Yo por defender a mi familia...

—¡Ah! No, no se preocupe no la voy a denunciar... Oiga, pero por favor dígame si donde los compró también venden compact discs.

Cuquita se sorprendió mucho de ver el interés de Azucena. No parecía tener deseos de traicionarla sino más bien de sacar provecho de la información. El brillo que había en sus ojos así se lo indicaba, y sin pensarlo más decidió confiar en ella.

—Este... sí..., pero lo que pasa es que es bien peligroso comprarlos porque son completamente *integrales*. ¡Se lo advierto!

—No me importa. Dígame dónde, por favor. ¡Me urge conseguir uno!

—En el mercado negro que hay en Tepito.

—¿Y cómo llego ahí?

—¿Qué, nunca ha ido?

—No.

—¡Híjole! Pues lo más *loable* es que se pierda porque está retebién complicado llegar. Yo la acompañaría, pero mi abuelita me está esperando para que le dé de comer... Si quiere vamos mañana.

—No, gracias, preferiría ir hoy mismo.

—Bueno, pues allá usté. Pues váyase a Tepito y por ahí pregunta.

—Gracias.

Azucena se levantó como resorte y sin despedirse de Cuquita corrió a la cabina aerofónica de la esquina para trasladarse a Tepito. En sólo unos segundos, Azucena ya estaba en el corazón de La Lagunilla. La puerta del aerófono se abrió y apareció frente a ella una muchedumbre que se peleaba a codazos por utilizar la cabina que iba a desocupar. Dificultosamente se abrió paso entre todos ellos e inició su recorrido por Tepito. Entre un mundo de gente, se dirigió primero que nada a los puestos donde vendían antigüedades. Cada uno de los objetos ejercía un hechizo sobre su persona. De inmediato se preguntó a quién habrían pertenecido, en qué lugar y en qué época. Cruzó por varios puestos retacados de llantas, coches, aspiradoras, computadoras y demás objetos en desuso, pero por ningún lado veía compact discs. Por fin, en uno de los puestos vio un aparato modular de sonido. De seguro ahí los podría encontrar. Se acercó, pero en ese momento el "chacharero" no la podía atender. Estaba discutiendo con un cliente que quería comprar una silla de dentista con todo y un juego de pinzas, jeringas y moldes para tomar muestras dentales. Azucena no entendía cómo era posible que alguien se interesara en comprar un aparato de tortura como aquél, pero en fin, en este mundo había gustos para todo. Esperó un rato a que terminara la operación regateo, pero los dos hombres eran igual de necios y ninguno quería ceder. Hubo un momento en que el "chacharero", aburrido de la discusión, volteó y le preguntó a Azucena qué se le ofrecía, pero Azucena no pudo pronunciar palabra. No se atrevió a preguntar en voz alta por el mercado negro de compact discs. Para no quedar de plano en ridículo, preguntó el precio de una bella cuchara de plata para servir. A sus espaldas escuchó la voz de una mujer diciendo: "Esa cuchara es mía. Yo la tenía apartada". Azucena giró y se encontró frente a una atractiva mujer morena que reclamaba por la cuchara que ella tenía en la mano. Azucena se la entregó y se disculpó diciendo que ella no sabía que ya tenía dueña. Dio media vuelta y se retiró de lo más frustrada. Existía un enorme abismo entre la certeza de que había un mercado negro y la posibilidad de entrar en contacto con las personas que lo controlaban. No tenía la menor idea de cómo actuar, qué preguntar, adónde ir. Eso de ser evolucionada y no andar en negocios turbios tenía sus grandes inconvenientes. Lo mejor sería regresar otro día acompañada de Cuquita.

Azucena empezó a buscar el camino de salida entre la inmensidad de puestos cuando de pronto escuchó una melodía que provenía de un lugar especializado en aparatos modulares, radios y televisores. De inmediato se dirigió hacia allí. Al llegar, lo primero que llamó su atención fue el letrero de "Música Para Llorar", abajo, en letras minúsculas: "Autorizada por la Dirección General de Salud Pública". A pesar de que allí todo parecía muy legal, Azucena presentía que en ese puesto encontraría lo que buscaba. La música, efectivamente, hacía llorar. Le removía a uno la nostalgia y le anudaba los recuerdos. Al escucharla, Azucena recordó lo que sintió al convertirse en un solo ser con Rodrigo, lo que significaba traspasar las barreras de la piel y tener cuatro brazos, cuatro piernas, cuatro ojos, veinte dedos y veinte uñas para rasgar con ellas el Himen de entrada al Paraíso. Azucena lloró frente al anticuario desconsoladamente. El anticuario la observó con ternura. Azucena, apenada, se secó las lágrimas. El anticuario, sin decirle una palabra, sacó el compact disc del aparato modular y se lo dio.

—¿Cuánto es?

—Nada.

—¿Cómo nada? Se lo compro...

El anticuario sonrió amablemente. Azucena sintió cómo una corriente de simpatía se establecía entre ellos.

—Nadie puede vender lo que no es suyo. Ni recibir lo que no ha merecido. Lléveselo, le pertenece.

—Gracias.

Azucena tomó el compact disc y lo guardó en su bolsa. Le dio pena decirle al anticuario que también necesitaba un aparato electrónico para poder escucharlo, porque de seguro ese hombre, tan conocido y desconocido al mismo tiempo, se habría ofrecido a regalarle el aparato y eso, la verdad, ya era mucho encaje. Antes de retirarse, la mujer morena de la cuchara de plata se acercó a saludar al anticuario. "¡Hola Teo!" El anticuario la recibió con un abrazo. "¡Mi querida Citlali, qué gusto de verte!" Azucena, sin decir palabra, se alejó y dejó a la pareja platicando animadamente. Algunos puestos más adelante compró un discman para escuchar su compact disc y después se dirigió a la cabina aerofónica más cercana. Le urgía llegar a su casa para poder escuchar la música. Se sentía como niña con juguete nuevo. Al llegar al lugar donde estaban las cabinas aerofónicas casi se desmaya. Frente a todas había una multitud hecha bolas tratando de entrar. Azucena logró abrirse paso a codazos y llegar a su meta en un tiempo récord: media hora. Pero su buena fortuna se vio opacada por el empujón que le dio un hombre de prominente bigote que intentó entrar a la cabina antes que ella. Azucena enfureció nuevamente ante esa otra injusticia. Con la cara transformada por la rabia, alcanzó al hombre y lo sacó de un jalón. El hombre se veía de lo más desesperado. Sudaba con la misma intensidad con que pedía clemencia.

—Señorita, ¡déjeme utilizar la cabina, por favor!

—¡Óigame, no! Me toca a mí. Yo me tardé lo mismo que usted en llegar...

—¿Qué le cuesta dejarme? ¿Qué son treinta segundos más o treinta segundos menos? Eso es lo que me voy a tardar en dejarle libre la cabina...

La multitud empezó a chiflar y a tratar de ocupar la cabina que esos dos estaban desaprovechando miserablemente. En ese preciso momento el bigotón vio que la cabina de junto se acababa de desocupar y, ni tardo ni perezoso, se coló dentro de ella. Azucena, antes de que le comieran el mandado, se metió dentro de la suya y asunto acabado.

¡Qué horror! Era sorprendente ver al ser humano reaccionar de una manera tan animal en pleno siglo XXIII. Sobre todo si se tomaban en cuenta los grandes avances que se habían alcanzado en el campo de la ciencia. Mientras Azucena marcaba su número aerofónico, pensó en lo agradable que era disfrutar de los adelantos de la tecnología. Desintegrarse, viajar en el espacio e integrarse nuevamente en un abrir y cerrar de ojos. ¡Qué maravilla!

La puerta del aerófono se abrió y Azucena se dispuso a entrar en la sala de su departamento, pero no pudo, una barrera electromagnética se lo impidió. La alarma empezó a sonar y Azucena se dio cuenta de que no estaba en su domicilio sino en la sala de una casa ajena, donde una pareja hacía el amor desenfrenadamente. Bueno, pensándolo bien los adelantos de la tecnología en México no eran muy confiables que digamos. Con frecuencia ocurrían ese tipo de accidentes, debido a que las líneas aerofónicas se cruzaban o se dañaban. Afortunadamente, en estos casos no existía el peligro de muerte. Pero de cualquier manera estos errores no dejaban de ser molestos y bochornosos.

La pareja de amantes al escuchar la alarma suspendió abruptamente el acto amoroso. La mujer trató de acomodarse la falda al tiempo que gritaba "¡Mi esposo!" Azucena no sabía qué hacer ni adónde dirigir su mirada. La movió por toda la habitación, y finalmente la fijó sobre un cuadro colgado en la pared. Y la voz se le ahogó. ¡El hombre bigotón que estaba en la fotografía no era otro que el mismísimo bigotón con el que se acababa de pelear! Con razón el pobre quería llegar rápido a su casa.

Azucena pensó que de seguro el bigotón tenía que haber alcanzado a marcar su número aerofónico antes que ella lo sacara de la cabina, y que por eso ella había ido a caer en su casa. Azucena pulsó con desesperación su número aerofónico. Nunca antes había estado en una situación tan vergonzosa. Trató de disculparse antes de salir.

—Perdón, número equivocado.

—¡A ver si se fija! ¡Estúpidaaa!

La puerta del aerófono se cerró y se abrió nuevamente a los pocos segundos. Azucena respiró aliviada al ver que estaba dentro de su departamento. O más bien lo que quedaba de él. La sala se encontraba en completo desorden. Había muebles y ropa tirados por todos lados, y en medio del caos... ¡el bigotón, muerto! Un hilo de sangre le escurría de los oídos. Esto sucedía cuando un cuerpo, ignorando el sonido de la alarma, cruzaba bruscamente el campo magnético de protección de una casa que no era suya. Las células de su cuerpo no se integraban correctamente y un exceso de presión reventaba las arterias... ¡El pobre! Entonces, lo que en realidad había pasado era que las líneas aerofónicas se habían cruzado y con la desesperación que ese hombre traía por encontrar a su mujer con las manos en la masa tenía que haber salido hecho la brisa de la cabina sin darse cuenta de la alarma... Pero, ¡un momento! ¡Azucena no había dejado conectada la alarma! Seguía esperanzada en que algún día Rodrigo regresaría y no quería que tuviera problema para entrar. Entonces ¿qué había pasado? Además, ¿por qué había tal desorden en su departamento?

Azucena fue de inmediato a revisar la caja de registro del sistema de protección de su casa y descubrió que alguien había metido mano negra. Los alambres estaban cruzados y mal conectados. ¡Eso quería decir que alguien había intentado matarla! Pero la ineficiencia de la Compañía Aerofónica le había salvado la vida. El cruce accidental de las líneas entre las dos cabinas aerofónicas había hecho que aquel hombre muriera en su lugar. ¡Lo que era el destino! ¡Debía su vida a la ineficiencia! Ahora tenía nuevas preguntas. ¿Por qué la habían querido matar? ¿Quién? No lo sabía. De lo único que estaba segura era de que aquel que hubiera sido traía un permiso para alterar el control maestro del registro del edificio, y Cuquita era la única que tenía facultades para permitírselo.

*   *   *

Azucena tocó a la puerta de Cuquita. Tuvo que esperar un momento antes de que Cuquita le abriera, con lágrimas en los ojos. Azucena se apenó de haber llegado en un momento inapropiado. ¡Con tal de que su borracho esposo no la hubiera golpeado nuevamente, todo estaba bien!

—Buenas tardes, Cuquita.

—Buenas tardes.

—¿Le pasa algo?

—No, es que estoy viendo mi telenovela.

Azucena se había olvidado por completo que Cuquita no atendía a nadie a la hora de su telenovela preferida: la versión moderna de *El derecho de nacer*.

—¡Discúlpeme! Se me olvidó por completo... Lo que pasa es que me urge saber quién vino a arreglar mi aerófono...

—¡Pues quién iba a ser, los de la compañía *agrofónica*!

—¿Y traían una orden?

—¡Pues claro! Yo no ando dejando entrar a nadie así como así.

—¿Y no dijeron si iban a regresar?

—Sí, dijeron que mañana venían a terminar el trabajo... y si no tiene más preguntas me encantaría que me dejara ver mi telenovela...

—Sí, Cuquita, perdóneme. Gracias y hasta mañana.

—¡Mjum!

El portazo de Cuquita en su cara le golpeó con la misma fuerza que la palabra "¡Peligro!" en su cerebro. Los supuestos aerofonistas suponían que ella supuestamente había muerto. Y por supuesto que esperaban recoger su cadáver al día siguiente y, supuestamente, sin ningún problema. ¡Hijos de supuesta madre! Al día siguiente regresarían, pero ¿a qué hora? Cuquita no se lo había dicho, pero si le tocaba de nuevo la puerta la mataba. Lo más probable era que esos hombres vinieran en horas hábiles, porque se estaban haciendo pasar por trabajadores de la Compañía Aerofónica. Bueno, tenía toda la noche para organizar su mente y diseñar una estrategia de defensa. Por lo pronto, había que deshacerse del bigotón.

Azucena regresó rápidamente a su departamento y buscó en la bolsa del pantalón del cornudo su tarjeta de identificación personal. Después, marcó el número aerofónico que ahí aparecía, metió al bigotón en la cabina y lo mandó de regreso a su casa. ¡No cabía duda que, si ése no había sido el día de suerte para aquel hombre, sí había sido el día de las sorpresas desagradables para su esposa! ¡La cara que iba a poner cuando lo viera! Y Azucena no quería enterarse de la culpa que la iba a atacar después. ¡Bueno, pero nuevamente ella qué tenía que estarse metiendo en lo que no le importaba! Era a causa de una deformación profesional, que siempre se preocupaba por los efectos traumáticos que las tragedias tenían en los seres humanos.

Sentía mucha pena por ese hombre que había truequeado su destino con el de ella. Le estaría agradecida para siempre.

La había salvado de morir. Pero ahora ¿quién la iba a salvar del peligro en que se encontraba? Si al menos ese hombre también hubiera truequeado su cuerpo con ella, le habría hecho el favor completo, pues los aerofonistas llegarían, se encontrarían con un cuerpo inerte, la darían por muerta y ella podría seguir buscando a Rodrigo aunque fuera en el cuerpo del bigotón. ¡Intercambio de cuerpos! ¡El "coyote"! ¡Lotería! Azucena sólo tenía que presentarse muy de mañana en la Procuraduría de Defensa del Consumidor y de seguro encontraría al "coyote" que ofrecía el servicio de transplante de alma a cuerpos sin registro. Sabía que eso representaba entrar de lleno en el terreno de la ilegalidad, que se estaba arriesgando a que en la oficina de Escalafón Astral se enteraran de sus actividades ilícitas y le cancelaran su autorización para vivir al lado de su alma gemela. Pero a esas alturas a Azucena ya no le quedaba otra salida. Estaba dispuesta a todo.

*   *   *

Mientras estaba al acecho del "coyote", infiltrada en la cola de gente que esperaba que abrieran las oficinas de la Procuraduría de Defensa del Consumidor, Azucena no podía dejar de pensar en quién y por qué quería matarla. Ella ya había pagado todos sus karmas. No tenía enemigos ni debía ningún crimen. La única que la detestaba era Cuquita, pero no la creía tan inteligente como para preparar una muerte tan sofisticada. Si hubiera tenido intención de matarla, hacía mucho que le habría enterrado un cuchillo de cocina por la espalda. Entonces, ¿quién? La desagradable imagen del "coyote" doblando la esquina interrumpió sus cavilaciones. Azucena salió a su encuentro. En cuanto el "coyote" la vio venir, sonrió maliciosamente.

—¿Qué? ¿Ya cambió de opinión?

—Sí.

—Sígame.

Azucena siguió al "coyote" por varias cuadras y poco a poco se adentraron en el barrio más antiguo y deteriorado de la ciudad. Penetraron en lo que en apariencia era una fábrica de ropa y bajaron al sótano por unas escaleras falsas. Azucena, horrorizada, entró en contacto con lo que era el tráfico negro de cuerpos.

Este negocio lo había iniciado sin querer un grupo de científicos a fines del siglo XX al experimentar con la inseminación artificial en mujeres estériles. Ésta se practicaba de la siguiente manera: primero se extraía un óvulo de la mujer por medio de una operación. Este óvulo era fecundado en probeta utilizando el esperma del esposo. Y cuando el feto de probeta tenía varias semanas, se implantaba en el vientre de la mujer. Algunas veces la mujer no podía retener el producto y abortaba. Entonces había que repetir todo el proceso. Como la operación quirúrgica resultaba molesta, los científicos decidieron que en lugar de extraer un óvulo, extraerían varios a la vez. Los fecundarían todos por igual, de manera que si por alguna razón fracasaba el primer intento de implantación, contaban con un feto de repuesto, de la misma madre y del mismo padre, listo para ser introducido en el útero. Como no todas las veces era necesario utilizar un segundo y mucho menos un tercer feto, los sobrantes fueron congelados dando inicio así al banco de fetos. Con ellos se realizaron todo tipo de experimentos inhumanos, hasta el momento del gran terremoto. Desde ese tiempo el laboratorio y el banco de fetos quedaron sepultados por muchos años bajo tierra. En este siglo, al estar haciendo una remodelación en una tienda, habían descubierto los fetos congelados. Un científico sin escrúpulos los había comprado y con técnicas modernas había logrado desarrollar cada feto en un cuerpo adulto. El negocio se le presentaba ideal. El único ser capaz de implantar el alma dentro de un cuerpo humano es la madre. Estos cuerpos no la tenían, por lo tanto, no tenían alma. Tampoco tenían registro, pues no habían nacido en ningún lugar controlado por el gobierno. En otras palabras, ¡sólo esperaban que alguien les transplantara un alma para poder existir! Y al "coyote" le encantaba realizar ese tipo de "buenas obras".

Azucena lo siguió por los tétricos pasillos. No sabía cuál cuerpo elegir. Había de todos tamaños, colores y sabores. Azucena se detuvo frente al cuerpo de una mujer que tenía una bellas piernas. Ella siempre había soñado con tener unas piernotas. Las suyas eran muy flacas y, aunque tenía infinidad de virtudes intelectuales y espirituales para compensar ese defecto, siempre le había quedado "el gusanito" de tener unas piernas esculturales. Azucena dudó por un minuto, pero como no tenía mucho tiempo para gastar en indecisiones, pues los aerofonistas estaban por llegar a su casa, rápidamente señaló el cuerpo al mismo tiempo que decía "¡Ése!" En cuanto escogió el cuerpo, pidió que le hicieran el transplante de inmediato. Esto aumentó el costo, pero ni modo. En la vida hay cosas que ni qué.

En un abrir y cerrar de ojos, Azucena ya estaba dentro del cuerpo de una mujer rubia, de ojos azules y piernotas. Se sentía muy extraña, pero no podía detenerse a reflexionar sobre su nueva condición. Pagó por su servicio y la condujeron a una cabina aerofónica secreta desde donde envió su antiguo cuerpo a su departamento. Ni siquiera pudo despedirse de él. Inmediatamente después, se trasladó a la cabina aerofónica que quedaba más cerca de su domicilio. Quería llegar más o menos al mismo tiempo que su cuerpo, pues necesitaba estar presente cuando los aerofonistas fueran a recoger su cadáver para verles las caras a sus enemigos. Había tenido el cuidado de dejar los alambres conectados tal y como los había encontrado. De esa manera, al entrar su viejo cuerpo a su casa "moriría" tal y como los asesinos lo esperaban, y así dejarían de molestarla.

*　　*　　*

Azucena estaba parada en la esquina de su calle. Desde ahí podía observar perfectamente el movimiento en su edificio. Aunque ella también era objeto de observación y no dejaba de recibir piropos dirigidos a sus piernotas. ¡Cómo era posible que la humanidad no hubiera evolucionado en tantos milenios! ¿Cómo era posible que un par de bellas piernas siguiera trastornando a los hombres? Ella era la misma que el día de ayer, no había cambiado nada, sentía lo mismo, pensaba lo mismo, y sin embargo el día de ayer nadie le prestaba atención. ¿Cuánto tiempo más iba a tener que pasar para que los hombres se extasiaran contemplando la brillantez del aura de una mujer iluminada y santa? Quién sabe. Pero si pasaba más tiempo en ese lugar, se iba a exponer a otra clase de proposiciones. Decidió entrar en la tortería que se encontraba en la otra esquina de su calle, pues aparte de que desde ahí podía seguir observando quién entraba y salía de su edificio, podía comer una deliciosa torta cubana. Repentinamente ¡le había entrado un hambre! Quién sabe si era a causa de la angustia o porque a su nuevo cuerpo le urgía nutrirse, el caso era que moría por una torta.

Su entrada en la tortería llamó la atención de todos los hombres. Azucena se sintió molesta. Rápidamente cruzó el local y se sentó junto a la ventana para no perder detalle de lo que pasaba afuera. En cuanto sus piernas se ocultaron de la vista de todos, la tortería volvió a su rutina. La mayoría de los clientes habituales eran trabajadores que vivían en la Luna y que tenían que viajar muy temprano, antes de que el canal de noticias iniciara su programación. Entonces, en esta tortería, aparte de que podían desayunar riquísimo, se enteraban de lo que pasaba en el mundo. Lo más agradable de todo era que los dueños de la tortería conservaban una pantalla de televisión del año del caldo, lo cual siempre era un enorme alivio, y mucho más en esos momentos convulsionados. Los noticieros no hacían otra cosa que repetir y repetir el asesinato del señor Bush, y era espantoso verse forzada por la televirtual a estar dentro de la escena del crimen una y otra vez. Escuchar la detonación en el oído, ver cómo entraba la bala en la cabeza y luego ver cómo salía del cerebro junto con parte de la masa cerebral, ver al señor Bush desplomarse, escuchar los gritos, las carreras, revivir el horror. La mayoría de los restaurantes tenían televirtuales encendidas todo el día a petición de la población que estaba temerosa y quería enterarse minuto a minuto de lo que pasaba. Azucena no sabía cómo lo soportaban, cómo podían comer entre el olor de la sangre, de la pólvora, del dolor. Al menos en este lugar, donde los dueños se negaban a tener televirtual, cada uno podía decidir si veía o no veía lo que aparecía en la pantalla. Bastantes motivos tenía Azucena para sentirse triste y angustiada como para revivir ese tipo de sufrimientos.

Azucena decidió concentrarse en ver lo que pasaba del otro lado de la calle mientras los demás parroquianos veían la televisión. Las noticias no decían nada nuevo sobre las investigaciones del asesino del señor Bush.

—La policía continúa en el lugar de los hechos recabando pruebas...

—Este cobarde asesinato ha sacudido la conciencia del mundo...

—El procurador general del Planeta ha girado instrucciones a los elementos de la Policía Judicial para que se aboquen a las investigaciones que conduzcan a la localización del asesino...

—El presidente mundial del Planeta condena este atentado en contra de la paz y la democracia y promete a la población que se procederá a la mayor brevedad posible para saber de dónde proviene y quiénes son los autores intelectuales de este reprobable atentado...

Azucena escuchaba los apagados y temerosos cuchicheos de los comedores de tortas. Todos parecían estar muy alarmados, pero cuando pasaron a las noticias deportivas se reanimaron instantáneamente. El campeonato de futbol les hacía olvidar que había habido un asesinato y su mayor preocupación era saber si el muchacho que era la reencarnación de Hugo Sánchez iba a alinear o no. A la vista de Azucena, el o los asesinos del candidato habían planeado todo de manera que coincidiera con el campeonato interplanetario de futbol. ¡Era increíble el poder de adormecimiento de conciencias que tenía el futbol! En ese momento, el gobernador del Distrito Federal era entrevistado y estaba advirtiendo a la población que no se iban a permitir los festejos en el Ángel de la Independencia. El día del juego Tierra-Venus iban a desintegrar el monumento por una semana para evitar desmanes. La gente protestó abiertamente. Entre los chiflidos de la gente y un "...ero" generalizado, casi nadie alcanzó a escuchar la entrevista que Abel Zabludowsky estaba transmitiendo desde la casa de Isabel González, la nueva candidata a la Presidencia Mundial, quien ostentaba el título nobiliario de Ex Madre Teresa, que había obtenido en su vida pasada en el siglo XX. Al final de la entrevista apareció la imagen de una gorda que ocupó toda la pantalla. Todos se preguntaron quién era esa gorda y nadie sabía la respuesta, pues habían perdido el hilo de la entrevista. La única que no se distraía de sus asuntos era Azucena. La nave espacial de la Compañía Aerofónica acababa de aterrizar frente a su edificio. Dos hombres bajaron de ella. El mundo dejó de tener interés para Azucena. Sólo existían esos hombres a los que no les quitaba la vista de encima. En el momento en que estaba a punto de verles la cara, aterrizó la nave del Palenque Interplanetario de su vecino, el compadre Julito, y le tapó por completo la visión. Azucena se desesperó enormemente. ¡No podía ser! Uno a uno, descendieron de la nave del Palenque los integrantes de un grupo de mariachis. Azucena no podía ver nada porque los sombreros de charro le tapaban toda la visión. El compadre Julito le cayó más gordo que nunca. Azucena, apresuradamente, pagó su torta y salió del local. Ahora no le quedaba otra que acercarse al edificio para observar a los asesinos cuando salieran y arriesgarse a ser reconocida. ¡Pero si sería pendeja! No la podían reconocer porque tenía otro cuerpo. Azucena se rió. El cambio de cuerpo fue tan rápido que aún no lo había asimilado.

Azucena se sentó en las escaleras del edificio y esperó un momento. A los pocos minutos, los aerofonistas salieron acompañados de Cuquita, hecha un mar de lágrimas. En la puerta se despidieron de ella y le dijeron que lo sentían mucho. Azucena se quedó petrificada, no tanto por ver que su supuesta muerte había afectado a Cuquita hasta las lágrimas sino porque uno de los aerofonistas asesinos no era otro que la ex bailarina que había sido su ex compañero de fila en la Procuraduría de Defensa del Consumidor y que quería un cuerpo de mujer a como diera lugar. ¡No podía ser! ¡La había matado para quitarle su cuerpo! Pero ¿por qué no se lo había llevado? De seguro para seguir con la farsa. Pero entonces Azucena ya no entendía nada, pues ahora lo que procedía era que la nave funeraria de Gayosso recogiera su cuerpo y lo desintegrara en el espacio. Si los de Gayosso se llevaban el cuerpo, ¿cómo se iba a apoderar de él la ex bailarina? ¿Tendría contactos en la funeraria?

El compadre Julito empezó a ensayar "Sabor a mí" con su grupo de mariachis. La música hizo que Azucena suspendiera sus pensamientos y se pusiera a llorar. Últimamente estaba demasiado sensible a la música... ¡La música! ¡Bueno, de veras que sí estaba pendeja! ¡Con tanto lío se le había olvidado recoger su compact disc de su departamento. Y a lo mejor dentro de ese compact estaba la ópera que le habían puesto durante su examen para entrar en CUVA. ¡Ahora sí que estaba lucida! Tenía que entrar en su departamento y ya no podía. Su nuevo cuerpo no estaba registrado en el control maestro. ¡Pero le urgía recuperar su compact! Así que sin pensarlo dos veces tocó el timbre de la portería. Cuquita contestó por el videófono.

—¿Quién?

—Cuquita, soy yo. Ábrame por favor.

—¿Quién yo? Yo no la conozco.

—Cuquita... no me lo va a creer pero soy yo... Azucena.

—¡Sí, cómo no!

Cuquita colgó la bocina. Su imagen desapareció de la pantalla de la entrada. Azucena tocó nuevamente.

—¿Otra vez usted? Mire, si no se va voy a llamar a la policía.

—Está bien, háblele. Yo creo que a la policía le va a interesar mucho saber dónde compra usted los virtualibros para su abuelita.

Cuquita no respondió. Se había quedado muda. ¿Quién demonios era esa mujer que sabía del asunto de los virtualibros? Efectivamente, la única que lo sabía era Azucena.

—Cuquita, por favor déjeme entrar y le platico todo. ¿Sí?

Cuquita rápidamente le permitió la entrada a Azucena.

*   *   *

Conforme Azucena contaba su historia, Cuquita se sentía cada vez más cerca de ella. Ya no la veía como al enemigo ni como al ser superior al que tenía que envidiar por definición. Por primera vez la veía de tú a tú, a pesar de que pertenecía a un partido político diferente: el de los evolucionados. La lucha de clases entre ellas siempre había sido una barrera. Recientemente se había agudizado a causa de la nueva norma emitida por el gobierno que indicaba que los evolucionados debían llevar una marca visible en el aura: una estrella de David a la altura de la frente. La intención era identificar de entrada al portador de la estrella para que obtuviera trato preferencial en donde fuera. Los evolucionados tenían derecho a infinidad de beneficios. Para ellos eran los mejores lugares en las naves espaciales, en los hoteles, en los centros vacacionales y, lo más importante, sólo ellos tenían acceso a puestos de confianza. Eso era lógico, a nadie se le ocurriría poner las arcas de la Nación en manos de un no evolucionado. De lo contrario, lo más probable sería que a causa de sus antecedentes criminales y su falta de luz espiritual terminara saqueando las arcas. Pero para Cuquita esa situación no era nada justa. ¿Cómo iban a dejar los no evolucionados su baja condición espiritual si nadie les daba la oportunidad de demostrar que estaban evolucionando? No era justo que porque en otra vida habían matado a un perro en esta fueran catalogados como "mataperros". Tenían que luchar por su derecho a ejercer el libre albedrío, y por eso se había creado el PRI. Cuquita era una activista muy entusiasta de su partido, y su máxima aspiración era llegar a obtener el derecho a conocer a su alma gemela al igual que su vecina, la evolucionada. ¡Cómo la había envidiado el día que se enteró que se había encontrado con Rodrigo! Pero lo que era el destino, en ese momento estaban en la misma situación de abandono, de angustia y de desesperación. Su mirada se había suavizado, y se conmovió hasta las lágrimas cuando Azucena compartió con ella su historia de amor. Las dos, abrazadas como viejas amigas, se prometieron guardar silencio. Ni Cuquita iba a soltar la información sobre la verdadera identidad de Azucena, ni Azucena iba a decirle a nadie sobre los virtualibros de la abuelita de Cuquita. Y ya entradas en confianza, Cuquita se atrevió a preguntarle algo: ¿cómo le iba a hacer el lunes, cuando se presentara a meter sus papeles en CUVA, para que la aurografía que le habían tomado correspondiera con la de su nuevo cuerpo? Azucena se quedó boquiabierta. No había pensado en eso. Cuando a uno lo que le importa es sobrevivir pierde la perspectiva general de los problemas. ¿Cómo le iba a hacer? De pronto recordó que le habían cerrado la ventanilla antes de meter sus papeles. Esto le daba oportunidad de tomarse una aurografía con su nuevo cuerpo en cualquier lugar y sustituirla por la de CUVA, y ..., y súbitamente se le fue el color del rostro. ¡Tenía un nuevo cuerpo! Nunca pensó que al hacer el intercambio de almas la microcomputadora se iba a quedar dentro de su antiguo cuerpo. ¡Ése sí que era un problema mayor! Sin esa microcomputadora no podía ni acercarse al edificio de CUVA. Fotografiaban los pensamientos de todas las personas desde una cuadra a la redonda. Tenía que ir a ver al doctor Díez de inmediato. Tenía que instalarse otra microcomputadora en la cabeza.

*   *   *

Azucena tomó aire antes de tocar en la puerta del consultorio del doctor Díez. Había subido a pie los quince pisos. El aerófono del doctor no dejaba de sonar ocupado. Seguramente estaba descompuesto. Y como ella no podía utilizar el aerófono de su consultorio porque su nuevo cuerpo no estaba registrado en el campo electromagnético de protección, tuvo que fletarse a pie las escaleras. Cuando más o menos recuperó el aliento, tocó a la puerta de su querido vecino. La puerta estaba abierta. Azucena la empujó y descubrió la causa por la que la línea del doctor Díez sonaba ocupada: el cuerpo del doctor, al morir, había caído justo en medio de la puerta del aerófono interfiriendo con el mecanismo que la cerraba. El doctor había muerto de igual forma que el bigotón. A Azucena se le fue el aliento. ¿Qué estaba pasando? Otro crimen en menos de una semana. Empezó a temblar. Y fue ahí cuando escuchó a la violeta africana del doctor llorar quedamente. El doctor Díez tenía la misma costumbre que Azucena, dejaba conectadas sus plantas al aparato plantoparlante. Azucena tenía náusea. Se metió en el baño y vomitó. Decidió irse rápidamente. No quería que la encontraran allí. Salió corriendo no sin antes tomar a la violeta africana entre sus manos. Si la dejaba en la oficina iba a morir de tristeza.

*　　*　　*

Azucena está acostada en su cama. Se siente sola. Muy Sola. La tristeza no es buena compañía. Entumece el alma. Azucena enciende la televirtual más para sentir a alguien a su lado, que para ver qué sucede. Abel Zabludowsky aparece de inmediato junto a ella. Azucena se acurruca a su lado. Abel, como imagen televirtuada que es, no siente la presencia de Azucena, pues él en verdad no se encuentra ahí sino dentro del estudio de la televirtual. El cuerpo que aparece en la recámara de Azucena es una ilusión, una quimera. Azucena, de cualquier modo se siente acompañada. Abel habla sobre la gran trayectoria del ex candidato a la Presidencia Mundial. El señor Bush era un hombre de color, proveniente de una de las familias más prominentes del Bronx. Su niñez la había pasado dentro de esta colonia residencial. Había asistido a las mejores escuelas. Desde niño había mostrado una inclinación natural por el servicio público. Había desempeñado infinidad de actividades de carácter humanista, etc., etc., etc. Pero Azucena no escucha nada. No le interesa lo que Abel diga en esos momentos. Lo que a ella le interesa es saber quién y por qué mató al doctor Díez. La muerte del doctor la tiene muy afectada. No sólo porque era un buen amigo sino porque sin su ayuda ella nunca podrá entrar a trabajar en CUVA, y esto significa el fin de la esperanza de encontrar a Rodrigo. ¡Rodrigo! Se le hace tan lejano el día en que compartió esa misma cama con él. Ahora tiene que hacerlo con Abel Zabludowsky, que no es sino un patético e ilusorio sustituto. Rodrigo era tan diferente. Tenía los ojos más profundos que ella había conocido, los brazos más protectores, el tacto más delicado, los músculos más firmes y sensuales. La vez que estuvo entre los brazos de Rodrigo se sintió protegida, amada, ¡viva! El deseo inundó cada una de las células de su cuerpo, la sangre martilló sus sienes con pasión, el calor la invadió exactamente... exactamente como lo que estaba sintiendo ahora en brazos de Abel Zabludowsky. Azucena abrió los ojos alarmada. ¡No podía ser que estuviera tan cachonda! ¿Qué le pasaba? Lo que sucedía era que, efectivamente, estaba acurrucada sobre el cuerpo de Rodrigo, y Abel Zabludowsky había desaparecido. Sólo se escuchaba su voz alertando a la población.

—El hombre que todos ustedes están viendo es el presunto cómplice del asesino del señor Bush y es buscado por la policía.

En la pantalla apareció un número aerofónico para que todo aquel que lo identificara se comunicara de inmediato con la Procuraduría General del Planeta. Azucena brincó. ¡No era posible! Eso era una mentira, ¡una vil mentira! Rodrigo estuvo con ella el día del asesinato. Él no tuvo nada que ver en ese crimen. De cualquier manera estaba muy agradecida de que lo hubieran confundido con el criminal en cuestión pues de esa forma pudo gozar de su presencia. Con mucha delicadeza empezó a acariciarle el cuerpo, pero le duró muy poco el gusto pues la querida imagen de Rodrigo se desvaneció lentamente y en su lugar apareció la del ex compañero de fila que tuvo en la Procuraduría de Defensa del Consumidor. La ex bailarina frustrada que la había matado y que, al parecer, también había asesinado al doctor Díez.

¿Qué estaba pasando? ¿Quién era ese hombre? ¿Qué era lo que quería? ¿Sería un psicópata? La voz de Abel Zabludowsky amplió la información que Azucena desea escuchar. Ese hombre era nada más y nada menos que el asesino del señor Bush. Las pruebas aurográficas así lo indicaban. Lo habían encontrado muerto en su domicilio. Se había suicidado con una sobredosis de pastillas. ¿Por qué se había suicidado? Y ahora ¿quién iba a aclarar que Rodrigo no había tenido nada que ver en el asesinato? Azucena tenía demasiadas preguntas en la cabeza. Demasiadas para poder mantener la cordura. Necesitaba algunas respuestas urgentemente. El único que podía dárselas era Anacreonte. Azucena estuvo tentada a reestablecer la comunicación con él, pero su orgullo se lo impidió. No quería dar su brazo a torcer. Dijo que le iba a demostrar que podía manejar su vida sola y lo iba a cumplir a toda costa.

INTERMEDIO PARA BAILAR

Zongo le dio a Borondongo
Borondongo le dio a Bernabé
Bernabé le pegó a Muchilanga
le echó a Burundanga
le hincha los pies.

¿Por qué Zongo le dio a Borondongo?
Porque Borondongo le dio a Bernabé.

¿Por qué Borondongo le dio a Bernabé?
Porque Bernabé le pegó a Muchilanga.

¿Por qué Bernabé le pegó a Muchilanga?
Porque Muchilanga le echó a Burundanga.

¿Por qué Muchilanga le echó a Burundanga?
Porque Burundanga le hincha los pies.

O. Bouffartique

De veras que Azucena es terca como una mula. Desde que se niega a hablar conmigo, se ha propuesto actuar por su cuenta y sólo ha hecho puras pendejadas. Es desesperante verla hacer tontería tras tontería sin poder intervenir. Si ya lo decía yo, la fregada chamaca está acostumbrada a hacer su santa voluntad. ¡Me lleva! Lo peor de todo es que cuando le entra la depre, no hay quien la saque de ella. Llevo rato vigilándole el insomnio. No puede dormir, entre otras cosas, porque su nuevo cuerpo no se amolda a la huella que el anterior ha dejado marcada en el colchón. Se ha sentado en la orilla de la cama por largo rato. Luego, ha llorado aproximadamente veinte minutos. Se ha sonado quince veces en el ínterin. Ha dejado la mirada perdida en el techo treinta minutos. Se ha observado por cinco minutos en el espejo del ropero antiguo que tiene frente a su cama. Ha metido su mano bajo el camisón y se ha acariciado despacito, despacito. Luego, tal vez para tomar completa posesión de su nuevo cuerpo, se ha masturbado. Ha llorado nuevamente como veinte minutos. Ha comido compulsivamente cuatro sopes, tres tamales y cinco conchas con natas. A los diez minutos ha vomitado todo lo que había comido. Se ha manchado el camisón. Se lo ha quitado. Lo ha lavado. Lo ha tendido en el tubo de la regadera del baño. Se ha dado una ducha. Al lavarse la cabeza ha extrañado tremendamente su anterior pelo largo. Ha regresado a su cama. Ha girado de un lado a otro como pirinola. Y finalmente se ha quedado como catatónica por cinco horas. Pero en ningún momento se le ha ocurrido escuchar mis consejos. Si me permitiera hablarle le diría que lo primero que tiene que hacer es oír su compact disc para poder ir a su pasado. Ahí está la clave de todo, y ella no lo ha hecho porque ¡¡¡siente que no está de humor para llorar!!!! ¡Qué desesperación!

Y no cabe duda que el que espera desespera. Azucena espera que Rodrigo regrese. Yo espero que ella salga del estado de desesperación en el que se encuentra. Pavana, la Ángel de la Guarda de Rodrigo, espera que yo colabore con ella. Lilith, mi novia, espera que yo concluya con la educación de Azucena para irnos de vacaciones. Y todos estamos detenidos a causa de su necedad.

No entiende que todo lo que sucede en este mundo pasa por algo, no nada más porque sí. Un acto, por mínimo que sea, desencadena una serie de reacciones en el mundo. La creación tiene un mecanismo perfecto de funcionamiento y, para mantener la armonía, necesita que cada uno de los seres que la conformamos ejecute correctamente la acción que le corresponde dentro de esa organización. Si no lo hacemos, el ritmo de todo el Universo se desmadra. Por lo tanto ¡no es posible que a estas alturas Azucena aún piense que puede actuar por su cuenta! Hasta la partícula de átomo más pequeña sabe que tiene que recibir órdenes superiores, que no puede mandarse sola. Si una de las células del cuerpo decidiera que es dueña y señora de su destino y optara por hacer lo que se le viniera en gana, se convertiría en un cáncer que alteraría por completo el buen funcionamiento del organismo. Cuando uno olvida que es una parte del todo y que en su interior lleva la Esencia Divina, cuando uno ignora que está conectado con el Cosmos lo quiera o no, puede cometer la tontería de quedarse echado en la cama pensando puras pendejadas. Azucena no está aislada como ella cree. Ni está desconectada como se imagina. Ni puede ser tan tonta, ¡carajo! Piensa que no tiene nada. No se da cuenta que esa nada que la rodea la sostiene y siempre la va a sostener donde quiera que se encuentre. Esa nada la va a mantener en armonía vaya donde vaya. Y esa nada estará esperando siempre el momento adecuado para entrar en comunicación con ella, para que escuche su mensaje. Cada célula del cuerpo humano es portadora de un mensaje. ¿De dónde lo saca? Se lo envía el cerebro. Y el cerebro, ¿de dónde lo saca? Del ser humano al mando de ese cuerpo. Y ese ser humano, ¿de dónde saca el mensaje? Se lo dicta su Ángel de la Guarda, y así sucesivamente. Hay una inteligencia suprema que nos ordena cómo propiciar el equilibrio entre la creación y la destrucción. La actividad y el descanso regulan la batalla entre esas dos fuerzas. La fuerza de la creación pone en orden el caos. Después, viene un periodo de descanso ante el esfuerzo que se necesita para controlar el desorden. Si el descanso se prolonga más de lo necesario, la creación se pone en peligro, pues la destrucción siente que la creación ha perdido la fuerza necesaria y tiene que entrar en acción. Es como si una planta que ha crecido a la luz del sol de pronto la ponen en la sombra, ya no tiene la fuerza que la sostenía y entonces la fuerza destructiva se encarga de que muera. Ése es precisamente el peligro en que se encuentra Azucena con su parálisis.

Cuando una persona se paraliza, paraliza a todo el mundo. El ritmo del universo se rompe. Si un día la Luna detuviera su trayectoria provocaría una catástrofe. Si un día las nubes se pusieran en huelga y dejara de llover, provocarían una sequía generalizada. La sequía, la hambruna, y la hambruna, la muerte del género humano. A mayor parálisis, mayor depresión, y a mayor depresión, mayores calamidades.

A veces, uno parece estar paralizado, pero no lo está sino que se encuentra acomodando cosas en su interior, que finalmente lo van a armonizar con el Cosmos. El problema es la parálisis total. A todos los niveles. Exactamente como la que tiene Azucena. Y lo malo no es que no haga nada en el mundo exterior sino que tampoco lo hace hacia el interior. No sólo no quiere escucharme sino que no quiere escucharse a sí misma. Y como no se permite oír su voz interior, no sabe cuál es la acción que debe ejecutar. El mensaje no le llega, pues su mente no le permite la entrada. La mantiene llena de pensamientos negativos. Es necesario que los deje salir, porque éstos distorsionan la línea de comunicación. La Inteligencia Suprema utiliza una línea directa que si encuentra interferencia en su camino sale disparada para otro lado y hace que dicha Inteligencia Suprema no sea entendida o sea mal interpretada. La manera de poner solución a este problema es alineándose espiritualmente. Esta alineación no tiene nada que ver con el tipo de alineación que se maneja en la Tierra. Esa alineación funciona como una estructura piramidal donde los de abajo hacen lo que el de arriba ordena y no pueden hacer otra cosa, y donde el ser humano pierde la responsabilidad sobre sus actos y se somete a lo que le dicen los otros. No, eso no es alinearse, sino apendejarse. La alineación de la que hablo consiste más bien en ponerse en sintonía con la energía amorosa que circula en el Cosmos. Y se logra relajándose y permitiendo que la vida fluya entre cada una de sus células. Entonces, el Amor, ese ADN cósmico, recordará su mensaje genético, de origen, la misión que le corresponde. Esa misión no es colectiva, como se pretende en un tipo de alineación terrenal, sino única y personal. En el momento en que Azucena lo logre, todo su ser respirará energía cósmica y recordará que no está sola, y menos sin Amor.

Cuesta trabajo entender el Amor. Generalmente uno está acostumbrado a obtenerlo por medio de una pareja. Pero el amor que experimentamos durante el acto amoroso es sólo un pálido reflejo de lo que es el verdadero Amor. Nuestro compañero es únicamente el intermediario a través del cual recibimos el Amor Divino. Gracias al beso, al abrazo, uno obtiene en el alma la paz necesaria para poder alinearse y conectar con Él. Pero, ojo, eso no quiere decir que nuestra pareja sea la poseedora de ese Amor ni la única que nos lo puede proporcionar, ni que si esa persona se aleja se lleve el Amor dejándonos en el desamparo. El Amor Divino es infinito. Está en todas partes y completamente al alcance de nuestra mano en todo momento. Es muy tonto tratar de disminuirlo y limitarlo al pequeño espacio que abarcan los brazos de Rodrigo. ¡Si Azucena supiera que lo único que tiene que hacer es aprender a abrir su conciencia a la energía de otros planos para recibir a manos llenas el Amor que tanto necesita! Si supiera que en este preciso momento está rodeada de Amor, que anda circulando a su lado a pesar de que nadie la está besando ni acariciando ni abrazando. Si supiera que es una hija amada del Universo dejaría de sentirse perdida.

Azucena me culpa de todo lo que le está pasando y no se da cuenta que la pérdida de Rodrigo es algo que tenía que sufrir, pues al momento en que se lance a buscarlo va a encontrar en el camino la solución a un problema que ha venido aquejando a la humanidad por milenios. Ésa es la verdadera razón de todo. La explicación de todas sus dudas. Hay un problema de origen cósmico que está afectando a todos los habitantes del planeta, y ella es la encargada de solucionarlo. Es una misión que nos abarca a todos y que el ego de Azucena minimiza y convierte en una cuestión de carácter personal. Su ego adolorido la hace pensar que el mundo está en su contra y que todo lo que pasa únicamente la afecta a ella. Ella forma parte de este mundo, y si a ella la afecta, al mundo también. El mundo tiene intereses mucho mayores que el de querer destruir a Azucena. Sería absurdo, además, pues al aniquilar a un ser humano se estaría aniquilando a sí mismo, y el Universo no tiene esos problemas de autodestrucción. ¡Ojalá que ella pudiera estar aquí a mi lado en el espacio! Vería su pasado y su futuro al mismo tiempo y sólo así entendería por qué permití que Rodrigo desapareciera. ¡Ojalá que pudiera ver que con el doctor Díez no murieron todas sus posibilidades! ¡Ojalá que pudiera ver que tiene a la mano muchas mejores alternativas que las que le ofrecía el doctor! ¡Ojalá que ejerciera correctamente su libre albedrío! ¡Si ni es tan difícil hacerlo, carajo! La vida nunca nos va a poner frente a una encrucijada donde haya un camino que nos lleve a la perdición. Nos va a poner dentro de las circunstancias que estemos capacitados para manejar. Lo que pasa es que el hombre generalmente se deja vencer por las circunstancias. Las ve como obstáculos inamovibles ante los cuales no puede hacer nada, y no hay nada más falso que eso. El Universo siempre nos pondrá dentro de las situaciones que correspondan a nuestro grado de evolución. Por eso, en el caso específico de Azucena yo siempre me opuse a que apresurara su encuentro con Rodrigo. Y no era porque a ella le faltara evolucionar ni por las deudas que él aún tenía pendientes, sino porque a Azucena le faltaba aprender a controlar un poco más sus impulsos y su rebeldía antes de enfrentarse a la situación en que se encuentra ahora. Yo sabía muy bien que se iba a encabronar y no me equivoqué. La confusión en que vive no la deja ver la verdad. En la Tierra existen una serie de verdades y una serie de confusiones y mentiras. La confusión viene de que el hombre toma como verdad cosas que no lo son. La verdad nunca está afuera. Cada uno tiene la capacidad, si se comunica consigo mismo, de encontrar la verdad. Es lógico que en este momento Azucena se vea confundida. Afuera sólo ha encontrado caos, mentira, asesinatos, miedo, indecisión. Ella piensa que esa verdad es dura como una roca, y no lo es. Ella, ante esa desesperación general que domina afuera, debería decir: "Yo no tengo por qué participar de este caos aunque reconozca que lo estoy viendo, pues YO NO SOY EL CAOS". En el momento en que niegue como verdad la realidad que la rodea, encontrará su propia verdad y obtendrá paz. Como lo que es afuera es adentro, esa paz individual producirá la Paz Universal. Pero como no espero que Azucena en este momento esté en condiciones de llegar a esto, tengo que propiciar que le dé su ayuda a algún necesitado. Al ayudar a otra persona se estará ayudando a sí misma.

Unos fuertes toquidos en la puerta hicieron que Azucena se levantara de la cama. Al abrir, se encontró con Cuquita, la abuelita de Cuquita, las maletas de Cuquita y el perico de Cuquita. Cuquita y su abuelita venían todas madreadas. El perico, no. Azucena no supo qué decir, lo único que se le ocurrió fue invitarlas a pasar. Cuquita le confió sus problemas. Su esposo cada día la golpeaba más. Ya no lo soportaba. Pero ahora, el colmo era que había madreado a su abuelita, y eso sí que no se lo iba a permitir. Le pidió a Azucena que la dejara pasar unos días en su casa. Azucena le dijo que estaba bien. No le quedaba otra. Cuquita sabía lo del intercambio de cuerpos y no quería que la denunciara. Claro que ella podía hacer lo mismo y soltar la información de los virtualibros, pero no le convenía. Lo que ella tenía que perder no se comparaba para nada con lo que Cuquita, en dado caso, perdería. Así que decidió hacer a un lado sus penas y compartir su casa con ellas. Total, sería sólo por unos cuantos días.

En cuanto Cuquita tomó posesión de la cocina, Azucena empezó a sentirse invadida. Es verdad que su abuelita necesitaba urgentemente un té de tila para el susto, pero lo que a Azucena le molestó fue que Cuquita colgara la jaula del perico justo sobre la mesa del desayunador. Estorbaba toda la visión y, aparte, significaba que de ahí en adelante iban a comer con las plumas del perico en las narices. La sensación de invasión se fue agudizando conforme Cuquita se instalaba. Para empezar, dio acomodo a su abuelita en el sofácama de la sala. La abuelita era bastante adaptable y silenciosa, pero de cualquier manera estorbaba. Ahora, cada vez que Azucena quisiera ir por un vaso de agua a la cocina tendría que brincar sobre ella. Pero el acabose llegó cuando Cuquita, finalmente, tomó posesión de la recámara de Azucena. Empezó a dejar sus cosas por todos lados. Azucena iba tras ella tratando de poner orden. Amablemente le sugirió que podían guardar la petaca de demostración de Avon en el clóset. Azucena no quería saber lo que Rodrigo iba a pensar de ella el día que regresara y encontrara la pinche petaca a media recámara. Cuquita se negó terminantemente, pues dijo que al día siguiente tenía una demostración y sólo si veía la petaca se iba a acordar.

Azucena no daba crédito a lo que sus ojos veían. Cuquita era dueña de una cantidad impresionante de objetos horrorosos y de mal gusto. Lo que más le llamó la atención fue un extraño aparato parecido a una elemental máquina de escribir. Cuquita la trataba con especial cuidado. Azucena le preguntó que qué era y Cuquita le respondió con gran orgullo:

—Es un invento mío.

—¡Ah! ¿Sí...? ¿Y qué es?

—Es una ouija ciberñética.

Cuquita acomodó el aparato sobre la mesa de noche y se lo mostró a Azucena como si estuviera vendiendo un producto de Avon. El aparato estaba integrado por una computadora antiquísima, un fax, un tocadiscos de la época de las cavernas, un telégrafo, una báscula, un matraz del que salían unos tubos extraños, un comal delimitado por cuarzos y una matraca. En medio del comal había unas manos delineadas que indicaban el lugar donde uno debía depositarlas.

—Este... ¡qué bonita, oiga! ¿Y para qué sirve?

—¡Cómo que para qué! ¿Qué, nunca ha usado una ouija?

—No.

—No pos si me había olvidado que ustedes los evolucionados son muy *snocks* y no necesitan destos aparatos para comunicarse con sus Ángeles de la Guarda, pero nosotros, los que no tenemos acomplejamiento de superioridat, los pobres de espíritu, los amolados, los que tenemos que rascarnos con nuestras propias uñas, somos los que, si queremos saber cosas de nuestro pasado, tenemos que inventar chingaderas como éstas...

A Azucena le conmovió el reclamo de Cuquita. A leguas se veía que estaba muy resentida y llena de dolor. Ella, como astroanalista, sabía que no podía dejar que continuase vibrando en esa emoción negativa sin el tratamiento adecuado, y trató de afirmarla para subirle el ánimo.

—No se enoje, Cuquita. Si le pregunté para qué servía no era porque nunca hubiera utilizado una ouija sino porque nunca había visto una tan completa... tan diferente... tan novedosa. ¿Cómo funciona, oiga?

Cuquita, al sentirse afirmada, se calmó de inmediato y empezó a suavizar el tono de su voz.

—¡Ah!, pues mire, la cosa es muy sencilla. Si usté quiere comunicarse con su Ángel de la Guarda pone las manos aquí en el comal, y piensa en la pregunta y lueguitito recibe la respuesta por el fazzz. Ahora que si usté quiere hablar con sus seres queridos que ya murieron, es conveniente que nadie se entere de lo que hablan, por aquello de los tesoros escondidos y esas cosas, enton's se manda la pregunta por telégrafo y se recibe la respuesta por ahí mismo...

—¡Qué maravilla, oiga!

A Cuquita, al sentirse admirada, se le iluminó la cara y hasta le salieron colores aparte de los moretones que ya traía.

—¡Huy! Y eso no es nada. Miré si por ejemplo a usté le quieren vender un disco o una antigüedat, que era digamos de Pedro Infante o alguien así, y usté quiere saber si es cierto o nomás le están viendo la cara, enton's en caso de que sea el disco pues lo pone aquí —señalando el tocadiscos—, 'ora que si se trata de cualquier otra antigüedat la ponemos acá —señalando el matraz— y le echamos un líquido especial que lo va a desmenuzar como si fuera hielo *engrapé* y luego la computadora va a imprimir la historia del ojeto, narrada por el ojeto mismo y en el fazzz saldrán las fotos a color de todos los que hayan tocado ese ojeto en la vida, o sea, que mata dos pájaros de un tiro, porque por un lado se asegura de que no le den gato por liebre y por el otro obtiene una foto gratis de su ídolo favorito. ¿Qué le parece?

Azucena quedó verdaderamente con la boca abierta. ¿Cómo era posible que esa mujer, que ni la primaria terminó, hubiese sido capaz de inventar un aparato tan sofisticado? Bueno, faltaba ver que de veras sirviera, pero de cualquier forma le parecía admirable su iniciativa. Cuquita no cabía en sí del gusto de ver que Azucena estaba verdaderamente interesada en su aparato.

—Oiga, Cuquita, sólo tengo una duda. Si, por ejemplo, yo lo que quiero saber es de quién fue una cama. ¿Cómo le hago?

—Pos le quita una astillita y la metemos en el matraz.

—Pero ¿si la cama es de latón?

—Ay, oiga, pues no la compra. Yo no voy a andar pensando en todo. ¿Y sabe qué? Mejor ahí le paramos porque me está poniendo bien ñurótica.

Cuquita estaba a punto de explotar y Azucena quería evitarlo. No sería un buen comienzo para el inicio de su vida juntas.

—Oiga, y no me ha dicho para qué es la matraca.

—¡Ah!, pos ésa es re' importantísima. Con sus vueltas y su sonido cambia la energía del cuarto donde se van a recibir los mensajes de onda corta y así evita interferencias de los chamucos.

—¡Ahhhhh!

Azucena no pudo evitar el sentir una enorme curiosidad por comunicarse con el más allá. Desde que rompió comunicación con Anacreonte no tenía idea de qué era lo que estaba pasando o iba a pasar. Tal vez ésa fuese su oportunidad de saber de Rodrigo sin dar su brazo a torcer con Anacreonte.

—Oiga, ¿podría hacer una pregunta?

—¡Claro!

Cuquita se sintió de lo más halagada con la petición y de inmediato empezó a sonar la matraca por toda la recámara. En seguida, le dio instrucciones a Azucena de cómo poner las manos en medio del comal y de cómo concentrarse para hacer su pregunta. Azucena siguió las instrucciones al pie de la letra y en unos segundos en el fax se empezó a imprimir la respuesta: "Querida niña, lo vas a encontrar más rápido de lo que tú esperas".

A Azucena se le llenaron los ojos de lágrimas. Cuquita la abrazó protectoramente.

—¿Ya ve? Todo se le va a arreglar.

Azucena asintió con la cabeza. La felicidad no la dejaba hablar. Cuquita se sentía realizada por completo. Era la primera vez que alguien usaba su aparato y había comprobado que sí funcionaba. El ambiente de la casa cambió de inmediato. Azucena lo notó y se dio cuenta de que la pequeña ayuda que le había prestado a Cuquita le estaba dando grandes beneficios. Empezó a verle el lado bueno a la situación en que se encontraba. Después de todo podía ser muy divertido y provechoso tener a Cuquita unos días con ella.

La noticia de que pronto encontraría a Rodrigo le había subido tanto el ánimo que se le ahuyentaron las nubes negras de la cabeza. Por primera vez en muchos días sintió alivio en el corazón. Y pensó que ése era el mejor momento para ponerse a escuchar su compact disc. Se sentía tan relajada que le apareció todo el cansancio acumulado. Le sugirió a Cuquita que ya era hora de dormir. A Cuquita le cayó muy bien la sugerencia. Eran las tres de la mañana y había sido un día largo. Azucena se puso los audífonos en la cabeza, se acostó en un lado de la cama y cerró los ojos. Cuquita hizo lo propio.

Pero de pronto Cuquita descubrió el control de la televirtual y enloqueció de gusto. Se le olvidó el sueño, el cansancio y el dolor de los moretones. Toda su vida había querido tener una televirtual y nunca había tenido dinero para comprarla. A lo más que había llegado era a tener una televisión de tercera dimensión, común y corriente. En seguida la encendió y empezó a cambiarle a todos los canales como niña chiquita. Azucena ni cuenta se dio. Estaba escuchando tranquilamente su compact disc con los ojos cerrados.

Cuquita, como digna representante del partido de los no evolucionados, estaba gozando con morboso placer el programa de Cristina. Esa noche estaban transmitiendo en vivo desde la cárcel de un planeta de castigo. Con la ayuda de la cámara fotomental, los pensamientos de los peores criminales que ahí se encontraban eran convertidos en imágenes de realidad virtual. De esa manera, los televirtualenses podían instalarse en medio de las recámaras donde habían ocurrido los incestos, las violaciones, los asesinatos. Cuquita estaba encantada. Ese tipo de emociones fuertes no las tenía desde que estaba en la escuela. El sistema de enseñanza utilizaba el mismo método para que los alumnos aprendieran lo terrible que eran las guerras. Los ponían en medio de una batalla a oler la muerte, a sentir en carne propia el dolor, la desesperación, el horror. Sabían que ésa era la única manera en que el ser humano aprendía, recibiendo las experiencias a través de los órganos de los sentidos. Y se esperaba que después de ese aprendizaje directo nadie se atrevería a organizar una guerra, a torturar o a cometer cualquier clase de infracción a la ley, pues ya sabían lo que se sentía. Pero no era así. Efectivamente, se había controlado la criminalidad, pero no tanto porque el hombre hubiera aprendido la lección, sino por los avances de la tecnología. Hasta antes del asesinato del señor Bush nadie se había atrevido a matar, no porque no se les hubiera antojado, sino por el temor al castigo. Con los aparatos inventados nadie se escapaba de que lo capturaran. A los seres humanos, entonces, no les había quedado otra que aprender a reprimir sus instintos criminales, pero eso no quería decir que no los tuvieran. No, para nada. La prueba era el enorme *rating* que tenían los programas de Cristina, Oprah, Donahue, Sally, etcétera, donde los televirtualenses podían experimentar todo tipo de emociones primitivas. El gobierno permitía su transmisión porque así el pueblo canalizaba sus instintos asesinos y era más fácil mantenerlos bajo control.

Cuquita no podía creer lo maravilloso que era encontrarse en el centro de la acción. Estaba encantadísima presenciando el asesinato de Sharon Tate. Le gustaba mucho sentir el miedo instalado en todo su cuerpo, la piel de gallina, los pelos erizados, la voz ahogada. La violencia le provocaba náusea, pero como buena masoquista la consideraba parte de la diversión. En ésas estaba cuando empezaron los comerciales. Cuquita se puso furiosa, le habían dado en la madre a su sufrimiento. Con desesperación empezó a cambiarle a todos los canales tratando de encontrar otro programa similar, cuando sus ojos fueron atrapados por el color rojo incandescente. La lava siempre había tenido un poder hipnótico sobre ella.

En ese momento estaban transmitiendo en directo desde el planeta Korma. Isabel caminaba entre los sobrevivientes de la erupción. Se encontraba en Korma junto con una misión de salvamento. Había querido que ése fuera el primer acto de su campaña a la Presidencia Mundial. Cuquita, gracias a la televirtual, de pronto se encontró en el lugar ideal de toda metiche: justo en medio de Isabel y Abel Zabludowsky, que no deja de comentar lo increíblemente bien que Isabel llevaba sus ciento cincuenta años. "¡Así quién no!", comentó Cuquita. Isabel tenía años trabajando como Embajadora Interplanetaria. En cada viaje se ahorraba cantidad de años porque la diferencia de horarios entre planeta y planeta sumaba muchos meses. Al regresar de un viaje, que para ella había sido de una semana, se encontraba con que en la Tierra ya habían pasado cinco años. Pero ni porque se veía tan joven Cuquita se hubiera cambiado por ella. Se preguntaba: "¿Cuántos sopes deja uno de saborear en esos años perdidos? ¿A cuántos bailes de quince años se deja de asistir?" Isabel empezó a repartir comida entre los damnificados de la erupción; todos los primitivos se le lanzaron en bola para obtener su parte. Los guaruras repartían golpes indiscriminadamente tratando de protegerla.

Cuquita dio un brinco en la cama y empezó a gritarle a Azucena.

—¡Azucena, Azucena, mire!

Los guaruras de Isabel eran los supuestos trabajadores de la compañía aerofónica y Azucena, bueno, más bien Ex Azucena, porque su cuerpo lo ocupaba otra persona, Azucena abrió los ojos medio atontada y trató de ver qué sucedía. Presenció cómo los guaruras de Isabel la alejaban del grupo de hambrientos salvajes. Azucena se impresionó al ver que uno de los guaruras poseía su ex cuerpo y que al lado de él se encontraba el cuerpo del ex aerofonista. Pero casi se desmayó cuando vio a Isabel acercarse a un hombre alejado de todos los demás: ¡era el mismísimo Rodrigo! Azucena estaba soñando con él cuando Cuquita la despertó y ahora no sabía si lo que veía era parte de su fantasía o si era verdad.

Rodrigo estaba concentrado en tallar con una piedra una cuchara de madera. En cuanto vio a Isabel acercarse, se levantó. Isabel le dio una torta de tamal, pero Rodrigo, en lugar de tomarla, se acercó a Ex Azucena y le acarició la cara, tratando de reconocerla. Ex Azucena se puso nervioso. Isabel se quedó intrigada. Cuquita se escandalizó. Y Azucena se dedicó por unos breves minutos a acariciar a Rodrigo con todo su amor. No fue mucho tiempo, pero sí el suficiente para que su desesperación al verlo desvanecerse en el aire fuera inmensa. Las imágenes de todos los presentes en Korma dieron paso a las de los futbolistas en el campo de entrenamiento. En el noticiero habían pasado a la sección deportiva. Cuquita y Azucena se miraron entre sí. Azucena lloraba desesperada.

—¡Ése era Rodrigo!

—¿Ése?

Cuquita estaba muy sorprendida del estado lamentable en que se encontraba.

—Sí.

—¡Y ésa era usted!

—Sí.

—¿Y qué hace su ñovio en Korma?

Azucena no lo sabía. Lo único que sabía era que estaba metida en un lío gordo. Si los hombres que intentaron asesinarla y le robaron su cuerpo eran los guaruras de Isabel, Isabel tenía que ver en todo eso. Si Isabel tenía que ver en todo eso, tenía el poder de su parte. Y si tenía el poder de su parte, iba a estar cabrón enfrentársele. Azucena rápidamente empezó a imaginar cuáles eran las razones que Isabel había tenido para querer matarla. De seguro que ella había mandado matar al señor Bush. Luego, había elegido a Rodrigo como candidato ideal para ser acusado del asesinato. ¿Por qué a él? Quién sabe. Luego, se había enterado de que Rodrigo había pasado toda la noche del crimen haciendo el amor con ella, y el paso lógico fue mandar eliminar a la coartada, o sea, a ella. Bien, hasta ahí todo iba muy bien. Pero ahora ¿qué seguía? A Isabel le convenía tener a Rodrigo como el asesino. Pero ahora ¿cómo iba a hacer para que Rodrigo no declarara su inocencia ante las autoridades? A lo mejor no estaba en sus planes que declarara. A lo mejor por eso lo había llevado a Korma. A lo mejor pensaba dejarlo allá para siempre. A lo mejor... a lo mejor. Lo que no entendía era la manera en que Isabel se arriesgaba a que todo se le viniera abajo. ¿Qué tal que uno de los virtualenses que en ese momento estaba viendo el noticiero reconocía a Rodrigo y lo denunciaba? ¿Qué pasaría? ¿Quién sabe? Azucena no le veía la solución al problema en que se encontraban, pero Cuquita, tal vez por su menor capacidad analítica, sí. Sin esforzarse mucho tomó una resolución.

—Tenemos que ir por su ñovio y traérnoslo —ordenó.

—No podemos. Lo busca la policía. Dicen que es el cómplice del asesinato del señor Bush, pero no es cierto, él estaba conmigo esa noche.

—Me consta. Los rechinidos del colchón no me dejaron dormir.

Azucena recordó su noche de amor y aumentó la intensidad a su llanto.

—No llore. No importa que lo busque la policía, pos le cambiamos el cuerpo y ya, ¡se acabó el problema! Ya no estamos en los tiempos de mi abuelita cuando decían "¡Qué horror! la casa caída, los trastes tirados, los niños enfermos, el papá enojado. ¡Ay qué cuidado!" No, ahora al mal tiempo hay que darle buena cara. Séquese las lágrimas, ¡y a tomar las armas!

Azucena dejó de llorar y se rindió mansamente ante la voluntad de Cuquita. Ya no podía más. Había recibido demasiadas heridas en muy poco tiempo. En el transcurso de sólo una semana había perdido a su alma gemela, había estado a punto de ser asesinada, se había visto forzada a realizar un trasplante de alma, había descubierto el crimen de un gran amigo, había visto cómo su querido cuerpo era ocupado por un asesino y, por último, había encontrado a Rodrigo en condiciones lamentables, corriendo un grave peligro y en un lugar prácticamente inalcanzable para ella. ¡Qué desesperación! Se sentía profundamente violada, agredida, indefensa, frágil, agotada, incapaz de tomar cualquier decisión.

—Tenemos que irnos mañana mismo.

—¿Pero cómo? Yo no tengo dinero. ¡Usted menos! Y ya ve que los viajes interplanetarios son carísimos.

—Sí, si no son lo que se dice una *vil-coca*, pero ya encontraremos la manera...

De pronto, Cuquita y Azucena se miraron a los ojos. Los ojos de Cuquita tuvieron un destello de lucidez y le transmitieron a Azucena la genial idea que se le acababa de ocurrir. Azucena la captó de inmediato y gritó al mismo tiempo que ella:

—¡El compadre Julito!

* * *

Azucena iba desesperadísima. La nave interplanetaria del compadre Julito era una vil nave guajolotera que hacía paradas en todos y cada uno de los planetas que encontraba en su camino a Korma. Cada vez que la nave se detenía Azucena sentía que el Universo entero suspendía su ritmo. Ya había hablado con el compadre Julito para ver la posibilidad de hacer un vuelo directo, pero el compadre Julito se había negado terminantemente, y de manera sutil le había recordado a Azucena que ella no estaba en posibilidades de exigir nada pues viajaba de a gratis. Por otro lado, el compadre estaba obligado a hacer las paradas, pues, aparte de llevar el Palenque a planetas muy poco evolucionados, tenía otros dos negocios que le redituaban grandes ganancias económicas: renta de nietos a domicilio y esposos de entrega inmediata. En las colonias espaciales muy alejadas había hombres o mujeres de edad avanzada que nunca habían podido casarse ni tener nietos y que caían en estados de depresión muy profunda. Entonces, al compadre Julito se le había ocurrido el negocio ideal: alquilar nietos. Y precisamente ahora estaba en la temporada alta, pues los niños huérfanos acababan de salir de vacaciones. Otro de los negocios que tenía mucha demanda era el de esposos o esposas de entrega inmediata. Cuando hombres o mujeres jóvenes estaban en alguna misión espacial por periodos prolongados, se les alborotaban las hormonas. Como no era nada recomendable que mantuvieran relaciones sexuales con los aborígenes, sus parejas en la Tierra les mandaban un esposo o esposa sustituto, según fuera el caso, para que así pudieran satisfacer sus apetitos sexuales adecuadamente. No sólo eso, el amante sustituto se aprendía de memoria mensajes y poemas a petición expresa del cónyuge y se los recitaba a los clientes en el momento de hacerles el amor. Por lo tanto, la nave, aparte de los gallos de pelea, los mariachis, las vedettes y las cantantes del Palenque, estaba llena de niños, esposos y esposas sustitutos.

Azucena estaba a punto de volverse loca. ¡Ella que necesitaba tanto silencio para organizar sus pensamientos! ¡Y el ruidero que reinaba en la nave que no le ayudaba para nada! Niños corriendo por todos lados, los mariachis ensayando "Amorcito corazón" con un cantante que era la reencarnación de Pedro Infante, los esposos sustitutos ensayando su numerito con las vedettes, la abuelita de Cuquita ensayando a tientas una puntada de gancho, el borracho esposo de Cuquita ensayando sus vomitadas, los gallos ensayando su kikiriquí, y el "coyote" cuerpovejero —que le había vendido su nuevo cuerpo— ensayando sin buenos resultados un intercambio de almas entre una vedette y un gallo.

Ante esa situación, Azucena no tenía más que dos opciones: volverse loca de desesperación al no poder obtener la calma que necesitaba, o ponerse a ensayar algo como todos los demás. Decidió ponerse a practicar el beso que le iba a dar a Rodrigo en cuanto lo viera. Y con gran entusiasmo experimentó y experimentó cuáles serían los mejores efectos de un buen beso chupeteador poniendo el dedo índice entre sus labios. Dejó de hacerlo cuando uno de los esposos sustitutos se ofreció a practicar con ella. Azucena se apenó de que la hubieran descubierto, y entonces decidió mejor aislarse de ese mundo de locos. Como todos los amantes de todos los tiempos quería estar sola para poder pensar en Rodrigo con más serenidad. La presencia de los otros le estorbaba, la distraía, la molestaba. Como no era posible hacer desaparecer a todos los de la nave, cerró los ojos para recluirse en sus recuerdos. Necesitaba reconstruir nuevamente a Rodrigo, darle forma, recordar el encanto que tenía estar unida al alma gemela, revivir esa sensación de autosuficiencia, de plenitud, de inmensidad. Sólo la presencia de Rodrigo podía dar sustancia a la realidad, sólo la luz que iluminaba su sonrisa podía liberar la tristeza que apretaba el alma de Azucena. La idea de que pronto lo vería hacía que todo cobrara nuevamente sentido. Se puso los audífonos y empezó a escuchar su compact disc. Lo único que quería era internarse en un mundo diferente del que se encontraba. Ya había perdido la esperanza de que la música le provocara una regresión a la vida pasada en la que había vivido al lado de Rodrigo. La noche anterior había escuchado por completo su compact disc con la ilusión de encontrar en él la música que le habían puesto cuando presentó su examen de admisión en CUVA, pero nunca la encontró. Así que, como de antemano sabía que la música contenida en ese compact disc no era la que buscaba, se relajó y se perdió en la melodía. Curiosamente, al quitarse de encima la obsesión de hacer una regresión, dejó que la música entrara libremente a su subconsciente y la llevara de una manera natural a la vida anterior que tanto le interesaba. (Track 4 CD)

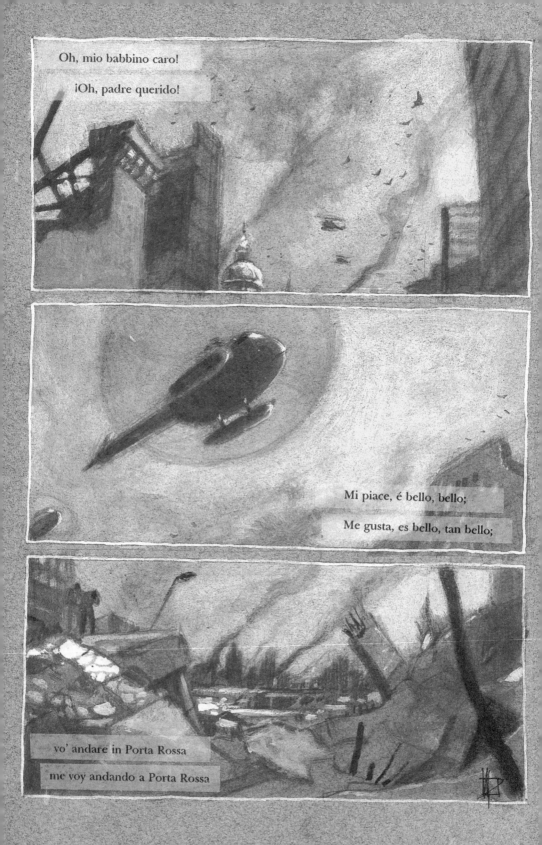

Las sacudidas que Cuquita le dio interrumpieron bruscamente las visiones de Azucena. Su corazón latía aceleradamente y su respiración era agitada. Cuquita, al verle la cara, se apenó mucho de haberla despertado. Nunca quiso ser inoportuna. Lo hizo porque creyó que era su obligación informarle que estaban a punto de aterrizar en Korma. ¡Qué pena sentía! Azucena tenía la cara roja y sudaba a mares. Cuquita pensó que de seguro era porque estaba teniendo un sueño de tipo pasional y cachondo con Rodrigo cuando ella había llegado a despertarla. Inmediatamente pidió una disculpa, pero Azucena ni la veía ni la escuchaba. Estaba completamente ensimismada. ¡Isabel y ella se habían conocido en esa vida pasada! ¿Cómo era posible? Habían transcurrido tantos años e Isabel seguía conservando su aspecto físico actual. Cada día la cosa se complicaba más. ¿No que Isabel en esa vida había sido la Madre Teresa? ¿Cómo era posible que esa "santa" hubiera sido capaz de matarla a ella siendo una bebé? Pues porque no era una santa. Era una hija de la chingada, que había engañado a todo el mundo haciendo creer que había sido la Madre Teresa cuando lo cierto era que la Isabel del 2200 era la misma que la de 1985. Azucena hizo cuentas rápidamente. Si esa mujer era la misma que ella había visto durante el terremoto en el que habían muerto sus padres en la ciudad de México el año de 1985, ¡en lugar de ciento cincuenta años tenía doscientos cincuenta años! ¿Quién le había fabricado la vida de Madre Teresa? ¡De seguro el doctor Díez! Lo más probable era que le hubiera creado una vida falsa y se la hubiera puesto dentro de una microcomputadora igual a la que le había instalado a ella. ¡Las cosas empezaban a cuadrar! Seguramente en cuanto el doctor hubo terminado con su trabajo, Isabel lo había eliminado para que no la denunciara. Tal vez por eso mismo también la había mandado matar a ella. Aparte de ser la coartada de Rodrigo, era testigo de que Isabel había vivido en 1985. ¡Un momento! No sólo eso. Azucena era testigo también del crimen que Isabel había cometido contra su persona, y un candidato a la Presidencia del Planeta de ninguna manera puede tener en su pasado un crimen. Al menos en sus diez últimas vidas anteriores a la candidatura. Isabel quedaría automáticamente fuera de la silla presidencial si alguien se enteraba que en 1985 había cometido un asesinato. Pero algo no encajaba; si Isabel la había matado siendo ella una bebé, obviamente Isabel también conocía a Rodrigo, pues Rodrigo había sido padre de Azucena en esa vida. Si Isabel conocía a Rodrigo, ¿por qué no lo había mandado eliminar? Tal vez porque cuando Isabel cometió el asesinato Rodrigo ya estaba muerto y no la vio. Quién sabe. Y también quién sabe qué tanto peligrara la vida de Rodrigo ahora que Isabel se encontraba en Korma. Lo único seguro era que Isabel era extremadamente peligrosa y tenía que mantenerse alejada de ella.

Le dio un sorbo al atole caliente que Cuquita le estaba ofreciendo y se sintió muy reconfortada. Azucena era una niña huérfana que nunca había tenido quien la consintiera. Era la primera vez que alguien le preparaba algo con el único propósito de hacerla sentir mejor. Le conmovió mucho que Cuquita se hubiera tomado tal molestia, y desde ese momento empezó a quererla.

Igualito al tronido que hace una jarra de cristal caliente al recibir un líquido helado, sonó el corazón de Azucena cuando vio a Rodrigo. Su alma no estaba templada para recibir una mirada tan fría. Los puñales de hielo que la observaron como a una extraña le congelaron la ilusión del encuentro.

No había sido fácil dar con la cueva en donde él se encontraba, porque Rodrigo procuraba mantenerse alejado de la tribu. Su constante necesidad de poner cosas en orden lo hacía esperar a que los primitivos hicieran sus cochineros y se fueran a cazar para entrar él en acción. En ese momento estaba recogiendo todos los papeles donde venían envueltas las tortas de tamal y los estaba doblando cuidadosamente uno sobre otro. La cueva, a partir de que él había llegado, tenía un aspecto muy diferente. Ya no había cacas por todos lados ni restos de comida por los rincones y la leña para el fuego estaba perfectamente ordenada. Al ver a Azucena suspendió su labor. Le llamó mucho la atención esa mujer rubia que estaba parada frente a él con los brazos abiertos y una gran sonrisa. No sabía quién era ni de dónde había salido. Pero, por supuesto, no de una cueva de Korma. Era obvio que ella, al igual que él, no pertenecía a ese lugar.

La pasividad de Rodrigo desconcertó a Azucena. Lo único a lo que podía atribuirla era a que, con su nuevo cuerpo, él no la hubiera reconocido. Azucena se tranquilizó y procedió a explicarle rápidamente que ella era Azucena. Rodrigo la miró con extrañeza y repitió: "¿Azucena?"

Ahí sí que Azucena ya no supo qué pasaba. Ella había soñado con un encuentro de película donde Rodrigo la descubriera a lontananza y corriera a su lado en cámara lenta. Ella vistiendo un vestido de gasa blanca que se ondeaba al viento. Él, vestido como galán del siglo xx, con pantalones amplios de lino y una camisa de seda abierta, que mostrara su ancho y musculoso tórax. El fondo musical no podía ser otro que el de *Lo que el viento se llevó*. Al llegar uno junto al otro se darían un abrazo como el de Romeo y Julieta, como el de Tristán e Isolda, como el de Paolo y Francesca. Y entonces, la música de sus cuerpos se integraría a la de las Esferas haciendo de su encuentro un momento inolvidable que pasaría a formar parte de la historia de los amantes famosos. Y en lugar de eso, estaba parada frente a un hombre que no daba el menor signo de vida, que no tenía la menor intención de tocarla, que no se animaba a pronunciar una palabra, que no le permitía la entrada al fondo de sus ojos, que la estaba matando con su indiferencia, que la hacía sentir un anacronismo viviente. Se sentía más ridícula que las lentejuelas de la falda de china poblana con la que se había tenido que disfrazar para viajar en la nave del Palenque, más forzada que consigna de acarreada, más fuera de lugar que una cucaracha en un pastel de bodas.

¿Qué era lo que estaba pasando? ¿Para este encuentro tan pinche se había quedado tantas noches sin dormir? Ahora ¿cómo controlaba los besos que se querían escapar por la boca? ¿A quién le daba el abrazo tan esperado? ¿Qué hacía con los susurros que se le anudaban en la garganta? Azucena dio media vuelta y salió corriendo. En la entrada de la cueva se topó con Cuquita, el marido de Cuquita y el "coyote" cuerpovejero. Les dio un empellón y se echó a correr. Cuquita dejó a los hombres en la cueva y salió en busca de Azucena. La encontró llorando junto al tronco de un árbol calcinado.

—¿Qué le pasa? ¿Se siente mal? Yo también, oiga. Ya gomité. Es que el compadre de veras que no se mide con las vueltas y vueltas que le da a la nave... Pero ¿qué tiene? ¿Está llorando?

Azucena lloraba amargamente. Cuquita la abrazó. Sus brazos eran anchos y acolchonados. Sus pechos redondos, voluminosos y esponjaditos, esponjaditos. Azucena se sumió en ellos y sintió por primera vez lo que era ser acurrucada por unos brazos maternales. Sin darse cuenta siquiera, volvió a sus primeros años y con voz infantil se lamentó con Cuquita. Cuquita la apapachó y aconsejó como lo haría una buena madre.

—¿Se pelió con su ñovio? —Azucena negó con la cabeza—. Enton's, ¿por qué llora?

—¡Ay, Cuquita...! —Azucena lloró con más intensidad y Cuquita le secó las lágrimas.

—¡Si todos son iguales, pero ya les caerá encima toda la sal de nuestras lágrimas! ¡Malditos, infelices! Tenía otra vieja, ¿verdat?

—¡No, Cuquita! Lo que pasa es que Rodrigo ya no se acuerda de mí.

—¿Cómo que no se acuerda?

—No, no sabe quién soy, no me reconoció.

—¡Pero cómo! ¿No le habrán dado burundanga?

—¡Qué burundanga ni qué la chingada! Lo que pasa es que Dios no me quiere, me odia, me engaña, me hizo creer en el amor nada más para que me llevara la chingada, pero el amor no existe.

—No, no diga eso. Diosito se va a enojar si la oye.

—Pues que se enoje, a ver si así me deja en paz. Ya estoy harta de él y de toda su corte de Ángeles de la Guarda que para lo único que sirven es para poner puras fregaderas en mi camino.

—¿Y no ha pensado que tal vez todo lo que le está pasando le tenía que pasar?

—¡Cómo cree, Cuquita! Si yo no le he hecho nada a nadie.

—En esta vida, pero ¿qué tal en las otras? ¡Uno nunca sabe!

—¡Yo sí sé! Y le juro que ya pagué todo lo que hice en las otras. ¡Esto es una injusticia!

—No creo, en esta vida no hay nada injusto.

—¡Sí lo hay!

—En lugar de peliarnos, ¿por qué no le pregunta a su Ángel de la Guarda qué opina?

—No quiero saber nada de él, estoy así porque no me ayudó y dejó que me hicieran puras chingaderas. Me abandonó cuando más lo necesitaba. Nunca le voy a volver a hablar, es más, ¡que ni se me aparezca porque lo agarro a palos!

—Mmm, pues así va a estar bien canijo que salga de este lío.

—No, no está canijo porque yo no soy ninguna pendeja.

—No, si yo no digo eso, es más, me es completamente *inverosímil* lo que usté haga de su vida pero yo sé que todo en esta vida pasa por algo..., o ¿a poco cree que mi abuelita tiene la asiática nada más porque sí?

—¿Qué? ¿Cuál asiática?

—¡La asiática que le da en la cadera! Ése es un karma que se ganó cuando fue general de Pinochet, y yo que usté ya estaría yendo p'atrás para saber por qué le están pasando estas horrendidades.

—¡Pues yo no puedo! Mientras esté deprimida no puedo hacer regresiones a vidas pasadas...

—Pues desdeprímase, porque si no...

Cuquita sentía tales deseos de ayudar a Azucena que se convirtió en el médium ideal para que Anacreonte pudiera enviar un mensaje a su protegida. Sin decir agua va, de su boca empezaron a salir palabras que no le pertenecían.

—Porque si no... porque... "lo que usted aún no se ha dado cuenta es que está en un momento privilegiado. En medio de un gran sufrimiento, sí es cierto, pero es en estos momentos cuando uno puede aceptar que se siente mal, que está mal. En el momento en que usted lo acepte, se va a abrir una puerta muy real, muy palpable, a la posibilidad de poder coordinarse consigo misma. En ese estado de apertura usté va a darse cuenta de que se puede ser feliz en la Tierra. Es lógico que en este momento no lo sienta así, usté ha sufrido mucho, pero pronto va a empezar a ver claro. Va a empezar a sentir que todo lo que ha sucedido forma parte de un mundo equilibrado. Desde la rosa que le regalaron hasta el palo que le dieron en la cabeza. Todo tiene una razón de existir. Entonces, ¿qué tan necesario es contestar el palo? El mundo se ha convertido en una cadena interminable de 'él me hizo, entonces yo le hago'. Esa cadena se va a romper cuando alguien se detenga, y en lugar de responder con odio lo haga con amor. Ese día comprenderá que se puede amar al enemigo. ¡Ya bastantes profetas se han encargado de decirlo! Y ese día se va a reír de todo lo que le pase. Va a aceptarlo como parte del todo y va a permitir que su pensamiento viaje hacia donde quiera ir. Hacia lo desconocido. Hacia el origen. No al origen de la Tierra, no, que ya es bastante difícil: al origen, donde nadie ha llegado. Porque fíjese que el hombre, a pesar de que habla tanto y ha escrito tanto y filosofea tanto, no ha encontrado la fuerza suficiente como para ir al origen del origen. Cuando yo la conocí supe que usté sí tenía esa fuerza. Usté está buscando obtener la paz y el equilibrio interior recuperando a su pareja original. Está luchando por encontrarse a sí misma en Rodrigo. ¡Está bien! Pero déjeme decirle una cosa, durante su lucha, a quien verdaderamente va a recuperar es a usté misma. Parece que es lo mismo pero no lo es. No es igual recuperar el equilibrio interno como resultado de una armonización interior, que por la unión con otra persona, así sea esa persona nuestra alma gemela. ¿Y cómo va a obtener ese equilibrio? Expandiendo su conciencia. De manera que pueda abarcar todo lo que la rodea. Por ejemplo, en este momento usté está triste. La tristeza la envuelve. El mundo externo sólo le proporciona dolor, sufrimiento. ¿Qué puede hacer? ¡Ampliar su conciencia! Apropiarse de la tristeza, tragándosela sorbo a sorbo, inhalándola, aprisionándola dentro de usté, dejándola entrar hasta el último rincón del cuerpo, hasta que nada de ella quede fuera. ¿En ese momento qué la va a rodear si ya dejó entrar toda la tristeza?

—¿Qué? —preguntó Azucena.

—¡Pues la felicidad! Por eso no hay que temerle a la tristeza, al dolor. Hay que saberlos gozar, aceptar. 'Lo que resistes persiste.' Si uno resiste el sufrimiento, éste siempre nos va a estar rodeando. Si uno lo acepta como parte de la vida, del todo, y lo deja entrar hasta agotarlo, quedará rodeado de alegría, de felicidad. ¡Adelante, mucha suerte, niña, y a darle vuelo al gozo! ¡Ah, antes de terminar, una cosita! Si amplía su conciencia lo suficiente como para abarcar a Rodrigo por completo, será capaz de ver más allá del rechazo y logrará saber por qué Rodrigo no la reconoció..."

Cuquita terminó su pequeño discurso y se quedó muda de la impresión. Sabía muy bien que todas las palabras que habían salido por su boca le habían sido dictadas. Era la primera vez que le pasaba algo así. Azucena había dejado de llorar y la miraba con sorpresa y agradecimiento. Azucena cerró sus ojos por un momento y, de una manera queda, casi callada, pronunció:

—Porque le borraron la memoria.

—¿Qué?

—¡Que Rodrigo no me reconoció porque le borraron la memoria!

Azucena bailaba de gusto. Abrazó a Cuquita y le dio de besos. Cuquita también festejó el descubrimiento, pero les duró poco el gusto pues la comitiva que acompañaba a Isabel en ese momento venía en dirección directa a la cueva. Cuquita y Azucena de inmediato corrieron para recoger a Rodrigo antes de que alguien descubriera la presencia de todos ellos en Korma.

*   *   *

Azucena no dejaba de observar al borracho marido de Cuquita. Era increíble que dentro de ese cuerpo seboso, grosero, mugroso, abotagado por el alcohol, estuviera contenida el alma de Rodrigo. El "coyote" cuerpovejero había realizado un excelente trabajo. El intercambio de almas entre los cuerpos del marido de Cuquita y Rodrigo no podía haber sido más exitoso. Sobre todo tomando en consideración que el "coyote" cuerpovejero había tenido que trabajar bajo condiciones poco favorables.

Cuquita, por su parte, tampoco le quitaba la vista a Ex Rodrigo. Desde la ventanilla de la nave lo observaba caminar

138

entre la tribu, completamente desconcertado. Se le hacía increíble que por fin se hubiese librado de su marido. A partir de ese día iba a poder dormir en paz. Realmente había sido una magnífica idea la del intercambio de cuerpos entre ellos. Por un lado, Azucena podía traer de regreso a la Tierra a su novio —o más bien el alma de su novio— sin peligro de que la policía lo arrestara por su supuesta participación en el asesinato del señor Bush, y por el otro, ¡ella recuperaba su libertad! Conforme la nave se alejaba de Korma, Cuquita se ponía más y más feliz. Y más contenta se puso cuando vio cómo una primitiva de pelo en pecho se acercaba a Ex Rodrigo y lo abrazaba sorpresivamente por la espalda. Su marido, creyendo que se trataba de Cuquita, automáticamente le dio una bofetada, y la primitiva como respuesta le puso una buena madriza. Cuquita aplaudió, gritó y lloró de gusto. ¡Si aquello no era justicia divina, no sabía qué podía ser! ¡Hasta que alguien le había dado una sopa de su propio chocolate! Ex Rodrigo quedó noqueado en el piso sin alcanzar a comprender nada de nada.

No era el único en esa situación. Había otra que estaba completamente confundida y no entendía qué pasaba: la abuelita de Cuquita. Estaba muy molesta de que la hubieran sentado junto al "borracho de mierda", como ella llamaba al marido de Cuquita, y nadie la podía hacer entender que no estaba sentada junto al marido de su nieta sino junto a Rodrigo. La abuelita, en su ceguera, sólo se guiaba por los olores y los sonidos, y el cuerpo que tenía al lado, y que apestaba a alcohol y a orines, no podía ser otro que el de Ricardo, el esposo de Cuquita. Le explicaron una y otra vez lo del intercambio de almas y que el alma de Rodrigo, que ahora ocupaba ese cuerpo, era un alma pura. Para comprobarlo le dio un buen soplamocos. Rodrigo no se lo contestó, y eso bastó para que la abuelita de Cuquita cobrara venganza de la paliza del otro día, golpeándolo sin piedad por un buen rato. Le escupió en la cara que por su culpa estaba enferma y le advirtió que para ella era y siempre sería un borracho de mierda. Después de descargar toda su rabia, se durmió tranquilamente. Por fin había descansado en paz.

Rodrigo quedó muy maltratado, más moral que físicamente, por haber sido el receptor de los golpes que le propinó la abuelita de Cuquita. Nuevamente no entendía lo que le pasaba. Le molestaba mucho el olor que su cuerpo despedía. Le daba comezón la mugre. Sentía una necesidad tremenda de alcohol, que no sabía de dónde provenía pues él siempre había sido abstemio. No recordaba haber visto en la vida a la anciana que lo acababa de golpear y de reclamarle maltrato. Se sentía rodeado de locos en esa nave extraña. No sabía adónde lo llevaban ni por qué. Lo único que sabía era que tenía un nudo en la garganta... y unas ganas tremendas de orinar. Se levantó con la intención de ir al baño y sus piernas no lo sostuvieron. La pierna izquierda se le dobló por completo como si alguien se la hubiera desconectado. Azucena se acercó de inmediato a socorrerlo. Lo acostó en el piso y le preguntó si le dolía algo. Rodrigo se quejó de un dolor muy intenso en la cadera. Azucena le puso la mano en el lugar indicado y Rodrigo brincó. No soportaba que nadie lo tocara. Azucena, como buena astroanalista, al instante comprendió que ese dolor tenía su origen en una vida pasada. Era un miedo escondido que fue activado por la abuelita de Cuquita al momento de su agresión. Azucena lo tranquilizó, le explicó que ellos eran un grupo de amigos que habían venido a rescatarlo y que no pretendían hacerle daño sino prestarle ayuda. Que sabían de su pérdida de memoria y que estaban en las mejores posibilidades de poder ayudarlo a recuperarla, ya que ella era astroanalista y era... su mejor amiga. Rodrigo observó un buen rato a Azucena intentando reconocerla, pero su rostro le era completamente ajeno.

—Discúlpeme, pero no me acuerdo de usted.

—Ya lo sé. No se preocupe.

—¿En serio me puede hacer recobrar la memoria?

—En serio. Si quiere podemos empezar el día de hoy.

Rodrigo no quiso perder más tiempo. Sin pensarlo demasiado asintió con la cabeza. El rostro de esa mujer que se decía su amiga lo hacía sentir muy bien. Su voz le daba seguridad.

Azucena le pidió que se relajara y respirara profundamente. En seguida le dio indicaciones de que respirara con inhalaciones cortas y seguidas. Después le pidió que repitiera varias veces en voz alta: "¡Tengo miedo!" Rodrigo siguió al pie de la letra todas las instrucciones. Llegó un momento en que su cara y su respiración cambiaron. Azucena supo que ya había entrado en contacto con los recuerdos de su vida pasada.

—¿En dónde está?

—En el comedor de mi casa...

—¿Y qué pasa ahí?

—No quiero ver...

Rodrigo empezó a llorar. Su rostro mostraba un gran sufrimiento.

—Repita: "No quiero ver lo que pasa ahí porque es muy doloroso".

—No, no quiero...

—¿En esa vida es hombre o mujer?

—Mujer...

—¿Y qué es lo que le hacen para que tenga tanto miedo? ¿Quién la lastimó?

—El hermano de mi esposo...

—¿Qué le hizo?

—Yo no quería... Yo no quería...

—¿No quería qué?

—Que... me violara...

—Vamos a ese momento. ¿Qué está pasando?

—Es que fue horrible..., no quiero verlo...

—Yo sé que es doloroso, pero si no lo vemos, no vamos a avanzar ni se va a poder curar. Es bueno que lo hable por más malo que haya sido.

—Es que me acababan de decir que estaba embarazada y...

El llanto de Rodrigo se hacía cada vez más doloroso.

—Y... para mí estar embarazada era algo muy sagrado..., y él arruinó todo...

—¿De qué manera?

—Mi esposo estaba tomado y se había quedado dormido y yo estaba recogiendo la mesa y...

—¿Y qué pasó?

—No veo... no veo nada...

—Repita: "No quiero ver porque es muy doloroso..."

—No quiero ver porque es muy doloroso...

—¿Ahora qué ve?

—Nada, todo está negro...

Cuquita no alcanzaba a oír nada de lo que Rodrigo y Azucena hablaban, pero ni así perdía detalle de lo que estaba pasando en el rincón de la nave donde ellos se encontraban. Sus oídos se agudizaron tanto para pescar algo de la conversación, que al poco rato de estarse esforzando alcanzó a oír hasta lo que Anacreonte trataba de decirle a Azucena y ella estaba renuente a escuchar: Rodrigo no podía hablar por dos cosas. Por un lado tenía un bloqueo de tipo emocional muy parecido al de Azucena, y, por el otro, un bloqueo real provocado por la desconexión con su memoria. Pero si Azucena había podido romper ese bloqueo al escuchar la música que le pusieron durante su examen de admisión en CUVA, lo mismo podía suceder con Rodrigo, pues al ser almas gemelas reaccionaban a los mismos estímulos. Cuquita esperó un rato a ver si Azucena ponía atención a su guía, pero al ver que no, se decidió a prestar sus servicios de metiche profesional llevando a Azucena el mensaje de su Ángel de la Guarda: tenía que poner a Rodrigo a escuchar una de las arias de ese compact disc y registrar la regresión con una cámara fotomental. Azucena le preguntó a Cuquita cómo le hacían para conseguir una, y Cuquita recordó que el compadre Julito tenía una. Siempre viajaba con ella, pues le era muy útil para detectar estafadores entre los asistentes a sus espectáculos. Azucena cada día se sorprendía más con Cuquita. Le resolvía todos sus problemas. ¡Y ella que la había menospreciado por tanto tiempo! Esa mujer realmente era un genio. Rápidamente le pidieron prestada la cámara al compadre Julito y la instalaron frente a Rodrigo. Acto seguido, le pusieron en la cabeza los audífonos del discman para que escuchara una de las arias de amor. 🅣

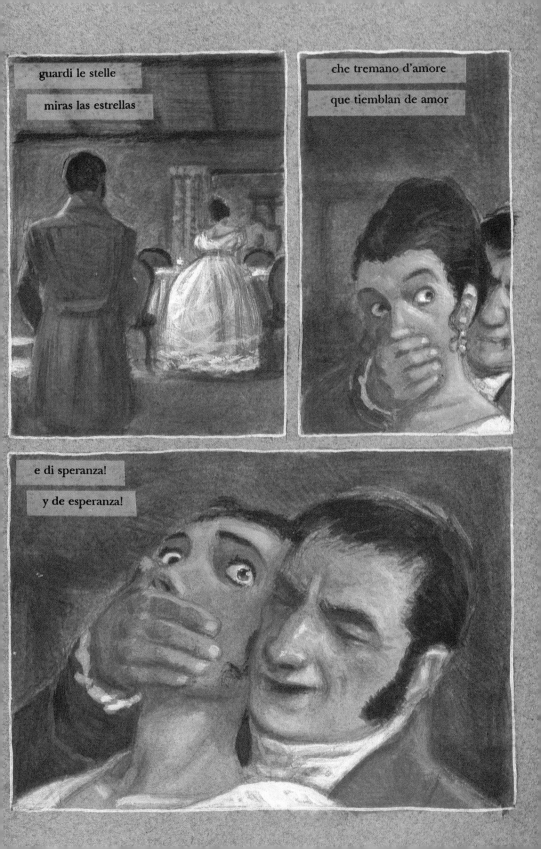

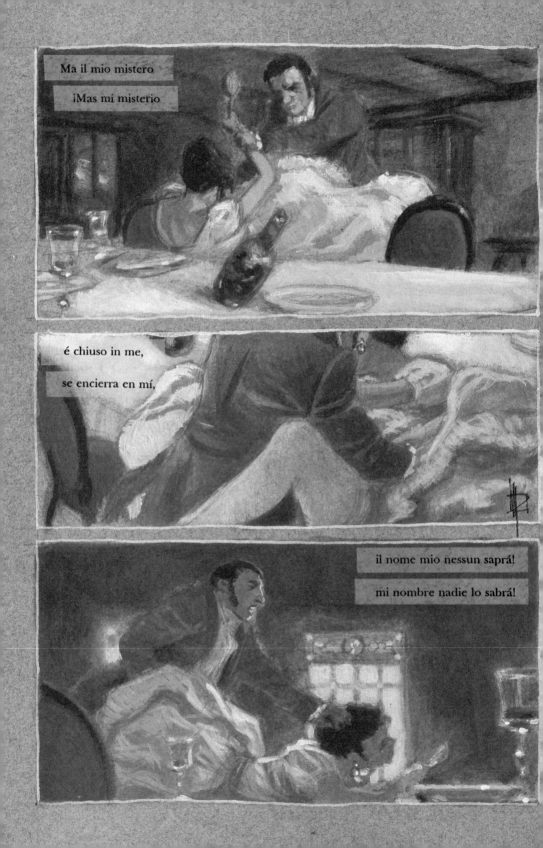

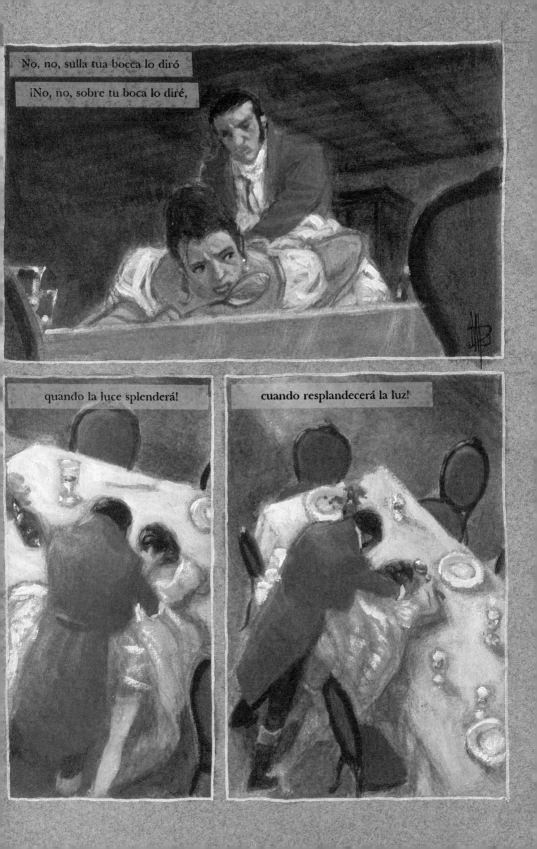

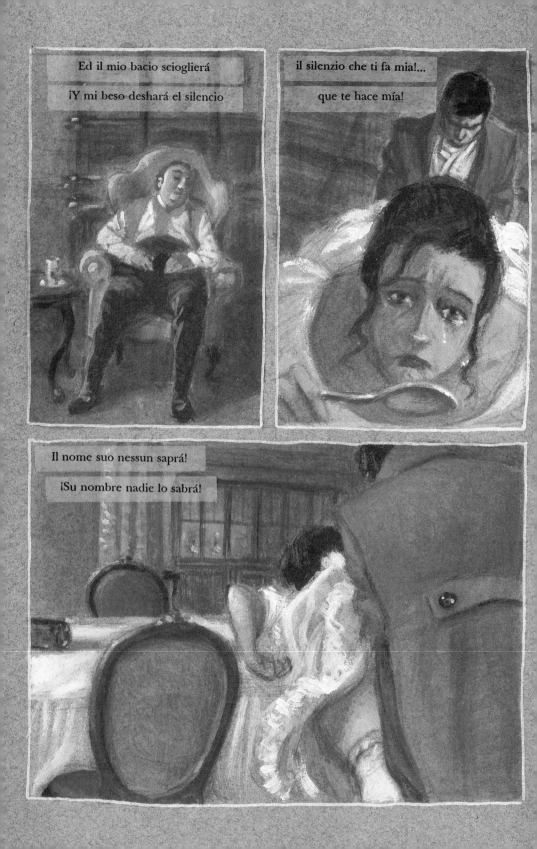

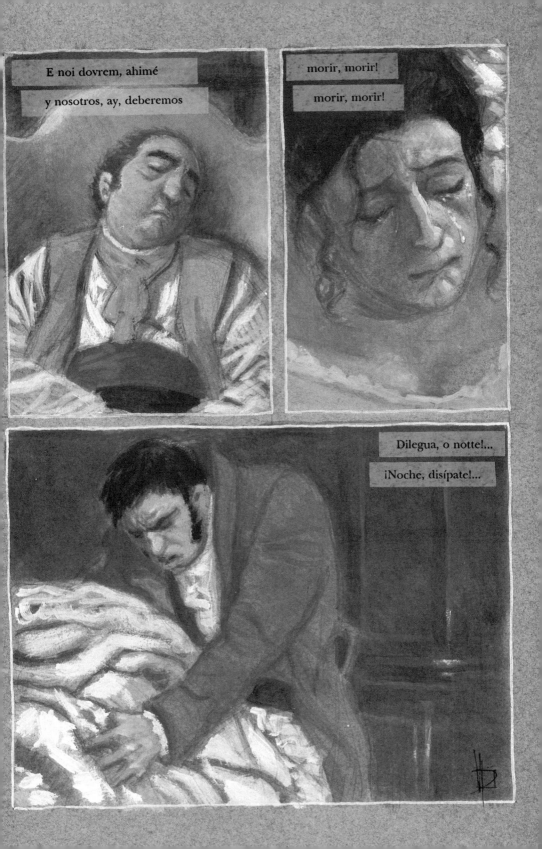

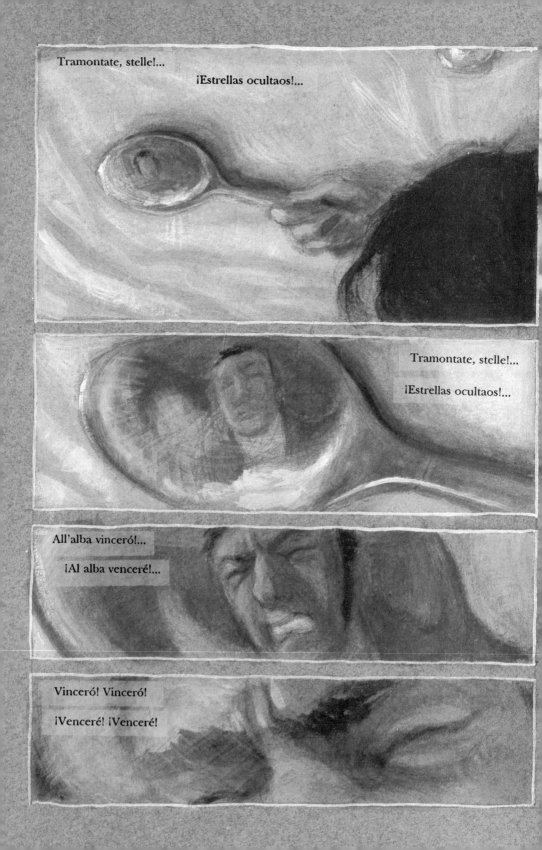

Después de esta imagen aparecieron en la pantalla puras rayas horizontales. Rodrigo, a manera de evasión, se quedó dormido. No podía ir más allá. Aparentemente su bloqueo era mucho más poderoso que el de Azucena. De cualquier manera, las imágenes que ella tenía en su mano le iban a ser de enorme utilidad. Como quien no quiere la cosa, las había empezado a hojear en lo que Rodrigo despertaba. Lo primero que le impactó fue descubrir que el comedor de esa casa correspondía a la misma habitación que ella había ocupado como recámara en su vida en 1985. Azucena reconoció el vitral de una de las ventanas como el que se le había venido encima el día del terremoto. Fuera de eso, entre el comedor de la vida de Rodrigo y la recámara de ella existía una abismal diferencia. El comedor pertenecía a la época de esplendor de la residencia y la recámara a la de decadencia. Azucena suspendió de golpe sus comparaciones. Acercó a su rostro una de las fotografías para apreciarla en detalle y descubrió que la cuchara que Rodrigo había sostenido en la mano durante la violación ¡era la misma que ella había visto en Tepito y que había comprado la amiga de Teo el anticuario! En cuanto regresaran a la Tierra, lo primero que Azucena tenía que hacer era ir a buscar a Teo para que la condujera con su amiga. ¡Ojalá que esa mujer aún conservara la cuchara! Por lo pronto, tenía que terminar con la sesión de Rodrigo. Tenía que armonizarlo. No podía dejarlo en el estado en que se encontraba. Azucena, poniéndole los dedos en la frente, le ordenó que despertara y que continuara con la regresión. Rodrigo reaccionó perfectamente a sus indicaciones.

—Vamos al momento de tu muerte. Vamos a que veas por qué tenías que haber tenido la experiencia que tuviste. ¿Dónde estás?

—Acabo de morir.

—Pregúntale a tu guía qué tenías que aprender.

—Lo que es una violación...

—¿Por qué? ¿Violaste a alguien en otra vida?

—Sí.

—¿Y qué se siente ser violado?

—Mucha impotencia..., mucha rabia...

—Llama a tu cuñado por su nombre y dile lo que sentiste cuando te violó.

—Pablo...

—Más fuerte.

—¡Pablo...!

—Ya está frente a ti, dile todo...

—Pablo, me hiciste sentir muy mal... me lastimaste mucho...

—Dile qué sientes hacia él.

—Te odio...

—Dilo más fuerte. Grítaselo en la cara.

—Te odio... Te odio...

—¿Qué sientes?

—Rabia, mucha rabia... ¡Siento los brazos cargados de rabia!

El rostro de Rodrigo se deformó. Tenía las venas saltadas. Los brazos tensos y las manos apretadas. La voz le salía ronca y distorsionada. Lloraba desesperadamente. Azucena le indicó que tenía que continuar gritando hasta que saliera toda la rabia encerrada. Para facilitar el desahogo le proporcionó un cojín y le ordenó que lo golpeara con todas sus fuerzas. El cojín fue insuficiente para alojar la furia que deja una violación dentro del organismo. Rodrigo, al poco rato de golpear, lo destrozó, lo cual fue muy bueno, pues su rostro empezó a mostrar alivio. Lo malo fue que todos en la nave se tuvieron que hacer a un lado para evitar ser alcanzados por los golpes, y la nave, que no andaba en muy buenas condiciones que digamos, se desestabilizó y empezó a brincotear. La abuelita de Cuquita, que dormía profundamente, se despertó entre el alboroto. Los gritos de Rodrigo se le metieron hasta el fondo del alma y en medio del sueño alcanzó a pronunciar: "Ya lo decía yo, éste es el mismo borracho de mierda".

Azucena logró tranquilizar a todos. Les explicó que Rodrigo ya había descargado la energía negativa y que de ahí en adelante ya no iba a causar ningún problema. No tenían nada que temer. Todos volvieron a sus puestos. La nave recuperó la calma. Y ella pudo continuar con su trabajo.

—Muy bien, Rodrigo, muy bien. Ahora tenemos que ir al momento en que se originó el problema entre tu cuñado y tú. Porque estoy segura de que fue en otra vida. Dime si lo conocías de antes.

—Sí... hace mucho...

—¿Dónde vivían y cuál era tu relación con él?

—Él era mujer... Yo era hombre... Vivíamos en México...

—En qué año.

—En 1527... Ella era una india que estaba a mi servicio...

—Vamos al momento en que surgió el problema. ¿Qué pasa?

—Yo estoy sobre una pirámide, que dicen que es la Pirámide del Amor, y ella llega... y yo... la violo allí mismo...

—¡Mjum! Eso es interesante... Ahora que ya sabes lo que se siente ser violado, ¿qué sientes hacia ella?

—Me siento muy apenado de haberle causado un dolor así.

—Díselo. Llámala. ¿La conoces en tu vida presente?

—No, en ésta no, pero en la otra sí. Ella era el cuñado que me violó.

—¡Mjum! ¿Y después de saber lo que sabes lo sigues odiando?

—No.

—Pues llámalo y díselo. ¿Sabes cómo se llama en esa vida?

—Sí. Citlali... Citlali, quiero pedirte perdón por haberte violado... yo no sabía que te estaba dañando tanto... Perdóname, por favor... me da mucha pena lo que te hice..., no era mi intención lastimarte... yo sólo te quería amar, pero no sabía cómo...

—Dile cómo fue que pagaste haberla violado... avanza en el tiempo... vamos a la vida inmediatamente posterior a ésa... ¿Dónde estás?

—En España...

—¿En qué año?

—Creo que es 1600 y pico... Soy un monje... Tengo barba y la cabeza rasurada... Estoy tratando de domar mi cuerpo... Estoy desnudo hasta la cintura, hundido en la nieve... Hay ventisca... tengo mucho frío, pero tengo que vencer a mi cuerpo.

El cuerpo de Rodrigo temblaba de pies a cabeza, se le veía cansado y angustiado, pero Azucena necesitaba continuar con el interrogatorio.

—¿Y aprendes a controlarlo?

—Sí... Viene una monja y se desnuda frente a mí, pero yo me resisto...

—¿Cómo es la monja?

—Bonita... tiene un cuerpo bellísimo... pero... es una alucinación... no existe... mi mente la fabrica porque llevo días sin comer para vencer la gula... Me estoy muriendo..., estoy muy débil... me arrepiento de haber desperdiciado mi cuerpo... mi vida...

—¿Por qué? ¿A qué te dedicaste en esa vida?

—A nada... a controlar mi cuerpo y mis deseos... Pero me costó mucho trabajo...

—Pero algo bueno tienes que haber hecho... Busca un momento que te haya dado mucha satisfacción...

—No lo encuentro... No hice nada... Bueno, lo único útil que hice fue inventar groserías...

—¿Cómo fue eso?

—Los monjes de la Nueva España no querían que los indios aprendieran a insultar a la manera de los españoles, pues éstos constantemente decían "Me cago en Dios", y nos pidieron que inventáramos groserías nuevas...

—¡Mjum! Qué interesante. Bueno, entonces no fue una vida del todo desperdiciada, ¿no crees...?

—Pues no, pero sufrí mucho...

—Díselo a Citlali en la vida en que la violaste... Dile que tuviste que penar mucho para pagar tu culpa... Dile que fue muy duro aprender a controlar tus deseos... Dile cómo sufriste.

Azucena le dio un tiempo a Rodrigo para que hablara mentalmente con Pablo-Citlali y luego se decidió terminar con la sesión.

—Bien, ahora repite junto conmigo: "Te libero de mi pasión, de mis deseos. Me libero de tus pensamientos de venganza, pues ya pagué lo que te hice. Te libero y me libero. Te perdono y me perdono. Dejo salir toda la rabia que me tenía unido a ti. La dejo circular nuevamente. La libero y permito que la naturaleza la purifique y la utilice en la regeneración de las plantas, en la armonización del Cosmos, en la diseminación del Amor".

154

Rodrigo repitió una a una las palabras que Azucena le dijo y su rostro poco a poco fue llenándose de alivio. Descubrió que el dolor de cadera había desaparecido, y cuando abrió los ojos, papujados por el llanto, su mirada era por completo otra. Inmediatamente el humor en la nave mejoró y todos se sintieron inmensamente felices por el resto del trayecto.

Hacen estrépito los cascabeles,
el polvo se alza cual si fuera humo:
recibe deleite el Dador de la vida.
Las flores del escudo abren sus corolas,
se extiende la gloria,
se enlaza en la tierra.
¡Hay muerte aquí entre las flores,
en medio de la llanura!
Junto a la guerra,
al dar principio la guerra,
en medio de la llanura,
el polvo se alza cual si fuera humo,
se enreda y da vueltas,
con sartales floridos de la muerte.
¡Oh príncipes chichimecas!
¡No temas corazón mío!
en medio de la llanura,
mi corazón quiere
la muerte a filo de obsidiana.
Sólo eso quiere mi corazón:
la muerte en la guerra...

Ms. "Cantares Mexicanos", fol. 9 r.

Con el mismo ímpetu con que el volcán de Korma lanzó escupitajos de lava, el corazón de Isabel bombeó sangre. Tuvo que hacerlo como medida de emergencia, pues en cuanto

Isabel sintió que podía ser alcanzada por la lava, empezó a correr como loca, dejando atrás a sus guaruras. Nadie le pudo seguir el paso. Corrió y corrió y corrió hasta que se desmayó. El miedo a morir calcinada entró en su cuerpo con la fuerza de un huracán y disparó su alma hacia el espacio. Su cuerpo, tratando de recuperarla, corrió infructuosamente tras ella hasta que no pudo más y cayó al piso. No era la primera vez que perdía el sentido. De joven era corredora de fondo, pero dejó de practicar ese deporte cuando perdió el control sobre su cuerpo. Con frecuencia, al correr, su cuerpo, cual caballo salvaje, se le desbocaba y no se detenía hasta que se le agotaban todas las fuerzas. Generalmente corría sin motivo ni justificación. Bueno, escapar de la lava del volcán era una razón más que justificada, pero no siempre era así. Su galgomanía tenía que ver con una inexplicable necesidad de huir que le surgía del fondo del alma. El caso es que su cuerpo, extenuado por la carrera, había caído en el piso justo al lado de Ex Rodrigo, quien a su vez había perdido el conocimiento a manos de la primitiva que lo había noqueado de un solo golpe.

Cuando Agapito y Ex Azucena llegaron al lado de su jefa, se alarmaron. Ignorantes por completo del pasado correril de su patrona, no sabían ni qué pensar. Isabel, en apariencia, estaba completamente muerta. ¿Qué cuentas iban a dar al partido en caso de que eso fuera cierto?

Ex Azucena rápidamente sugirió que debían inculpar del asesinato al que fuera. Pensaron que lo más indicado era buscar al sospechoso entre los aborígenes de Korma, pues como no hablaban español no se podían defender.

—¿Qué te parece éste? —preguntó Agapito, mientras señalaba a Ex Rodrigo.

—¡Perfecto! —respondió Ex Azucena y dieron inicio a la operación madriza.

En ésas estaban cuando Isabel recuperó el conocimiento. Al ver que sus guaruras estaban golpeando salvajemente al que ella creía Rodrigo, les gritó hecha un furia:

—¿Qué están haciendo?

Agapito respondió de inmediato:

—Estamos interrogando a este sujeto, jefa.

—¡Pendejos! ¡No le hagan daño! —Isabel se levantó y corrió al lado de Ex Rodrigo, y ante el azoro de sus guaruras le empezó a limpiar la sangre que le escurría por la nariz—. ¿Te lastimaron? —le preguntó.

Ex Rodrigo, a quien para entonces ya se le habían bajado los efectos de la borrachera y la noqueada, reconoció de inmediato a Isabel como la candidata a la Presidencia Mundial del Planeta y se le abrazó con desesperación. Con ojos llorosos, le suplicó:

—¡Señora Isabel! ¡Qué bueno que la encuentro! Ayúdeme por favor. No sé qué hago aquí, yo vivo en la Tierra y me llamo Ricardo Rodríguez... mi esposa me trajo en una nave y...

Las palabras que Ex Rodrigo decía dejaron de tener interés para Isabel. Lo separó un poco para poder verlo a los ojos y por la mirada se dio cuenta que, efectivamente, ese hombre no era Rodrigo. Automáticamente lo repelió de su lado, con asco se sacudió la mugre que le había dejado pegada en la ropa y para cerciorarse de su descubrimiento le preguntó, señalando a Ex Azucena:

—¿Conoces a esta mujer?

Ex Rodrigo, al verla, de inmediato se encabronó.

—¡Claro que la conozco! ¡Esta pinche vieja me dio una buena patada en los huevos! Yo te creía muerta, cabrona, pero qué bueno que te encuentro. ¡Ora sí me las vas a pagar...!

Ex Rodrigo intentó irse sobre Ex Azucena, pero Agapito lo detuvo.

—¡Cálmate güey, tú que tocas a esta vieja y yo que te reviento los pocos huevos que ella te dejó!

Isabel se quedó muy pensativa. Ella sabía muy bien que por mucho que le hubieran borrado la memoria a Rodrigo, la imagen de Azucena debía estar grabada de una manera importante en sus recuerdos por ser la que correspondía a su alma gemela. Pero Ex Rodrigo había reaccionado con mucha rabia, muy en contra de lo que era de esperar entre una pareja de almas gemelas. Ésa era la prueba que ella esperaba para comprobar que estaba frente a un extraño.

¿Quién era ese hombre? Y lo más importante, ¿dónde estaba el alma de Rodrigo? Para saber las respuestas, les entregó nuevamente a Ex Rodrigo a sus guaruras y les dijo:

—¡Síganlo interrogando!

A Isabel le urgía saber quiénes eran los autores intelectuales de ese reprobable acto, pues la estaban poniendo en gran peligro. Comenzó a temblar. Un sudor frío le escurría por el cuello. No podía permitir que alguien se interpusiera en su camino. Ella tenía que ocupar la silla presidencial a como fuera, de lo contrario nunca llegaría la tan ansiada época de paz para la humanidad. La comprobación de que tenía enemigos ocultos la forzaba a asumir el estado de guerra. No le quedaba otro camino para obtener la paz que el de la pelea. Desgraciadamente, sus guaruras no pudieron sacarle mucha información a Ex Rodrigo, pues los demás miembros de la comitiva se estaban acercando al lugar donde ellos se encontraban. No les convenía tener testigos de su interrogatorio. Lo único que le alcanzaron a sacar fue el nombre de su esposa Cuquita, el de la abuelita de Cuquita, el del compadre Julito y el de Chonita, el nombre falso de la nueva vecina, o sea, Azucena. En cuanto Ex Rodrigo mencionó a la nueva vecina, Isabel brincó.

—¿La tal Chonita llegó el mismo día en que murió Azucena? —preguntó. Y recibió un sí rotundo por respuesta. El hecho de que el mismo día en que se llevaron el cuerpo de Azucena llegara una nueva inquilina, no podía ser una simple coincidencia. El que alguien le hubiera robado el alma a Rodrigo, tampoco. Isabel rápidamente llegó a la conclusión de que Azucena antes de morir había cambiado de cuerpo. ¡Que seguía viva! Y que había recuperado el alma de Rodrigo. Tenía que eliminarla a como diera lugar. Hasta ahí llegaron sus planes futuros. No pudo planear la manera de acabar con Azucena porque la comitiva que le acompañaba en su viaje ya estaba a su lado y tenía que empezar a retomar su papel de "santa". Todos estaban muy preocupados por ella. La había visto salir corriendo como alma en pena y nadie le había podido dar alcance. A uno de los periodistas que estaba cubriendo la gira de Isabel le llamó la atención Ex Rodrigo.

No se tardó mucho en reconocer a ese hombre como el supuesto cómplice del asesino del señor Bush. Isabel intervino de inmediato para no dar tiempo a suposiciones. Informó a todos los presentes que precisamente por esa razón había salido corriendo como loca. Ella, al igual que el periodista, era muy buena fisonomista y en seguida había reconocido a ese hombre y corrido tras él hasta atraparlo. El hombre ya le había confesado que había intentado esconderse en Korma, pero afortunadamente para todos ella lo había descubierto y pronto lo tendrían las autoridades en sus manos. Para terminar, explicó que los golpes que aparecían en el cuerpo del delincuente eran producto de una golpiza que los salvajes de la tribu le habían puesto por considerarlo un intruso. Todo el mundo felicitó a Isabel por su valentía y le tomaron muchas fotos al lado del "criminal". Al darse cuenta de que el "peligroso criminal" del que estaban hablando era él mismo, Ex Rodrigo intentó protestar y declararse inocente, pero Isabel, con una rápida y casi imperceptible patada en los huevos se lo impidió. En seguida ordenó a sus guaruras que llevaran al presunto cómplice del asesinato del señor Bush al interior de la nave para que le dieran atención médica.

El periodista quiso enviar a la Tierra la información de todo lo sucedido, pero Isabel lo convenció de que no lo hiciera, pues con eso sólo entorpecería la investigación. Cualquier información noticiosa sobre el caso podría alertar a los demás integrantes del grupo de guerrilla urbana al que ese hombre pertenecía. Lo más indicado, pues, era mantener el secreto a toda costa, entregar al individuo a la Procuraduría General del Planeta para que ahí se condujera la investigación y dejar que los judiciales se encargaran de la captura de todos los cómplices que, a saber, eran: Cuquita, la abuelita de Cuquita, el compadre Julito y Azucena. El periodista quedó muy conforme con las sugerencias de Isabel y decidió guardar su nota para después, sin saber que le estaba dejando a Isabel la puerta abierta para que pudiera actuar por su cuenta y eliminar a todos antes de que fueran detenidos.

Quién sabe si fue a causa del calor o por haber saltado infinidad de obstáculos en el camino de regreso a la nave, pero el caso es que Ex Azucena se desmayó antes de entrar en el interior del transporte interplanetario. Ex Rodrigo quiso aprovechar el hecho para fugarse y Agapito tuvo que ponerle otra madriza.

* * *

Isabel se había encargado de convencer a todo el mundo de que Ex Rodrigo era un sujeto peligrosísimo y que lo más conveniente era mantenerlo dormido hasta que llegaran a la Tierra. Barberamente, todos habían coincidido con ella. Saber que ese hombre no podía hablar con nadie le había dado un respiro. Se encerró junto con sus guaruras en el interior del salón de juntas de la nave espacial dizque por razones de trabajo, pero lo que Isabel realmente estaba haciendo era jugar solitario, y sus pobres guaruras sólo se limitaban a observarla. El solitario era su pasión. Podía pasar horas y horas acomodando cartas. Sobre todo cuando tenía demasiadas cosas en la cabeza. Era como si, formando cartas, lograra levantar un dique entre el mar y la arena. O como si mediante el control de las cartas lo obtuviera sobre sus pensamientos. Sólo las cosas que han sido pensadas caen bajo nuestro dominio. Por medio del solitario Isabel sentía que transformaba el desorden en orden, el caos en armonía, en regularidad. ¡Le encantaría descubrir quiénes formaban parte del complot contra ella con la misma facilidad con que dejaba a la vista las cartas de la baraja! Porque de que había un plan para destruirla, lo había. Y ella tenía que descubrir quién estaba detrás de él antes de que sus enemigos acabaran con la imagen de sí misma que tanto trabajo le había costado construir. Lástima que no podía regresar de inmediato a la Tierra. En su camino de regreso tenía que pasar forzosamente por Júpiter. El Presidente de ese planeta era muy poderoso y le convenía mucho asegurar con él un tratado de libre comercio interplanetario. Eso le daría enorme credibilidad y la colocaría muy por encima de su oponente electoral. Por otra parte, no pensaba que las negociaciones le tomaran más de un día, y mientras Ex Rodrigo estuviera dormido no corría peligro, pues no creía que al verdadero Rodrigo le pudieran sacar ninguna información. No había manera de que lograra recobrar la memoria. Bueno, eso esperaba. ¡En mala hora se había enamorado de él! Rodrigo era la única persona a la que no había sido capaz de eliminar. Y ahora estaba pagando las consecuencias. Por su culpa estaba metida hasta el culo en este lío del que iba a ser muy difícil salir triunfante. Trataba de tranquilizarse pensando que no importaba si se iba a tardar un día más o un día menos. Lo que estaba claro era que al llegar a la Tierra les ajustaría las cuentas a los rebeldes. Ya había hecho infinidad de llamadas a todo el mundo tratando de detectar quién más estaba en el complot en contra de ella, pero no había descubierto nada. En apariencia, Azucena y sus secuaces estaban trabajando por su cuenta. Pero aun así, Isabel no descartaba un complot político de mayores alcances.

Isabel sentía claramente cómo el miedo contraía su estómago, cómo alborotaba sus jugos gástricos y cómo éstos le ulceraban el colon. Sabía que tenía que controlarse, pero no podía. Los pensamientos se le desmandaban. Hacían con ella lo que querían. No podía mantenerlos en su lugar. Por eso jugaba solitario. Para no pensar. Para meter al orden aunque fueran unas pinches cartas. Ellas eran las únicas que quedaban bajo su dominio. Bueno, aunque pensándolo bien también le quedaban sus guaruras. A los pobres les había prohibido ejecutar el menor movimiento o hacer el menor ruido que pudiera sacarla de su concentración, y ellos la obedecían sin chistar.

La que no le hacía mucho caso que digamos era la computadora. A Isabel ya hasta le había salido un callo en el dedo, pues estaba tratando de romper su récord de velocidad para ingresar en el libro de Guinness, y la pinche computadora que no la ayudaba. Era una pachorruda de primera. No podía seguirle el ritmo. Isabel estaba furiosa. Llevaba varios juegos tratando de ganar y no había podido. En el corazón sentía una gran angustia e inconformidad. Si no ganaba le iba a dar un infarto. ¡Si al menos tuviera un tres rojo de corazones! Podría subir el cuatro y descubrir la columna cerrada.

En ese preciso momento Ex Azucena cayó al piso en medio de un escándalo tremendo. Isabel brincó en su silla y se tiró al piso. Temblaba de miedo. Creyó que alguien había abierto la puerta de una patada con la intención de asesinarla. Al no escuchar ninguna detonación, levantó la cabeza y se dio cuenta de lo que había pasado. Agapito estaba al lado de Ex Azucena tratando de reanimarlo. Isabel, furiosa, se levantó y se sacudió la ropa.

—¿Qué le pasa a este pendejo? Es la segunda vez que se desmaya el día de hoy —le preguntó a Agapito.

—No sé, jefa.

—Pues sácalo de aquí. Llévalo a que lo vea el doctor y regresas de inmediato a cuidarme... ¡Ah!, y por ahí checa que el impostor siga dormido.

Agapito tomó entre sus brazos a Ex Azucena y lo sacó de la sala de juntas.

Isabel se quedó mentando madres. Había estado a punto de romper su récord de velocidad y la interrupción de su guarura había jodido todo. Ahora, aunque terminara el juego que había dejado a medias, ya no iba a poder entrar en el libro de Guinness. Últimamente todo se le echaba a perder. Todo se le descomponía. Todo olía a podrido. Todo, todo... hasta ella misma. ¿Ella? Y sí, ahí fue cuando se dio cuenta de que con el susto se le había escapado un pedo. Uno de los más olorosos que se había echado en su vida. La culpa la tenía la colitis ulcerativa. Y la culpa de la colitis la tenía Azucena. Y la culpa de Azucena.... no importaba. Lo urgente era deshacerse del olor nauseabundo o Agapito al regresar se iba a encontrar a otra desmayada. Sacó de su bolsa un *spray* aromatizante que siempre llevaba consigo para casos de emergencia como ése, y empezó a rociar con él toda la sala. En ésas estaba cuando Agapito regresó con cara de compungido. Al entrar se le arrugó más el ceño, pues el olor a pedo aromatizado era insoportable. Como buen guarura que era, hizo un esfuerzo sobrehumano y puso cara de "yo no huelo nada". Isabel se lo agradeció y de inmediato inició su interrogatorio.

—¿Qué pasó? ¿Qué tenía?

—Este... traía una microcomputadora instalada en la cabeza.

—Ya lo decía yo. Esa Azucena es de temer. ¿Qué planearía hacer con esa microcomputadora? De seguro un negocio sucio. Bueno, pero ahora ¿qué va a hacer el doctor?, ¿se la va a sacar?

—No, no puede.

—¿Por qué?

—Pues porque... le podría afectar... porque... está embarazado.

—¿Que qué? Pinche puto, ahora resulta que también me salió puta. Tráemelo, quiero hablar con él.

—Está aquí afuera, jefa.

—Pues qué espera para entrar. Ábrele la puerta.

Agapito abrió la puerta y Ex Azucena entró con el rabo entre las piernas. Ya sabía lo que se le esperaba. Había escuchado perfectamente los gritos de Isabel. Cuando ella estaba enojada no había puerta capaz de aislar su voz. Era una verdadera guacalona.

—¿Qué pasó, Rosalío? ¿Cómo está eso de que estás embarazado?

—Pues no sé, jefa.

—¡Cómo que no sé! ¡Cómo que no sé! No creo que seas tan pendejo como para no saber que si te ponías a coger como loca podías quedar embarazada. ¿Qué no podías haberte esperado unos meses a que terminara mi campaña? ¡Carajo!

—Le juro que yo ni tiempo he tenido para esas cosas, el único que...

Ex Azucena hizo una pausa y miró con miedo a Agapito. Le daba pena confesar que su compadre Agapito era el único que le había metido mano en la nave. Agapito, hábilmente, lo interrumpió antes de que lo hiciera.

—Bueno, doña Isabel, permítame que me meta en lo que no me importa, pero creo que el embarazo no interfiere para nada, pues tenemos nueve meses antes de que nazca el niño.

—Sí, claro que sí. Pero ¿cuánto dura mi campaña?

—Seis meses.

—Mjum, ¿y de qué crees que me va a servir este pinche puto con una panza de seis meses? ¿Qué guarura lo va a respetar y a temer si desde ahorita ya anda con desmayos y vomitadas?

Ex Azucena se sintió muy lastimado por las palabras y el tono de voz que Isabel estaba utilizando para regañarlo. Después de todo no eran modos de tratar a una embarazada. Sin poder contenerse más, empezó a llorar.

—¡Nomás esto me faltaba! ¡Que te pusieras a chillar! ¡Largate de aquí! Quedas despedido desde este momento y no te quiero volver a ver cerca de mí, ¿entendiste?

Ex Azucena asintió con la cabeza y salió de la sala de juntas.

En la puerta se topó con uno de los analistas mentales que viajaban en la nave. El analista se le quedó viendo con ojos de lástima. No se quería ni imaginar siquiera cuál iba a ser el destino de ese guarura al momento en que Isabel viera las fotomentales que le acababan de tomar. Ex Azucena, durante el tiempo que duró su regaño, había estado deseando que Isabel se convirtiera en una rata leprosa. Las fotografías mostraban en detalle la cara de Isabel dentro del cuerpo de una rata hinchada y agusanada que tomaba agua de un excusado. Otra de las imágenes la mostraba caminando entre la basura cuando de improviso le caía encima una nave espacial y la reventaba en mil pedazos dejando escapar un gas nauseabundo. El analista quedó atónito al entrar en la sala de juntas, pues creyó que el guarura tenía poderes sobrenaturales y que con la misma fuerza con que proyectaba sus imágenes en la pantalla podía reproducir los mismos fenómenos físicos que su mente elaboraba. La sala realmente olía a rata muerta.

(Track 6 CD) INTERMEDIO PARA BAILAR

Qué cosa es el amor, medio pariente del dolor,
que a ti y a mí no nos tocó,
que no ha sabido ni ha querido ni ha podido.
Por eso no estás conmigo...

Porque no nos conocimos
y en el tiempo que perdimos
cada quien vivió su parte
pero cada quien aparte.
Porque no puede apagarse
lo que nunca se ha encendido
porque no puede ser sano
lo que nunca se ha podrido.
Porque nunca entenderías
mis cansancios mis manías,
porque a ti te dio lo mismo
que cayera en el abismo.
Este amor que despreciaste
porque nunca me buscaste
donde yo no hubiera estado
ni me hubiera enamorado.

Por eso no estás conmigo.
Por eso no estoy contigo.

Liliana Felipe

166

Qué pena me da no poder tranquilizar la mente de Isabel. Necesita urgentemente un descanso. Ha trabajado como loca las últimas horas. No ha dejado de lanzar pensamientos negativos sin ton ni son. Ha estado tan ocupada sospechando, intrigando y planeando venganzas que por primera vez ha quedado incapacitada para seguir mis consejos. Tanto pensamiento le tiene obnubilada la mente. Ya me vino a regañar Nergal, el jefe de la policía secreta del Infierno. Tengo que silenciar y tranquilizar a Isabel a como dé lugar. Sus acciones alocadas pueden echar todo a perder. Le sugerí que tomara un baño de tina para que se relajara, pero no puede. Lleva rato sentada, desnuda, sobre la tapa del W.C., sin atreverse a entrar en el agua. Sin ropa siempre se ha sentido insegura. Su afición por el cine le ha acentuado este temor, pues ha visto que en las películas siempre que el protagonista se mete en la regadera le sobreviene una calamidad, así que ahora, que realmente tiene motivos para recibir un atentado, ni de chiste quiere meterse en la ducha. ¡Y le haría tanto bien! Digo, para relajarse. Yo la necesito muy tranquila.

Antes de la destrucción hay un periodo de calma en que se aclara la mente y se toman las decisiones exactas. Si ella no deja a un lado su actividad, no va a permitir que llegue la paz y no vamos a poder entrar en acción. ¡Y con la cantidad de cosas que hay que violentar y destruir! Es increíble que Isabel haya olvidado que su misión en la Tierra es propiciar el caos como parte del orden en el Universo. El Universo no puede permitir que el orden se instale en forma definitiva. Hacerlo significaría su muerte. La vida surgió como una necesidad de equilibrar el caos. Si el caos termina, la vida también.

Si el alma de todos los seres humanos estuviera llena de Amor y todos se encontraran ocupando el lugar que les corresponde, sería el fin del Universo.

Por eso es necesario crear todo tipo de guerras y conflictos sociales que distraigan al hombre de su búsqueda del orden, de la paz y de la armonía. Por eso es necesario llenarles el corazón de odio, confundirlos, atormentarlos, explotarlos, mantenerlos continuamente ocupados. Por eso hay que instalarlos dentro de una estructura de poder piramidal, de modo que no puedan pensar por sí mismos y siempre tengan una orden que ejecutar, un superior arriba de ellos diciéndoles lo que tienen que hacer.

Porque el día en que las células de su cuerpo se liberaran de la energía negativa entrarían en sintonía con la positiva y estarían en condiciones de recibir la Luz Divina, lo cual sería desastroso. De ninguna manera lo puedo permitir. Y es por su propio bien. El alma humana es impura. No está capacitada para recibir el reflejo luminoso de Dios. Si lo hiciera en el estado en que se encuentra, quedaría ciega. Y nadie desea eso, ¿verdad? Entonces estarán de acuerdo conmigo en que hay que evitarlo. La mejor forma de conseguirlo es poniendo la cortina de humo negro del ego frente a sus ojos para que el hombre no vea más allá de sí mismo y no pueda percibir otro reflejo que el de su propio ego proyectado en la niña de sus ojos. Y si acaso llega a adivinar una luz externa, la verá como un simple reflector que fue puesto para darle más brillo y presencia a su persona, nunca como la Luz Verdadera. Así es prácticamente imposible que el hombre recuerde de dónde viene y qué tiene que hacer en la Tierra. En ese estado de oscuridad será muy fácil alinearlo dentro de una estructura de poder terrenal. Dejará su voluntad al servicio de su superior y no opondrá la menor resistencia para ejecutar las órdenes que éste le dé.

Las órdenes se transmiten verticalmente. ¿Y quién está hasta arriba de la pirámide? Los gobernantes. ¿Y a ellos quién les dice lo que tienen que hacer? Nosotros los Demonios. ¿Y a nosotros quién nos da la línea? El Príncipe de las Tinieblas, el encargado de que el odio permanezca en el Universo. Sin odio no habría deseo de destrucción. Y sin destrucción —lo repitiré una y mil veces, hasta que se lo aprendan— ¡no hay vida! La destrucción forma parte de un plan realmente perfecto de funcionamiento del Universo. El mismo que Isabel está a punto de echar a perder.

Nunca me lo esperé. En varias vidas ha sido elegida para ocupar el puesto más alto dentro de la pirámide de poder y nunca nos había fallado. Se hace respetar y obedecer a la fuerza. Con lujo de crueldad impone sus reglas. Se sabe mantener en el trono a base de intrigas. Sabe mentir, traicionar, torturar, transar, traficar, transgredir. Sus virtudes son innumerables, pero la más importante tal vez sea que sabe mantener a la gente ocupada física e intelectualmente, sin tiempo para entrar en armonía con su ser superior y recordar su verdadera misión en la Tierra. ¡Y ahora resulta que se nos ha enamorado! Y en el peor momento, cuando tenemos que dar la batalla final y las acciones de Azucena nos tienen todo el tiempo con el Jesús en la boca. Realmente estoy preocupado.

Cuando uno está enamorado, mantiene su mente y su pensamiento en sintonía con el ser que se ama. Cuando uno se coloca en la sintonía del amor, abre la puerta al Amor Divino, y si éste se cuela en el alma estamos perdidos, pues al igual que ocurre con el ser amado, cuando uno conoce el Amor Divino sólo desea sentir su presencia en el interior. Ese día Isabel olvidaría que nació para destruir. Dejaría de trabajar para nosotros y se pasaría al otro lado, al terreno de la creación, de la armonía, del orden. El poner cosas en su lugar sólo le estaba permitido en el solitario, porque al estar ocupada acomodando cartas se ponía en un estado de tranquilidad mental que nosotros aprovechábamos perfectamente para darle instrucciones, pero ahora ni siquiera el solitario le ha calmado la mente. Después de jugar horas y horas lo único que logró fue un dolor de cabeza espantoso que nadie le ha podido quitar. La idea de que dentro de su equipo hay alguien que la está traicionando no la deja vivir. Sabe que a la fuerza debe haber un traidor por algún lado, de otra manera no se explica cómo Azucena sigue viva. Alguien le tiene que haber advertido del atentado en contra de ella y proporcionado la solución: el cambio de cuerpos. Se ha empezado a alejar de todos sus colaboradores, pues en cada uno de ellos ve al traidor. Se dedica a estudiarlos y esperar que cometan un error para descubrirlos.

Estar ocupada en los demás le impide concentrarse en su estado interior. A ella nunca le ha gustado verse a sí misma. Nunca. Ni siquiera en el espejo. Lo cual es lógico, pues los espejos reflejan la imagen de lo que ella realmente es. Generalmente, cuando a la gente le desagrada su imagen, o de plano no la quiere ver, crea un reflejo de la persona que le gustaría ser, y de esa manera deja de mirarse a sí misma para convertirse en la imagen falsa.

Los deseos actúan como espejos. Cuando Isabel dice estar tan empeñada en destruir a Azucena lo que realmente quiere es destruirse ella misma. A mí me parece muy bien, porque no tengo nada en contra de la destrucción, pero me pregunto si Isabel opinaría lo mismo. Últimamente parece que, olvidándose de mis enseñanzas, teme destruir. Es una pena que esté llena de miedos y remordimientos. No quiere aceptar que actuó mal al dejar con vida a Rodrigo, la única debilidad que ha tenido en la vida. Ahora no le queda otra que eliminarlo, y no quiere. Este y otros juicios que su mente elabora son los que la están aislando de mí. Los juicios siempre lo desconectan a uno de la vida. El pensar si debo hacer esto o lo otro o ir de aquí para allá causa gran desasosiego. La respuesta correcta está en nuestro interior, pero para escucharla es necesario el silencio, la calma, la parálisis. Ojalá que Isabel pronto se tranquilice y pierda el miedo. Uno no debería tener temor de sus actos, ya que la energía del Universo siempre es dual: masculina y femenina, negativa y positiva. En ella, el Bien y el Mal siempre están unidos; el miedo y la agresión, el éxito y la envidia, la fe y el temor. Por lo tanto, uno jamás puede tomar una decisión equivocada. Lo que hicimos nunca va a estar mal si realmente actuamos siguiendo nuestros sentimientos. Va a estar mal a nuestros ojos sólo si dejamos que los juicios intervengan, si la mente da cobijo a la culpa. Porque si uno hiciera a un lado la razón y se conectara directamente con la vida donde el Bien y el Mal caminan de la mano, si uno viviera de acuerdo con la vida, descubriría que no hay nada malo en el Universo, que cada partícula lleva en su interior la misma capacidad para crear y destruir. Es más, yo, Mammon, existo gracias a la autodestrucción de Isabel. Esto me limita enormemente, pero significa que si ella perdiera esa capacidad, automáticamente yo desaparecería de su vida. ¡Y eso realmente sería muy triste!

El departamento de Azucena recobraba el orden. Cuquita estaba en plena mudanza. Ya no había ningún problema para que regresara a su departamento a vivir tranquilamente en compañía de su abuelita. Azucena le había ofrecido que se quedara con ella unos días más, pero Cuquita se había rehusado. Azucena le había insistido e insistido sin lograr convencerla. Su obstinada propuesta no se debía tanto a que pensara extrañar mucho a su vecina, sino a que Cuquita planeaba llevarse a Rodrigo junto a ella. Cuquita, por su lado, haciendo gala de terquedad le dio a Azucena miles de razones por las que tenía que mudarse con todo y Rodrigo. La más convincente fue la de que ante todo el vecindario Rodrigo, o más bien el cuerpo que él ocupaba, era el marido de Cuquita. Nadie sabía que ese cuerpo seboso albergaba un alma buena y evolucionada. Por otro lado, a nadie le convenía que el populacho se enterara, así que para no levantar sospechas lo más conveniente era que Rodrigo se mudara a la portería.

—De veras que ni tiene por qué preocuparse, si sólo va a ser el puro *block* —le dijo. Claro que Cuquita decía eso de dientes para fuera, porque en el fondo no era nada tonta y quería a Rodrigo para ella solita. Y sobre todo quería presumirle a las demás vecinas que su esposo por fin se había reivindicado.

El pobre de Rodrigo era el que, aparte de seguir viviendo en la confusión total, se veía muy perjudicado con la decisión.

171

Le habían informado que tendría que aparentar ser el esposo de Cuquita, quien, aunque no era su esposa real, sí era la esposa del cuerpo que él ocupaba, y que le convenía simularlo lo mejor posible por su propio bien, ya que si la gente se enteraba de su verdadera personalidad su vida corría peligro. Él no había podido cuestionar nada. En su amnesia no estaba en posibilidades de imponerse. Lo único que había suplicado era que le explicaran muy bien a la abuelita de Cuquita cómo estaba la situación, pues ella seguía confundiéndolo con Ricardo Rodríguez y, en consecuencia, tratándolo de la patada. Se sentía muy incómodo. De ninguna manera le agradaba la idea de vivir al lado de esas mujeres que ni eran de su familia ni nada, y que, para colmo, se cobraban muy caro el favor que le estaban haciendo al esconderlo en su casa. Lo habían puesto a empacar todas las cosas mientras ellas gozaban de la vida. Cómo le gustaría recuperar cuanto antes la memoria para poder regresar al lado de su verdadera familia, pero para eso tenía que trabajar mucho en el campo de su subconsciente. ¡Le urgía tanto tener una sesión de astroanálisis con Azucena! Pero Azucena posponía y posponía el momento. La excusa que le daba era que él primero tenía que terminar con la mudanza para poder dedicarle todo el tiempo posible sin ninguna presión. Bueno, eso fue lo que Azucena le dijo, pero la verdadera razón era que estaba esperando que Cuquita y su abuelita se fueran para tener la sesión a solas con él, sin metiches al lado. Mientras tanto, todos intentaban sacar provecho a los últimos minutos que pasarían juntos. Cuquita se había puesto a ver la televirtual a sus anchas, la abuelita a dormir en el solecito de la terraza antes de refundirse nuevamente en el frío y húmedo departamento que habitaban, y Azucena a utilizar la ouija cibernética antes de que se la llevara su dueña.

Había puesto una de las hojas de la violeta africana dentro del matraz con el líquido especial fabricado por Cuquita y en seguida había empezado a recibir por el fax imágenes de todo lo que la planta había presenciado en su vida. La mayoría de ellas no tenían la menor importancia. Azucena ya estaba a punto del sopor cuando apareció una foto que la hizo brincar de su asiento. En ella se veían los dedos del doctor Díez introduciendo cuidadosamente una microcomputadora dentro del oído de... ¡nada menos que ISABELGONZÁLEZ! Esa foto confirmaba varias cosas. En primera, que la pinche Isabel no era ninguna santa. En segunda, que el doctor Díez le había fabricado una, si no es que varias vidas falsas, dentro de esa microcomputadora. En tercera, que si ella había necesitado una vida falsa era porque tenía un pasado muy oscuro que de conocerse le impediría ser Presidenta. Y en cuarta, ¡que la violeta africana era un testigo importantísimo de la implantación del aparato! ¡No sólo eso! La violeta africana también había presenciado el asesinato del doctor. Con lujo de detalles, fueron apareciendo las fotos en que se veía a los guaruras de Isabel alterar los cables de la alarma de protección de la cabina aerofónica del consultorio del doctor Díez con el objetivo de causar su muerte. ¡Bendita Cuquita y su ouija cibernética! Gracias a ellas había descubierto lo que parecía ser la punta de un iceberg. Tenía en las manos elementos para inculpar a Isabel. Tenía que poner las fotos en un lugar muy seguro. Pero antes tenía que ponerle agua a la violeta africana. La pobrecita se veía medio pachucha, pues durante el viaje a Korma nadie la había regado. No podía dejar que se muriera, ya que era su testigo clave. ¿Dónde había quedado? La había dejado sobre la mesa y misteriosamente había desaparecido. Azucena empezó a buscarla como una loca entre las maletas de Cuquita. Rodrigo, al ver que estaba deshaciendo su trabajo de toda la mañana, se enfureció con ella y se enfrascaron en tremenda discusión, que terminó cuando él finalmente confesó que la había puesto en el baño. Azucena corrió a rescatarla y dejó a Rodrigo hablando solo.

En ese preciso instante, la puerta del aerófono se abrió y aparecieron Teo y Citlali. Rodrigo se quedó mudo al ver a Citlali. Puso en el rostro la misma expresión que cuando la vio por primera vez. A veces, realmente es una ventaja enorme no tener memoria, pues al no recordar las cosas malas que otras personas le han hecho a uno, se les puede ver sin ningún prejuicio. De otra manera, el recuerdo se convierte en una barrera tremenda para la comunicación. Al ver a una persona que anteriormente nos lastimó, uno dice: "Esta persona es mala porque me hizo esto o aquello". Uno tiene que ignorar el pasado para establecer vínculos sanos y dar oportunidad a que las relaciones crezcan hasta donde tienen que crecer. Al no tener memoria, no existen los prejuicios. Los juicios, en definitiva, nos acercan o nos alejan de los otros, y hay que saber hacerlos a un lado para poder captar la verdadera esencia de cualquier persona. Esto suena muy fácil, pero no lo es. La mayoría de las personas fabrican juicios constantemente para disimular su incapacidad para captar este tipo de energía tan sutil. Que si es muy alto, que si pertenece al partido de oposición, que si es extranjero, todo ello se convierte en una barrera infranqueable y la intolerancia nos domina. En cuanto conocemos a una persona, le echamos por delante nuestros juicios para ver cómo reacciona; si los comparte, lo aceptamos; si no, nos dedicamos a tratar de destruir sus juicios para imponer los nuestros, convencidísimos de que el otro pobre está muy mal al pensar diferente de nosotros. Es sectario quien sólo acepta gentes que piensan como él. Es inquisidor quien, en nombre de la verdad, mata a quien no coincide con sus ideas. Uno debería amar y respetar el pensamiento de todos aunque no estén de acuerdo con los nuestros, pues las ideas son cambiantes. De un día para otro nuestro mundo de creencias puede cambiar, y nos damos cuenta de la cantidad de tiempo que perdimos discutiendo y peleándonos a muerte con alguien que, curiosamente, pensaba como ahora pensamos nosotros. Lo único inmutable es el Amor, pues es sólo uno y es eterno. La vida sería tan fácil y llevadera si fuéramos capaces de vernos a los ojos con la misma entrega e inocencia con que Citlali y Rodrigo se veían.

Azucena se enceló muchísimo cuando regresó con la violeta africana en la mano. Casi se le salieron las lágrimas de los ojos al darse cuenta de que ella, que era el alma gemela de Rodrigo, no había sido capaz, hasta ese momento, de inspirar una mirada tan perfecta.

Teo, poseedor de una sensibilidad extrema, se dio cuenta de todo y, tratando de aliviar la situación, inició las presentaciones formales entre Rodrigo, Citlali y Azucena. Acto seguido le explicó a Azucena que, tal y como se lo había prometido, había hablado con Citlali y ésta había aceptado prestar su cuchara para que fuera analizada. No acababa Citlali de darle a Azucena la cuchara, cuando Cuquita entró en la sala dando de alaridos. La abuelita interrumpió un largo ronquido, Rodrigo y Citlali volvieron a la realidad y Teo y Azucena pusieron cara de ¿qué onda? Cuquita les pidió a todos que la acompañaran a la recámara, donde se llevaron la sorpresa de su vida. En la recámara se encontraban las imágenes virtualizadas de todos ellos con motivo de ser acusados de pertenecer a un grupo de guerrilla urbana que pretendía desestabilizar la paz del Universo. La única que no aparecía televirtuada, y, curiosamente, era la culpable de todo el lío, era Azucena, que al estar en posesión de un cuerpo sin registro aún no había sido localizada.

La voz de Abel Zabludowsky estaba dando un boletín especial:

"El día de hoy, la Procuraduría General del Planeta dio a conocer los nombres de las personas pertenecientes al grupo guerrillero que ha venido asolando a la población con sus actos de violencia —la cámara enfocó al marido de Cuquita—. De inmediato se han girado las órdenes de aprehensión en contra de Ricardo Rodríguez, alias la Iguana —ahora la cámara enfocó a Cuquita—. Cuquita Pérez de Rodríguez, alias la Jitomata —en seguida vino el *close up* a la abuelita de Cuquita—. Doña Asunción Pérez, alias la Poquianchi —finalmente la cámara enfocó al compadre Julito—. Y Julio Chávez, alias el Moco. El gobierno del Planeta no puede ni debe permanecer indiferente ante este tipo de violaciones a la constitución. A fin de proteger a la población y evitar nuevos actos de violencia de este grupo guerrillero que es una amenaza contra el orden público..."

Citlali no quiso escuchar más. Le arrebató a Azucena su cuchara de las manos, se disculpó diciendo que había dejado los frijoles en la lumbre e intentó salir de inmediato. Teo trató de convencerla de que se quedara argumentando a favor de los acusados. Él no pensaba que esa gente fuera culpable de nada. Azucena le agradeció en el alma su confianza. Cada día sentía más aprecio por ese hombre. Citlali insistió en retirarse y prometió que a nadie le iba a decir que los había conocido.

—¿Quiénes son los asesinos? —preguntaba insistentemente la abuelita.

—Nosotros, abue —le contestó Cuquita.

—¿Ustedes?

—Sí, y tú también.

—¿Yo? ¡Sáquense, qué! ¿Pos cómo y a qué horas?

Ya nadie le pudo responder nada porque un bazucazo destruyó la puerta del edificio. Obviamente, ya habían llegado por ellos.

*   *   *

Un grupo de guaruras irrumpió en el edificio. Al frente iba Agapito. Agapito, de una patada, tiró la puerta de la portería. No encontraron a nadie dentro del departamento. Agapito dio la orden de peinar el edificio. Sus hombres empezaron a subir por las escaleras. Los vecinos que encontraban a su paso se hacían a un lado asustadísimos. Agapito y sus hombres golpeaban a todo aquel que se cruzaba en su camino. De pronto, sus golpes dejaron de dar en el blanco. No les llevó mucho tiempo darse cuenta de que un temblor de tierra era el causante de su falta de tino. No cabe duda de que la naturaleza tiene el maravilloso poder de igualar a los seres humanos. El terremoto movía a voluntad a judiciales y civiles. Los inquilinos, tratando de huir primero de los judiciales y luego del temblor, empezaron a bajar por las escaleras histéricamente. Agapito disparó al aire. Todos gritaron y se tiraron al piso. Agapito ordenó a sus hombres que ignoraran el temblor y siguieran subiendo por las escaleras.

El compadre Julito, al sentir el temblor, salió de su departamento hecho la brisa. No quería morir aplastado. En las escaleras se topó con Agapito y sus hombres. Lo primero que pensó fue que esos hombres venían en su busca. ¿Por qué?

Podría ser por una y mil razones. Toda su vida había andado en actividades ilegales. Por un instante llegó a la conclusión de que era mejor entregarse. La hora de rendir cuentas le había llegado. ¡Ni modo! Dio un paso al frente y se arrepintió de inmediato. Pensándolo bien, sus delitos no eran para tanto. Además, la cantidad de armas que portaban esos guaruras era como para controlar a un ejército completo y no a un simple palenquero. Lo más probable era que estuviera reaccionando paranoicamente y esos hombres no le querían hacer daño ni nada por el estilo. Un bazucazo que pegó a centímetros de su cabeza le comprobó que estaba en lo cierto. No lo querían detener. ¡Lo querían matar!

Tenía que huir lo más rápido posible. Con desesperación empezó a subir por las escaleras. En el descanso del tercer piso se encontró con Azucena, Cuquita, su abuelita, Rodrigo, Citlali y Teo, quienes también trataban de huir. A la primera que pasó en su carrera fue a la abuelita de Cuquita, quien por su ceguera y su avanzada edad venía a la retaguardia. Después pasó a Cuquita, quien subía lentamente cargando su ouija cibernética. Luego a Citlali, quien era llevada a la fuerza por Teo, pues se resistía a escapar al lado de los supuestos criminales. En seguida pasó a Azucena, quien se detenía frecuentemente a esperar a los demás, y por último pasó a Rodrigo, quien llevaba la delantera pues no veía por nadie más que por él mismo.

Las escaleras se movían de un lado a otro. Las paredes parecían estar haciendo "olas" en un estadio de futbol. Al principio, parecía que el temblor estaba de parte de ellos, pues los guaruras no podían atinarles, pero de pronto el terremoto se les volteó en su contra. Empezaron a caerles ladrillos y vigas de acero en su camino. Cuquita pidió ayuda. Su abuelita no podía continuar y ella no podía auxiliarla, pues llevaba entre las manos la ouija, el elemento de prueba en contra de Isabel. Azucena se regresó a auxiliarla. La abuelita la tomó fuertemente del brazo. Se sentía terriblemente insegura caminando por esas escaleras, antes conocidas de memoria y ahora llenas de obstáculos. Era horrible dar un paso y descubrir que a la escalera le faltaban escalones o le sobraban piedras en el camino.

El brazo de Azucena le daba un firme soporte. La sabía guiar muy bien en la oscuridad. La abuelita se sujetó a ella y no la soltó ni cuando su voluntad de seguir viviendo se dio por vencida. Es más, Azucena ni siquiera notó que la abuelita acababa de morir, porque su mano seguía aferrada a su brazo como burócrata al presupuesto. Tampoco notó cuando penetraron en su cuerpo tres balas. Lo único que percibió fue que la oscuridad se intensificaba. Todos desaparecieron de su vista. Lo único real era el tubo de un calidoscopio oscuro por el que caminaba acompañada de la abuelita de Cuquita. Al final se alcanzaba a ver un poco de luz y algunas figuras. Azucena empezó a sospechar que algo extraño le estaba pasando cuando entre esas figuras reconoció la de Anacreonte. Anacreonte la recibió con los brazos abiertos. Azucena, deslumbrada por su Luz, olvidó las viejas rencillas que tenía con él y se fundió en un abrazo. Se sintió querida, aceptada, ligera. Instantáneamente dejaron de pesarle sus problemas, su soledad... y la abuelita de Cuquita. La abuelita por fin se había desprendido de ella y se estaba encaminando hacia la Luz. Y hasta ese momento Azucena comprendió que se había muerto y la entristeció saber que no había cumplido con su misión. Al fin había recordado cuál era. Cuando uno está alineado con el Amor Divino es muy fácil recobrar el conocimiento. Lo difícil es mantener esa lucidez en la Tierra, en el campo de batalla. Para empezar, en cuanto uno baja a la Tierra pierde la memoria cósmica. La tiene que recuperar poco a poco y en medio de la lucha diaria, de los problemas, de la mundana vulgaridad, de las necesidad humanas. Lo más común es que uno pierda el rumbo. Es parecido al caso de un general que planea muy bien la batalla en el papel, pero cuando está en medio del humo y de los espadazos olvida cuál era la estrategia original. Lo único que le preocupa es salir a salvo. Sólo los iniciados saben muy bien lo que tienen que hacer en la Tierra. Es una lástima que todos los demás sólo lo recuerden cuando ya no pueden hacer nada. De poco le servía a Azucena haber recordado cuál era su misión. Ya no tenía cuerpo disponible para ejecutarla. Alarmada, miró a Anacreonte y le suplicó que la ayudara. No podía morir. ¡No ahora! Tenía que seguir viviendo a como diera lugar. Anacreonte le explicó que ya no había remedio. Uno de los balazos le había destrozado parte del cerebro. La desesperación de Azucena era infinita. Anacreonte le dijo que la única solución posible era que pidieran autorización para que tomara el cuerpo que la abuelita de Cuquita acababa de desocupar. La inconveniencia era que ese cuerpo tenía mucha edad, no contaba con el sentido de la vista, estaba lleno de achaques y no le iba a servir de mucho. A Azucena no le importó. Realmente estaba arrepentida de haber sido una necia, de haber roto comunicación con Anacreonte, de no haberse dejado guiar y de no cooperar en la importante misión de paz que le habían asignado. Prometió portarse muy bien y corregir sus errores si le permitían bajar. Los dioses se compadecieron de su sincero arrepentimiento y giraron instrucciones a Anacreonte para que le diera a Azucena un repaso super rápido de la Ley del Amor antes de dejarla encarnar nuevamente. Anacreonte condujo a Azucena a una habitación de cristal y le introdujo en la frente un diamante cristalino y diáfano que producía chispazos multicolores al momento de recibir la Luz. Era una medida precautoria, pues Anacreonte sabía muy bien que "genio y figura hasta la sepultura". En esos momentos Azucena estaba muy arrepentida y dispuesta a todo, pero en cuanto bajara a la Tierra seguramente olvidaría nuevamente sus obligaciones y a la menor provocación permitiría que la nube negra del encabronamiento le cubriera el alma oscureciéndole el camino. En caso de que eso sucediera, el diamante se encargaría de capturar y diseminar la Luz Divina en lo más profundo del alma de Azucena. De esa forma no había la más remota posibilidad de que perdiera el rumbo. Acto seguido procedió a explicarle de la manera más sencilla y rápida la Ley del Amor, a manera de repaso y no de regaño.

—Querida Azucena —le dijo—. Toda acción que realicemos repercute en el Cosmos. Sería una arrogancia tremenda pensar que uno es el todo y que puede hacer lo que se le venga en gana. Uno es el todo, pero es un todo que vibra con el Sol, con la Luna, con el viento, con el agua, con el fuego, con la tierra, con todo lo que se ve y lo que no se ve. Y así como la que está afuera determina lo que somos, así también todo lo que pensamos y sentimos repercute en el exterior. Cuando una persona acumula en su interior odio, resentimiento, envidia, coraje, el aura que lo rodea se vuelve negra, densa, pesada. Al perder la posibilidad de captar la Luz Divina su energía personal baja y, lógicamente, la que lo rodea también. Para aumentar su nivel energético, y con él el nivel de vida, es necesario liberar esa energía negativa. ¿Cómo? Es muy sencillo. La energía en el Universo es una. Está en constante movimiento y transformación. El movimiento de toda energía produce un desplazamiento de otra. Por ejemplo, cuando sale una idea de la mente, a su paso abre un camino en el Éter, y tras de sí deja un espacio vacío que necesariamente va a ser ocupado, según la Ley de la Correspondencia, por una energía de idéntica calidad a la que salió, pues fue desplazada en el mismo nivel. Esto es: si uno lanza una idea de onda corta, va a recibir energía de onda corta porque en ese nivel de vibración se lanzó la idea original. Como en las estaciones de radio, la sintonía, se mantiene. Si uno sintoniza la Charrita del Cuadrante, va a escuchar la Charrita del Cuadrante. Si uno quiere escuchar otra estación tiene que cambiar de sintonía. Por lo tanto, si uno envía ondas de energía negativa, recibirá ondas negativas.

"Ahora bien, existe otra ley que dice que la energía que permanece estática pierde fuerza y la energía que fluye se incrementa. El mejor ejemplo lo dan el agua de un río y la de un lago. La de un lago está estática y por lo tanto tiene restringida su capacidad de crecimiento. La de un río circula y aumenta en la medida en que se nutre de los riachuelos que encuentra en su camino. Va creciendo y creciendo hasta que llega al mar. El agua de un lago nunca podrá convertirse en mar. La de río, sí. El mar nunca cabrá en un lago. Pero el lago en el mar, sí. El agua estancada se pudre, la que fluye se purifica. Lo mismo pasa con una idea que sale de nuestra mente. Al fluir, aumenta y ha de regresar a nosotros amplificada. Por eso se dice que si uno hace el bien, éste le va a regresar amplificado siete veces. La razón es que en el camino se va a nutrir la energía de la misma afinidad. Por eso hay que tener cuidado con los pensamientos negativos, pues corren con la misma suerte.

"Si la gente supiera cómo funciona esta ley, no estaría empeñada en acumular pertenencias materiales. Te voy a dar un ejemplo muy burdo. Si una señora tiene su clóset lleno de ropa y quiere cambiar su vestuario, tiene que tirar la ropa vieja, ponerla en circulación para que la nueva llegue. De otra manera es imposible, pues todos los ganchos están ocupados y no hay manera de aumentar el espacio dentro del clóset. Tiene un espacio limitado. Lo mismo pasa con el del Universo. No crece. La energía que se mueve dentro de él es la misma, pero está en constante movimiento. De uno depende qué tipo de energía va a entrar a circular dentro del cuerpo. Si uno mantiene el odio dentro del cuerpo, cual ropa vieja, no deja espacio para el amor. Si se quiere que el amor llegue a la vida hay que deshacerse del odio a como dé lugar. El problema es que, según la Ley de Afinidad, al desplazar odio se recibe odio. La única solución es transmutar la energía del odio en amor antes que salga del cuerpo. La encargada de estos menesteres era la Pirámide del Amor. Por eso es muy importante que la pongas nuevamente a funcionar. Sé que te estamos encargando una misión casi casi imposible, pero también sé que puedes perfectamente con ella. Yo, por si las dudas, voy a estar a tu lado en todo momento. No estás sola. Recuérdalo. Nos tienes a todos contigo. Te deseo mucha suerte.

Con estas palabras, Anacreonte dio por terminada la que suponía breve, y terminó siendo larga, revisión a la Ley del Amor. En seguida le dio a Azucena un amoroso abrazo y la acompañó en su regreso a la Tierra.

*   *   *

Azucena nunca supo bien a bien cómo fue que lograron escapar de Agapito y sus guaruras. Fue realmente dramático su regreso a la Tierra en el cuerpo de una ciega. No sólo porque fue en un momento crítico, sino porque era complicadísimo manejar un cuerpo desconocido. La primera vez que cambió de cuerpo no había tenido mucho problema, pues le entregaron un cuerpo nuevecito, en cambio el de ahora estaba viejo y lleno de mañas. Azucena iba a tener que domarlo poco a poco, hasta saber cuáles eran sus detonadores, sus estímulos, sus gustos y sus disgustos. Primero tenía que empezar por aprender a caminar sin contar con el sentido de la vista y utilizando unas piernas reumáticas. Lo cual no era nada fácil. El no ver la tenía perdida por completo. Nunca supo cómo se salvaron de los guaruras de Isabel. De lo único que se enteró fue de que unas manos masculinas la jalaron, la ayudaron a escalar entre los sonidos de los balazos y de la infinidad de obstáculos con que se tropezaba minuto a minuto. Hubo un momento en que cayó al piso y su cuerpo ya no le respondió. Le dolía hasta el alma. Una intensa punzada en las rodillas no le permitía levantarse. Las manos de hombre la levantaron en vilo y la transportaron hasta la nave del compadre Julito, que se encontraba estacionada en la azotea del edificio. Corrió con tan buena suerte que ni uno solo de los balazos dirigidos en su contra dio en el blanco. Cruzaron todo el trayecto como Juan por su casa. Y fue justo cuando acababan de entrar en el interior del aparato y cerrar la puerta que una lluvia de balazos chocó contra la nave. Fue una huida muy afortunada, pues nadie salió herido de gravedad. En el recuento de los daños no se pasó de unos pocos raspones y una que otra magulladura. A excepción del cuerpo de Azucena, que se había muerto, todos estaban sanos y salvos. La nave se elevó rápidamente entre los festejos de sus ocupantes.

Fue hasta que el susto había pasado que Azucena empezó a tomar conciencia de lo que había ocurrido. ¡Estaba viva! En el cuerpo de una ciega, pero viva al fin. Todos le habían dado la bienvenida y estaban muy contentos de que estuviera entre ellos. Azucena se lo agradeció en el alma. Inclusive Cuquita, que había sufrido la pérdida de su abuelita, se alegró por ella. Entendía perfectamente que la abuelita ya había cumplido su tiempo en la Tierra y le parecía de lo más correcto que su vecina ocupara el cuerpo que la querida vieja había desocupado. Azucena se sintió de lo mejor. Lo único que tenía que hacer era aprender a manejarse en la oscuridad y ya. Estaba tan agradecida con los Diosose de que la hubieran dejado volver a la Tierra que no le veía el lado negativo al estado en que se encontraba. Es más, encontraba que su ceguera podía traerle enormes beneficios. Las forma y los colores distraen demasiado la atención. Su nueva condición la obligaba a concentrarse en sí misma, a verse para adentro, a buscar imágenes del pasado. Además, "ojos que no ven, corazón que no siente". Ya no tenía por qué ser testigo de las miradas que Rodrigo y Citlali se lanzaban. Pero se le olvidaba un pequeño detalle. Los ciegos suplían la falta del sentido de la vista con el del oído. Azucena descubrió con horror que podía escuchar sin dificultad hasta el delicado aleteo de una mosca, ya no se diga la plática que sostenían Rodrigo y Citlali. Escuchaba con toda claridad cómo se desarrollaba el flirteo entre ambos. Las risas, el coqueteo, las insinuaciones.

El optimismo se le acabó. Los celos retornaron a su vida como por arte de magia. La paz le había durado sólo unos instantes. Nuevamente la inseguridad y el temor se apoderaron de su mente, y de inmediato se deprimió. Sintió que podía perder a Rodrigo para siempre. Lo que más la desesperaba era descubrir que él estaba mucho más ciego que ella. Por su plática se adivinaba que estaba loco por Citlali. ¿Cómo era posible? ¿Qué tenía Citlali para ofrecerle? Un bello cuerpo, sí, pero por mucho que le diera nunca se iba a poder comparar con lo que ella, ¡su alma gemela!, podía darle. ¿Cómo era posible que Rodrigo perdiera su tiempo en tonterías? ¿Cómo era posible que no se diera cuenta de que ella, Azucena, lo amaba más que nadie y lo podía hacer el hombre más feliz del mundo? Desde que lo conoció no había hecho otra cosa que ayudarlo, comprenderlo, darle su apoyo, tratar de hacerlo sentir bien, y él, en lugar de valorarla, se dejaba llevar por las nalgas de Citlali. De seguro que no le quitaba la vista a sus caderas. Lo había visto devorárselas con la mirada desde que la conoció. De cualquier otro hombre no le habría extrañado nada: así son todos, no saben distinguir a las mujeres ideales, se dejan llevar siempre por un par de nalgas. Pero nunca lo esperó de su alma gemela, por muy borrada la memoria que tuviera. Lo que más coraje le daba era que el sentido de la devaluación de su persona y las inseguridades que se le alborotaban no la dejaban concentrarse en resolver el problema en que estaban metidos. Se sentía muy apenada con todos. Por culpa de ella, ahora Cuquita, el compadre Julito, y hasta Citlali estaban embarcados en la bronca. Se preguntaba si algún día dejarían de empeorarse las cosas para ella. Bueno, para colmo, ¡hasta el Popocatépetl se había encabronado! No lo sabía de cierto, pero sospechaba que el terremoto había sido provocado por él. En anteriores ocasiones ya lo había hecho. Era una manera de mostrar su disgusto por los acontecimientos políticos. Era siempre un aviso de que las cosas no estaban bien. Lo único que a Azucena le tranquilizaba era pensar que la Iztaccíhuatl no se había contagiado del enojo, pues quien realmente regía el destino del país y de todos los mexicanos era ella. El Popocatépetl siempre ha actuado como príncipe consorte. Pero la principal era ella. Su enorme responsabilidad la mantenía muy ocupada y la distraía de los pequeños placeres del amor de pareja. Ella no podía darse el lujo de entregarse a los placeres de la carne pues tenía que ver por todos sus hijos y velar por ellos.

Una leyenda indígena dice que su marido, el Popocatépetl, la ve como la gran señora y la respeta muchísimo, pero como necesita desfogar su pasión, se buscó una amante. Se llama la Malintzin. La Malintzin es muy simpática y cachonda y lo hace pasar muy buenos momentos en su compañía. La Iztaccíhuatl por supuesto que sabe de estos amoríos, pero no les da importancia. Ella tiene asuntos más importantes que atender. El destino de la nación es cosa seria. Tampoco le interesa castigar a la Malintzin. Es más, le agradece que mantenga satisfecho a su esposo, ya que ella no puede. Bueno, no es que no pueda. ¡Por supuesto que puede y lo haría mejor que nadie! Pero no le interesa. Prefiere conservar su grandeza, su poderío, su señorío y dejar que la Malintzin se ocupe de asuntos menores, dignos de su condición. No la considera más que buena para retozar en la cama. La mantiene dentro de esa categoría y la ignora por completo.

184

Azucena pensaba que ya que Rodrigo tenía el síndrome del Popocatépetl y se andaba divirtiendo con su Malintzin, a ella le gustaría tener el síndrome de la Iztaccíhuatl. En ese momento, ella era responsable del destino de varias personas. Tenía que resolver grandes problemas y, en lugar de eso, estaba muy preocupada por no tener el amor de Rodrigo. ¡Con toda su alma le pidió ayuda a la señora Iztaccíhuatl! Cómo necesitaba tener un poco de su grandeza. Le encantaría no sentir esa pasión que la encogía por dentro, que la atormentaba. Le gustaría dejar de angustiarse por el tono de coqueteo que tenía la voz de Rodrigo y encontrar la paz interior que tanto necesitaba. ¡Le hacía tanta falta el abrazo de un hombre, sentir un poco de amor!

Teo se acercó a ella y la abrazó tiernamente. Parecía que le había adivinado el pensamiento, pero no había tal. Lo que pasaba era que estaba actuando bajo las órdenes de Anacreonte. Teo era uno de los Ángeles de la Guarda *undercover* con los que Anacreonte trabaja en la Tierra. Recurría a ellos en casos de extrema necesidad, y ése era uno de ellos. No podían dejar que Azucena se deprimiera nuevamente. Azucena se dejó abrazar. Al principio, el abrazo le transmitió protección, amparo. Azucena recargó la cabeza en el hombro de Teo. Él, con mucha ternura, procedió a acariciarle el pelo y a darle besos muy suaves en la frente y las mejillas. Azucena levantó el rostro para recibir los besos con mayor facilidad. Su alma empezó a sentir un enorme consuelo. Azucena tímidamente correspondió al abrazo con otro abrazo y a los besos con otros besos. Las caricias entre ambos fueron subiendo poco a poco de intensidad. Azucena chupaba como loca la energía masculina que Teo le estaba proporcionando y que ella tanto necesitaba. Teo la tomó de la mano y suavemente la condujo al baño de la nave. Ahí se encerraron y dieron rienda suelta al intercambio de energías. Teo, como Ángel de la Guarda *undercover* que era, tenía un elevado grado de evolución. Sus ojos estaban capacitados para ver y gozar la entrega de un alma como la de Azucena así fuera dentro de un cuerpo tan deteriorado como el de la abuelita de Cuquita. Azucena, poco a poco, tomó posesión del cuerpo de la anciana y lo puso a trabajar como hacía muchísimos años no trabajaba. Para empezar, las mandíbulas tuvieron que abrirse mucho más de lo acostumbrado para poder recibir la lengua de Teo dentro de su boca. Sus labios secos y arrugados tuvieron que extenderse, claro que auxiliados con la saliva de su generoso compañero astral. Los músculos de las piernas no tenían la fuerza ni la flexibilidad requerida para el acto amoroso, pero increíblemente la adquirieron en unos minutos. Al principio se acalambraron, pero ya entrados en calor funcionaron perfectamente, como los músculos de una jovencita. El centro de su cuerpo, humedecido por el deseo, pudo permitir la penetración de una manera confortable y altamente placentera. Ese cuerpo recordó con enorme gusto la agradable sensación de ser acariciada por dentro, una y otra vez. El gozo que estaba obteniendo abrió sus sentidos de tal manera que pudo percibir la Luz Divina. Tal y como Anacreonte lo había planteado, el diamante que le había instalado en la frente estaba trabajando correctamente y amplificaba la luz que Azucena obtenía en el momento del orgasmo. La yerma alma de Azucena quedó iluminada, mojada, germinada de amor. Fue hasta entonces que se calmó la sed del desierto... fue hasta que recibió amor que recuperó la paz, y fue hasta que escuchó los toquidos desesperados de Cuquita, que quería hacer uso del baño, que volvió a la realidad. Cuando la puerta se abrió y aparecieron Teo y Azucena, todas las miradas fueron hacia ellos. Azucena no podía disimular la felicidad. Se le notaba a leguas. Tenía las mejillas sonrosadas y cara de satisfacción. ¡Hasta bonita se veía, vaya! Pero claro que con todo y lo bien que le funcionó el cuerpo bajo los vapores del deseo, no impidió que al día siguiente le dolieran hasta las pestañas. De cualquier manera, el acto amoroso logró su cometido. Azucena, por un momento, se alineó con el Amor Divino. Eso bastó para que le dieran ganas de hacer un trabajo interior. Se puso a silbar una canción y cruzó la nave entre saltitos tomada de la mano de Teo. En cuanto llegó a su lugar, se sentó, exhaló un largo suspiro, se puso su discman y se dispuso a hacer una regresión en el más completo estado de felicidad. (Track 7 CD)

Ora che sei un angelo del cielo,

¡Ahora que eres un ángel del cielo,

ora tu puoi vederla

ahora puedes ver

la tua mamma!

a tu madre!

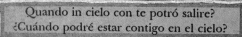

Quando in cielo con te potró salire?
¿Cuándo podré estar contigo en el cielo?

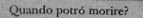

Quando potró morire?

¿Cuándo podré morir?

Quando potró morire?

¿Cuándo podré morir?

Dillo alla mamma, creatura bella,

Díselo a tu madre, creatura bella

con un leggero scintillar di stella...

con un ligero tintilar de estrellas...

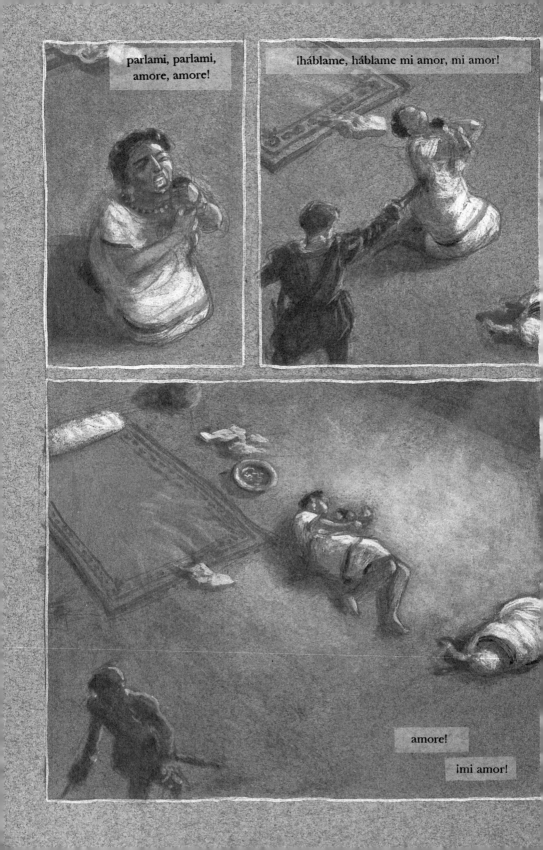

Azucena abrió los ojos antes de tiempo. Su respiración era agitada. Había salido de la regresión en un estado muy alterado. Supo de inmediato que esa mujer que gritaba desesperada por la muerte de su hijo no era otra que Citlali, y que ese niño que sólo vivió unos minutos no era otro que ella misma en su otra vida. La conmovió mucho saber que esa mujer a quien tantos celos le tenía fue en otra vida su madre. Ya no podía verla con los mismos ojos. Tampoco a Rodrigo. Le resultó muy impactante enterarse de que Rodrigo, su adorado Rodrigo, el hombre por el que estaba dispuesta a todo, había sido el conquistador que la había matado a sangre fría. Le tomó un instante ligar la imagen de Citlali con la de la india que Rodrigo había violado. ¡Se trataba de la misma mujer! Lo sabía porque había visto la foto de la violación mil veces. Conocía el rostro de esa india de memoria. La foto formaba parte de la regresión de Rodrigo, y Azucena la había guardado por morbosa. Infinidad de veces se había regodeado en el sufrimiento de ver a Rodrigo poseer a otra mujer y de ver la lujuria de sus ojos. Ahora podía abordar la imagen desde otra perspectiva. Debió de ser terrible para Citlali haber sufrido una violación a manos del asesino de su hijo. ¡Qué experiencia más tremenda! Azucena sintió mucha pena por ella.

Teo de inmediato lo comprendió todo. Abrazó a Azucena y la consoló dulcemente. Con palabras suaves empezó a tranquilizarla. La hizo que se relajara y entrase nuevamente en un estado Alfa. Le sugirió que preguntara cuál era su misión en esa vida. Azucena siguió sus instrucciones dócilmente. Al poco rato respondió que era hablar a los aztecas sobre la importancia de la Ley del Amor, porque la estaban rompiendo y corrían el peligro de que la Ley de la Correspondencia actuara en su contra. Teo le preguntó si logró dar ese mensaje. Azucena le respondió negativamente. Le explicó que la mataron antes de que pudiera darlo. También habló de que tuvo otra oportunidad en su vida de 1985, pero tampoco la dejaron hablar. Finalmente comprendió que ahora tenía otra oportunidad de decir lo que tenía que decir.

En ese momento, Azucena empezó a comprender el por-qué de todo lo que le había pasado. Encontró que existía una relación lógica entre todos los hechos. Cada uno es el resul-tado de otro anterior. Aparentemente no hay nada injusto. Lo único que aún no le había quedado claro era por qué ella. ¿Por qué no eligieron a otra para dar ese mensaje tan importante? A esa pregunta aún no le encontraba respuesta, pero al menos tomó conciencia de su misión y retomó el entusiasmo por cumplirla. Lo malo era que ahora tenía un nuevo impedimento. No podía regresar a la Tierra porque tanto ella como los demás ocupantes de la nave eran busca-dos por la policía. En eso llegó Cuquita a traerle una gran noticia. Acababa de escuchar en la radio que una peregrina-ción interplanetaria se dirigía a la Villa a ver a la Virgen de Guadalupe. Si lograban infiltrarse entre la multitud sería imposible que los detectaran al llegar a la Tierra. Azucena se alegró enormemente. De inmediato lo consultó con todos y decidieron abandonar la nave del Palenque Interplanetario en el planeta más cercano y viajar en la nave inmensa que transportaba a los peregrinos.

INTERMEDIO PARA BAILAR

San Miguel Arcángel, santito,
no te quedes tan duro, tan quietecito.
No te regocijes en tu pasado
que ahora es de veras cuando te necesito.

Ahora es cuando el demonio se pone el moño,
ahora es cuando los santos ya no son tantos.,
ahora es cuando los dioses son sólo adioses,
ahora es cuando el pecado y la voy pasando.

San Miguel Arcángel, santito, santito,
San Miguel Arcángel, santito.
No te quedes de hierro, de palo santo,
que me está arrebatando este desencanto.
Yo llore, llore y llore, mejor ya no canto.

Ahora es cuando Mefisto se pone listo.
Ahora es cuando las vacas se ponen flacas.
Ahora es cuando las penas a veinticinco.
Ahora es cuando la vida me pone al brinco.

San Miguel, santito, santito, santito.

Liliana Felipe

197

Verdaderamente, Azucena no tiene remedio. No importa cuánta ayuda se le dé. ¡Siempre termina cagándola!

Yo protesté guardar y hacer guardar la Ley del Amor, y estoy a punto de romperla. Ya no puedo impartir justicia. Estoy faltando a la ética y, lo que es peor, me siento completamente cínico sentado en una silla de Ángel de la Guarda cuando lo que tengo ganas de hacer es acabar con una bola de hijos de la chingada: empezando con Isabel y terminando con Nergal, el jefe de la policía secreta del Infierno.

Yo creí que, con la ayuda de Teo, Azucena iba a reaccionar y a cumplir con su misión. ¡Y pues no! Resulta que se ha enamorado de Teo como una adolescente y no hace otra cosa que pensar en él. ¡No, si no cabe duda, que todo el mundo hace muy bien su papel menos yo! Teo, nuestro Ángel de la Guarda undercover, es demasiado eficiente el cabrón. Es más, bien que le encanta andarse fajando a Azucena por todos los rincones. El pretexto es que lo hace para mantenerla alineada con el Amor Divino, pero lo que le anda alineando es otra cosa. ¡Y yo aquí de su pendejo!, mientras Nergal destituye a Mammon de su puesto de Demonio de Isabel, y Mammon, con todo el tiempo libre del mundo, se dedica a coquetear con Lilith, mi novia, y mientras Azucena, inflamada de amor romántico, planea con el compadre Julito una revolución armada para acabar con Isabel. ¡Dios nos agarre confesados!

La imposibilidad que tiene Azucena de verse al interior la hace centrar su atención en los problemas de los demás para tratar de encontrarles solución. ¡Claro! Es mucho más fácil ver la paja en el ojo ajeno. El terror de meterse de cabeza en sus entrañas, el miedo a removerlas, a llenarse de mierda, la ha empujado a buscar una solución colectiva a su problema olvidando que las soluciones colectivas no siempre funcionan, porque cada persona tiene su propia evolución espiritual. Ninguna organización social va a encontrar un camino que sea bueno para todos porque los problemas que Azucena, al igual que los demás seres humanos, tiene en su vida diaria son el resultado de desajustes que fue incapaz de solucionar en el pasado. Por eso cada caso es único y diferente del de los demás. Por supuesto que de cualquier manera afectan su participación en el mundo público, pero no es cambiando la colectividad como se arreglan las cosas, sino cambiando uno mismo. Al lograrlo, automáticamente se modifica la colectividad. Todo cambio interior repercute en el exterior, porque lo que es adentro es afuera.

¿Qué hay que cambiar hacia adentro? La respuesta está en el pasado. Cada uno tiene que investigar y descubrir cuáles son los problemas que no pudo solucionar en otras vidas para superarlos en ésta. De no hacerlo, mantendría lazos con el pasado que tarde o temprano se convertirán en pesadas cadenas que le impedirán realizar la misión que le corresponde. El conocimiento del pasado es el único camino para liberar esas amarras y cumplir con su misión, su única, intransferible e individual misión. ¿Quién demonios le dijo a Azucena que organizando una guerrilla es como va a solucionar todos sus problemas? Una guerra o una revolución, a pesar de que a veces son necesarias y logran la obtención de beneficios colectivos, pueden retardar la evolución individual. Es más, en este momento una actividad de ese tipo sólo la va a distraer de su misión.

Hay otras causas que impiden cumplir con la Voluntad Divina. La más dañina y frecuente es el Ego. A todo el mundo le gusta sentirse importante, valorado, reconocido, galardonado. Para conseguirlo, generalmente hacen uso de los dones que la naturaleza les dio. Los elogios que reciben a su manera de escribir, de cantar, de bailar o de dirigir un país, los hace olvidar la razón por la que les fueron dados tales dones. Si nacieron con ellos, no fue para su lucimiento personal, sino para que los pusieran al servicio de la Voluntad Divina.

El don de organizadora que Azucena tiene es la mejor arma con la que cuenta para realizar su misión, pero, paradójicamente, puede llegar a ser su peor enemigo. Está tan atrapada en los elogios que el compadre Julito le hace a su capacidad organizativa y a su inteligencia, ¡se siente tan importante la señorita!, que está utilizando su libre albedrío en la toma de decisiones que la van a conducir a obtener un triunfo. Triunfo que obviamente le acarreará más elogios, pero que, al mismo tiempo, la estarán alejando cada vez más de su misión.

¿Por qué? Porque si triunfa se convertirá en una dirigente política. El poder le va a dar la sensación de que es muy importante. Al sentirse importante, creerá que se merece todo tipo de honores y reconocimientos. Si no los obtiene de inmediato se va a sentir ofendida, lastimada, disminuida, y va a reaccionar con odio hacia la persona o personas que le negaron el reconocimiento. ¿Por qué? Porque hasta ahora nadie que detente el poder ha podido reaccionar de otra manera. Nada más por eso. ¿Después qué? Tratará de mantenerse en el poder a como dé lugar. Intrigando, asesinando y en pocas palabras, odiando. En seguida el rencor vendrá a cubrir su aura con una capa densa de polo negativo. Mientras más rencor acumule, menos capacitada estará para escuchar mis consejos, pues éstos viajan en vibraciones muy sutiles de energía que chocarán contra la cortina de elogios que la mantendrá atrapada en el engaño. ¿Y luego? Pues nunca más podremos cruzar palabra alguna. Esa capa provocará que rompamos relaciones de cualquier tipo y me botará de su lado. ¡A mí, que soy su Ángel de la Guarda, y últimamente con el que tiene que trabajar y de quien debería estar esperando reconocimiento y no del pendejo del compadre Julito! ¡Qué horror! ¡Pero qué digo! Estoy insultando a un inocente. Es que Azucena realmente me está haciendo perder la cabeza. Si no reacciona creo que voy a terminar realmente loco. Lo que más le recrimino es que por su culpa estoy perdiendo a Lilith. ¡No lo soporto! Sé muy bien que se trata de un vulgar problema de Ego y que lo más conveniente es hacerlo a un lado si no quiero que obstaculice el cumplimiento de mi misión al lado de Azucena, pero qué quieren, no puedo controlarlo. ¡Qué vergüenza! Sé que es muy lamentable el espectáculo que ofrezco. ¡Un Ángel de la Guarda muerto de celos! Sería una buena nota para un periódico amarillista. Lo más increíble es que hice un doctorado sobre la manera en que un Ego deformado puede arruinar una relación de pareja. Les aseguro que me sé de memoria la teoría.

Una persona con problemas de Ego querrá tener a su lado una pareja que sea un objeto preciado y valorado por todos los demás. El más bello, el más inteligente, etcétera. Un objeto que sólo él posea, porque si todo el mundo lo tuviera perdería su valor. Ya que lo obtiene, cuidará enormemente su propiedad para que nadie lo toque, para que nadie se lo quite, porque si lo pierde su Ego se verá disminuido. La pareja se convertirá en una propiedad que da estatus y provoca admiración. Nunca se preguntará si esa pareja era la que le correspondía tener en esa vida de acuerdo con el Plan Divino. Tal vez la pareja adecuada pasó frente a sus ojos y ni siquiera la vio porque no tenía suficiente talento y no había acumulado los músculos, la belleza o la inteligencia que esperaba. Su incapacidad de ver en el fondo del alma humana le impidió reconocerla, y en cambio, la voz del Ego le hizo unirse a una persona que no le correspondía.

La única manera de solucionar estos problemas es convirtiendo el Ego negativo en positivo a través del conocimiento. Cuando uno realmente se conoce en profundidad aprende a amarse y se valora entonces por lo que es y no por la persona que lo acompaña. Este amor por nosotros cambiará la polaridad negativa de nuestra aura por positiva y, gracias a la Ley de la Correspondencia, atraeremos a la persona indicada a nuestra vida. Nos dejaremos de sentir infelices si alguien nos rechaza porque comprenderemos que las atracciones y los rechazos tienen que ver con la Ley del Karma y no con nuestro valor como seres humanos. El Ego sufre si alguien nos rechaza, pero si uno lo supera por medio del conocimiento se dará cuenta de que ese rechazo fue ocasionado por nosotros mismos al romper la Ley del Amor, y que la única manera de restablecer el equilibrio es por medio del Amor.

¿Ven? Me lo sé de memoria. ¡Pero eso no quita que estoy que me lleva la chingada!

¡En la madre! Ahí viene mi Arcángel de la Guarda. ¡Lo único que me faltaba! Siempre se aparece cuando nuestra línea de comunicación está obstruida y cuando verdaderamente la estoy cagando. Pero ¿qué es lo que estoy haciendo mal? La que se está orinando fuera de la bacinica es Azucena, no yo. ¿O sí? A lo mejor como lo que es arriba es abajo ya me contagié de su necedad y estoy esperando que ella cambie para que todo se arregle, cuando el que tendría que cambiar soy yo. ¡Ay güey! ¿Y ahora?

Los rezos de los miles de personas que viajaban en el interior de la enorme nave espacial infundían esperanza al corazón de Azucena. Tanta fe concentrada en un espacio tan pequeño era altamente contagiosa. El calor de las veladoras y el olor del copal generaban una sensación de tibieza, de inocencia, de pureza. Azucena se sentía más joven que nunca. Sus mejillas habían adquirido un color rosado. Sus dolores habían desaparecido. Se había olvidado por completo de su ceguera, de sus manos artríticas, de su ciática. La relación con Teo la hacía sentirse completamente segura, amada y deseada. Sabía que a él no le importaba que tuviera la piel arrugada, la cabeza llena de canas y dentadura postiza. Igual la quería. Ni duda cabe que eso del enamoramiento le viene bien a cualquiera. La vida cambia por completo. Azucena, acurrucada en los brazos de Teo, se sentía la mujer más juvenil y bella del mundo. Se preguntaba si eso pasaba sólo en su caso o era común que les pasara a las personas de edad avanzada. ¿Qué significaba tener un cuerpo viejo? Nada. El interior es el mismo. Los deseos son los mismos. Al momento de pensar en sus deseos, Azucena de pronto recordó a Rodrigo. ¡Se había olvidado por completo de él! Lo cual era lógico. Entre beso y beso, no resultaba fácil acordarse de nada. Además, Teo se había encargado de convencerla de que Rodrigo la amaba más que a nadie en el mundo, su único problema era que no se acordaba. Azucena, como cualquier otra mujer, al aceptar que su amado sólo la quería a ella podía permitir la infidelidad. Entendía bien que si Rodrigo se sentía atraído por Citlali era debido a una pasión pasajera de otras vidas, pero que en cuanto recuperara el conocimiento volvería a ella para siempre. Mientras tanto ella se la estaba pasando de maravilla con Teo y no se sentía culpable. Teo tenía una idea muy interesante sobre la fidelidad que ella había terminado por compartir. Decía que una pareja es buena para alguien en la medida en que le mantiene el corazón inflamado de amor. Pero el día en que esa relación propicia odios, resentimientos y todo tipo de actitudes negativas, en lugar de servir, retrasa la evolución de un ser humano. Su alma se llena de oscuridad y ya no ve el camino que finalmente lo va a conducir a su alma gemela, a la recuperación del Paraíso.

A Azucena definitivamente le convenía que Citlali y Rodrigo se enamoraran, porque a través de la infidelidad Rodrigo iba a regresar a ella. Ultimadamente uno se pasa catorce mil vidas siendo infiel a su pareja original pero, paradójicamente, la infidelidad es la única manera de regresar a ella. Claro que no se trata de ser infiel nada más porque sí. El amor que hace evolucionar es aquel que es producto de una entrega total entre dos personas. El que surge dentro de un círculo cerrado que contiene en su interior lo masculino y lo femenino, el Ying y el Yang, los dos elementos indispensables para que surja la vida, el placer, el equilibrio. Cuando uno está con una pareja debe estar solamente con esa pareja, y mientras más enamorado y entregado estén uno del otro, más energía circulará entre ambos y más rápido evolucionarán. Pero si alguno de sus integrantes decide romper su círculo de energía para enlazarse con el de una nueva pareja, forzosamente dejará escapar gran parte de la energía que había logrado generar con su entrega amorosa, y en estos casos la infidelidad se convierte en perjudicial. Pero, ojo, esto no quiere decir que si uno ya tiene una pareja establecida deba serle fiel por toda la vida. No, deberá permanecer a su lado únicamente mientras la energía amorosa circule entre ambos. Cuando el amor se termine deberá buscar un nuevo compañero. En síntesis, la solución es la infidelidad, pero una infidelidad comprometida. El objetivo es mantenerse siempre lleno de energía amorosa tal y como Teo y Azucena se encontraban.

Teo, después de haber consolado a Azucena toda la noche, estaba muerto de cansancio y se había quedado dormido. Azucena, por el contrario, se encontraba llena de energía. Se levantó de un salto y se fue a buscar al compadre Julito. Juntos estaban desarrollando un plan para quitar a Isabel del poder. Azucena pensaba que nunca podría colocar la cúspide de la Pirámide del Amor en su lugar mientras Isabel estuviera de por medio. ¿Por qué? Simplemente porque Isabel era una verdadera hija de la chingada y sólo haciéndola a un lado podría actuar con libertad.

Encontró al compadre Julito en un rincón de la nave empinando una botella de tequila. Azucena se sentó a su lado. La ubicación del compadre era perfecta: era la más alejada de donde se encontraba toda la gente. Cuanto más lejos estuvieran de todos los demás, tanto mejor. Así podrían elaborar su plan sin que nadie los escuchara. Bueno, no sólo por eso. La verdad es que Azucena nunca se había sentido a gusto entre las multitudes. Prefería los espacios íntimos. Todo lo contrario de Cuquita, que se manejaba como pez en el agua entre la gente. Mientras más gente la rodeara más a gusto se sentía. Azucena estaba convencida de que era porque la gran masa de no evolucionados era igual en todos los planetas. No importaba qué tan diferentes fueran en su aspecto físico, se comportaban de manera idéntica en todos lados. Hablaban el mismo idioma, pues. Azucena se admiraba de la absoluta familiaridad con que Cuquita se relacionaba con todo el mundo. En el poco tiempo que llevaban viajando en la nave peregrina, ya todos sabían su vida entera. Era sorprendente la forma en que había superado la muerte de su abuelita. Azucena pensó que tal vez influía el hecho de que no había dejado de verla. No había tenido tiempo de sentir su ausencia porque realmente no había habido tal. De alguna manera, seguía viva. Con el alma de Azucena, pero viva al fin. Fuera por la causa que fuera, era bueno que después de todo lo que había pasado Cuquita aún conservara el sentido del humor. Iba y venía de grupo en grupo, interviniendo en todas las conversaciones. Uno de los grupos discutía sobre si alguien había disparado antes o después que el otro hubiera metido la cabeza. Cuquita pensó que estaban hablando de la muerte del señor Bush y corrió a enterarse del chisme, pero con desencanto descubrió que discutían de la final del campeonato interplanetario de futbol entre la Tierra y Júpiter, donde la Tierra había quedado como perdedora. Cuquita opinó que el culpable del fracaso era el entrenador por no haber metido a jugar a Hugo Sánchez. Que deberían haberle hecho caso a su esposa, que nunca había dejado de gritar desde la tribuna: "¡Que lo metan, que lo metan!" En ésas estaba cuando alguien le preguntó si sabía algo de los asesinos del señor Bush, y Cuquita se puso un poco nerviosa. Pero para no despertar sospechas respiró hondo y se dispuso a dar la respuesta. Como era su costumbre, echó su discurso con toda propiedad. En voz alta les dijo a todos que no se dejaran impresionar por las noticias, pues las personas a las que habían acusado no eran más que "chivos *expiratorios*" del sistema. Todo el mundo quedó muy tranquilo con la explicación y nadie pareció darse cuenta de que Cuquita había utilizado una palabra por otra, o si lo notaron no les había importado un comino. Azucena pensó: "No cabe duda. Dios los hace y ellos se juntan".

Viendo lo bien informada que estaba Cuquita, le preguntaron su opinión sobre el rumbo que estaban tomando los acontecimientos en México. Era preocupante que la violencia se hubiera desatado de esa manera. Cuquita coincidió con ellos y dijo que ojalá pronto se descubriera qué mente *maquilabélica* estaba planeando todos los horribles asesinatos.

—¿Asesinatos? Creíamos que sólo había sido el del señor Bush. ¿Qué, ha habido más?

Azucena se inquietó mucho. Tenía que silenciar a Cuquita o de otra manera iba a terminar soltando toda la información y metiéndolos en un problema del que nunca podrían salir. Así que le pidió al compadre Julito que la condujera hasta donde se encontraba Cuquita para jalarla de los pelos, pero al llegar descubrió que no era necesario, porque Cuquita, hábilmente, ya había cambiado de tema y estaba entreteniendo a sus oyentes con toda una teoría sobre por qué el Popocatépetl había "gomitado". Les dijo que, por si no sabían, el volcán captaba la energía y los pensamientos de los habitantes de la Tierra, y que últimamente se había estado nutriendo de puros sobresaltos y colerones, motivo por el cual se había indigestado y había echado una serie de "eruptos" de azufre acompañados del consabido temblor de tierra. Todos se maravillaron con la explicación y se angustiaron más que nunca de que las cosas en México empeoraran. A nadie le convenía que siguieran así. Si el Popocatépetl se activaba se podría desatar una reacción en cadena entre todos lo volcanes que estaban conectados internamente con él y provocar una catástrofe mundial que no sólo afectaría a los habitantes de la Tierra, sino a todos los del Sistema Solar.

*　　*　　*

Tal vez si Rodrigo no se hubiera ido con Citlali, Azucena estaría menos sensible al dolor que le causaban las piedrecitas que se le enterraban en las rodillas. Llevaba un buen rato hincada, avanzando de rodillas entre los miles de peregrinos que trataban de entrar en la Basílica de Guadalupe. Seguía aparentando ser una más del grupo. Habían decidido esperar hasta después de la misa para separarse de los creyentes. No querían despertar sospechas. Los únicos que habían tomado el riesgo de irse fueron Rodrigo y Citlali. Citlali porque tenía urgencia de regresar a su casa, y Rodrigo por seguirla. Por otro lado, Citlali no encontraba justificación alguna para permanecer al lado de un grupo tan riesgoso, ya que ni Rodrigo en el cuerpo del ex marido de Cuquita, ni ella eran buscados por la policía. Se fueron en cuanto la nave aterrizó. Azucena se había despedido de ellos brevemente, aparentando indiferencia, pero Teo sabía a la perfección que por dentro estaba deshecha. Solidario como siempre, no se había separado de su lado proporcionándole un gran soporte físico y espiritual. De no ser por él, quién sabe cómo se habría sobrepuesto Azucena a la pérdida. Podía soportar muy bien la infidelidad de Rodrigo mientras lo tuviera a la vista. Pero no toleraba el saberlo lejano.

Con gran ternura, Teo trataba de suplir la presencia de Rodrigo y de llevar a Azucena por el camino menos accidentado hacia el Pocito. La gente del pueblo llamaba así a un pozo en donde desde tiempos inmemoriales los aztecas acostumbraban purificarse antes de rendir tributo a la Diosa Tonantzin. A partir de la conquista y hasta los días presentes, el ritual se había seguido practicando, pero ahora en honor a la Virgen de Guadalupe. El objetivo de esta ceremonia era quitar del cuerpo las impurezas de pensamiento, palabra y obra antes de entrar en el templo. La manera de hacerlo era lavando cara, pies y manos. Teo condujo a Azucena como el mejor lazarillo del mundo evitándole todo tipo de obstáculos hasta que la depositó en la orilla del Pocito. Ella se inclinó para tomar agua entre sus manos y purificarse la cara. Cuando estaba a punto de echársela en el rostro, Cuquita se acercó a ella y le dijo al oído:

—No vaya a voltear, pero aquí junto está el guarura que trae su ex cuerpo.

A Azucena le brincó el corazón. ¡Eso quería decir que ya los habían descubierto!

En un santiamén Cuquita, Azucena y Teo se encontraban huyendo, seguidos muy de cerca por Ex Azucena.

Era muy difícil moverse entre tanta gente, sobre todo para la ciega de Azucena. Teo decidió tomarla entre sus brazos después de que ya había pisado como a seis personas que avanzaban de rodillas. Al poco tiempo de ir contra corriente habían perdido de vista a Ex Azucena, pero se toparon con dos policías que los observaron sospechosamente y los comenzaron a seguir. Teo, con Azucena, en brazos, apuró el paso y guió a Cuquita entre la multitud por infinidad de atajos. Teo se manejaba muy bien entre esos rumbos, pues había pasado toda su niñez en aquella colonia. Al llegar a una esquina jaló a Cuquita hacia el interior de una vecindad en ruinas. Depositó a Azucena sobre el piso y con delicadeza empezó a besarle la frente. Azucena recobró el conocimiento.

Teo le cubrió la boca para que no fuera a pronunciar palabra alguna que los pudiera delatar, pues en la puerta de la vecindad se habían detenido los policías. Cuquita, muy a su pesar, también tuvo que guardar silencio. Lo único que se escuchaba era el latido de sus corazones, el altavoz de una nave espacial anunciando el debate televirtuado entre el candidato europeo y la candidata americana a la Presidencia mundial... y los sollozos de Ex Azucena. Teo y Cuquita voltearon y lo descubrieron escondido en la penumbra de la ruinosa vecindad. Ex Azucena se había descompuesto y aterrorizado. En cuanto vio que lo habían descubierto les hizo señas de que guardaran silencio. Teo le informó a Azucena al oído lo que estaba sucediendo. Ella se sorprendió mucho de que, al igual que ellos, el guarura estuviera escondido.

En cuanto la policía se fue, Cuquita soltó la lengua contra Ex Azucena.

—'Ora sí muy chillón, ¿no? Pero ¿qué tal cuando andaba de matón...? ¿Pues qué nunca creyó que la policía lo iba a descubrir...? Pero espéreme tantito, si ya saben que usté es quien mató al señor Bush y luego cambió de cuerpo, la policía ya sabe que nosotras somos inocentes... ¡'Ora verá, lo voy a acusar!

Cuquita trató de salir de su escondite para llamar a la policía, pero Ex Azucena se lo impidió con un jalón.

—No, no lo haga, la policía sigue pensando que ustedes son las asesinas del señor Bush, y si las ven aquí las van a entambar, se lo aseguro... En serio que no les conviene denunciarme, no es de la policía de quien me ando escondiendo.

—¿De quién, entonces? —le preguntó Azucena.

—De Isabel González...

—¿Pos no que era su patrona? —preguntó Cuquita.

—Sí, "era", pero me corrió... ¡Ay, fue horrible de veras...! Y nomás porque estoy embarazado...

Azucena enfureció. ¡El guarura ex bailarina, gracias a que había estado usufructuando su cuerpo, estaba esperando un hijo! ¡La muy puta! La envidia le sacudió el alma. ¡Cómo le gustaría poder recuperar su cuerpo! ¡Y experimentar la maternidad que mientras estuviera en el cuerpo de la abuelita de Cuquita tenía negada! La furia se le fue a la cabeza, y sin que Teo la pudiera detener se le echó encima a manotazos.

—¡Cuzco desgraciado! ¡Cómo te atreviste a embarazar un cuerpo que no te correspondía!

Ex Azucena se protegió el vientre. Era lo único que podía hacer. Le daba pena contestarle los golpes a esa anciana enloquecida.

—¡Yo no lo embaracé, ya estaba embarazado!

Azucena suspendió la golpiza.

—¿Ya estaba embarazado?

—Sí.

A Azucena se le agolpó la sangre en la cabeza. Por un momento se quedó sorda además de ciega. Si ese cuerpo ya estaba embarazado antes de que el guarura lo ocupara, el niño que ese hombre estaba esperando era suyo, el hijo que había concebido con Rodrigo en su maravillosa noche de luna de miel, la única que habían tenido. Azucena se acercó a Ex Azucena y le tomó el vientre con la mano con fuerza, como tratando de arrebatarle a ese niño que no le pertenecía y sentir a través de la piel el menor signo de movimiento, de vida... de amor. Como tratando de decirle a ese hijo que ella era su madre, de escarbar en el pasado para traer al presente el recuerdo de Rodrigo el día en que la quiso, de pedirle mil perdones a ese hijo que ella abandonó sin saber. Porque si hubiera sabido que estaba embarazada nunca habría cambiado de cuerpo. ¡Nunca! ¡Lo que ella daría por poder guardar a su hijo dentro de su vientre, por sentirlo crecer, por amamantarlo, por verlo! Pero era demasiado tarde para todo. Ahora estaba dentro del cuerpo de una anciana ciega, de pechos secos y brazos artríticos, que no podía ofrecerle más que su amor. El abrazo de Teo cubriéndole los hombros la trajo a la realidad. Se hundió en su tórax y lloró desolada-ramente. Sus sollozos se confundieron con los de Ex Azu-cena.

—Ustedes no saben lo que significa para mí tener a este niño... No me denuncien, ¡no sean cabronas...! Ayúdenme, por favor, me quieren matar...

210

—Pero ¿por qué? —preguntó Azucena suspendiendo el llanto y muy preocupada por el futuro de su hijo.

—¿Por estar embarazado? —preguntó Cuquita.

—¡No, qué va! Por eso sólo me corrieron, me quieren matar porque la Chabela es una ingrata... ¡En serio! ¡Miren que hacerme esto a mí, que he sido su mano derecha por tantos años! Lo que no hice por ella. Le velaba el pensamiento. Trabajé miles de horas extras. No hubo tarea que me encargara que yo no le hiciera al instante... Bueno, lo único que nunca tuve corazón de hacer fue matar a su hijita...

—¿A la gorda?

—No, a otra que tuvo antes que ella... Una flaquita, bonita, bonita... ¡Cómo creen que iba a matarla con las ganas que yo tenía de tener un hijo! ¡Ya parece...!

—Y entonces ¿quién mató a la niña? —preguntó Azucena.

—Nadie, a mí me habría gustado quedármela, pero no podía. Trabajando tan cerca de doña Isabel tarde o temprano se habría dado cuenta, ¡y para qué quieren! Lo que hice fue llevarla a un orfanatorio...

La palabra "orfanatorio" entró en el cuerpo de Azucena acompañada de una lluvia helada que azotó contra su columna vertebral el recuerdo del frío lugar donde ella había pasado toda su niñez. El estremecimiento la conectó con esa pobre niña que al igual que ella había crecido sin familia.

—¡Qué horror! ¡Ésa tiene que haber sido una de las satisfacciones más desagradables de su vida, oiga! —comentó Cuquita haciendo gala de su inconfundible estilo lingüístico.

—Sí —dijo Ex Azucena sin entender bien a bien qué le había querido decir Cuquita.

—¿Y por qué la mandó matar? —preguntó Teo interviniendo por primera vez en esa conversación entre "mujeres".

—Que's que porque su carta astral de la criaturita decía que la podía quitar de una posición de poder que ella iba a obtener... Pero yo digo que por pura maldad... Yo no sé por qué Dios le dio hijos a ésa si ni los quería. ¡Deberían de ver cómo trata a su otra hija, y nomás porque es gordita la pobrecita...!

—Oiga, oiga, pero todavía no nos ha dicho por qué lo quieren matar —interrumpió Cuquita.

—Pues porque cuando me dijo que ya no me quería ver más por ahí, pues yo me sentí muy mal, ¿no?, ¡me estaba corriendo la muy perra! Y yo pues no me aguanté y que me puse a pensar en cómo me encantaría que la pinche vieja se convirtiera en rata leprosa y que le cayera encima una nave espacial y que la apachurrara todita, y en eso que entra uno de los analistas de mente que estaba fotografiando nuestros pensamientos y que le dice lo que estaba apareciendo en la pantalla, y ya sabrán cómo se puso...

—Y luego, ¿por qué no lo mataron? —preguntó Cuquita medio decepcionada de que lo hubieran dejado vivo.

—Pues porque mi compadre Agapito no se atrevió. Él le dijo que sí, que me había desintegrado, pero no era cierto. Me escondió en su cuarto hasta que llegamos a la Tierra porque... pues... porque yo le gustaba, y pues como que quería conmigo... Y luego pues me dejó aquí para que le pidiera ayuda a la Virgen de Guadalupe, porque él ya no iba a poder hacer nada por mí, pero ya ven, ni tiempo me dio de pedirle el milagro...

—Oiga, pero yo tengo una duda. ¿Cómo fue que la cámara fotomental le tomó sus verdaderos pensamientos? —le preguntó Azucena.

—Pues como los toma siempre...

—No puede ser. Mi cuerpo, digo, su cuerpo tiene integrada una microcomputadora que emite pensamientos positivos. Con esa computadora era imposible que le hubieran fotografiado sus verdaderos pensamientos...

—¿Ah, sí? Pues a la mejor falló la computadora esa que traigo en la cabeza... O enloqueció o vaya usted a saber, pero el caso es que Isabel se super encabronó...

Azucena recordó que el doctor le había dicho que su aparato aún estaba en etapa de experimentación y se entusiasmó mucho. Eso significaba que la computadora que Isabel traía instalada en la cabeza le podía dar graves problemas durante el debate que se iba a realizar dentro de unas pocas horas. Lo que se pretendía en dicho debate era hurgar en las vidas pasadas de los candidatos a la Presidencia para ver cuál de los dos tenía un pasado más limpio. Cada uno por separado se tenía que someter a una regresión inducida por medio de la música. Por supuesto que se elegían para la ocasión melodías que provocaran en el subconsciente una conexión directa con asuntos oscuros y macabros. ¡Ojalá que el aparato del doctor Díez le fallara a Isabel tal y como le había fallado a Ex Azucena! A los ojos de todo el mundo quedaría como una farsante.

¡Tenían que ir a ver el debate! No se lo podían perder, pero primero era necesario encontrar al compadre Julito, que se les había quedado olvidado entre la multitud. Finalmente lo encontraron vendiendo entradas para purificarse en el Pocito. Antes de salir de la vecindad Azucena se detuvo en la puerta para invitar a Ex Azucena a escapar junto con ellos. Ex Azucena se lo agradeció muchísimo.

—No me lo agradezcas. No lo hago por buena gente sino porque quiero estar cerca del hombre que va a dar a luz a mi hijo.

—¡Jesús mil veces! —exclamó Ex Azucena. No podía creer que dentro del cuerpo de esa ancianita estuviera el alma de Azucena.

—Sí, soy yo. Ya puedes quitar esa cara de pendejo. No me mataste, pero no se me olvida que lo intentaste, cabrón.

Justo cuando Ex Azucena iba a darle a Azucena una disculpa por haberla matado, escucharon unas carreras que los hicieron esconderse nuevamente en la penumbra. En silencio vieron cómo Rodrigo y Citlali se introducían en la vecindad. Citlali estaba aterrorizada. Por toda la ciudad habían posters pegados con su aurografía. Estaba acusada junto con Rodrigo, o más bien con el cuerpo que Rodrigo ocupaba, de ser coautores intelectuales del atentado en contra del señor Bush. En cuanto Citlali descubrió a Azucena, a Teo y a Cuquita corrió a su encuentro, los abrazó llena de emoción y les pidió ayuda.

—'Ora sí, ¿verdat? ¿Pero qué tal cuando nosotras necesitábamos que usté fuera *solitaria* con nosotros? —le reclamó Cuquita.

Azucena impidió que se iniciara una serie de reclamaciones mutuas. Les dio la bienvenida a Rodrigo y a Citlali con enorme gusto y bendijo a los difamadores que los habían obligado a regresar con ellos.

*   *   *

La casa de Teo parecía una sucursal de la Villa. Se había convertido en el refugio obligado de todo el mundo. Azucena, Rodrigo, Cuquita y el compadre Julito ni de chiste podían regresar a su edificio, la casa de Citlali había sido allanada, la de Ex Azucena, aparte de que estaba vigilada, había quedado muy dañada por el temblor; por lo tanto, a nadie le quedaba otra alternativa que aceptar el amable ofrecimiento de Teo. Vivía en un pequeño departamento de Tlatelolco. Tlatelolco había sido su "lugar" en varias reencarnaciones, así que vivía ahí mejor que en cualquier parte.

En ese momento se encontraban todos sentados frente al televisor presenciando el debate entre los dos candidatos a la Presidencia Mundial del Planeta. Teo, al igual que Cuquita, sólo tenía una televisión de tercera dimensión, pero nadie protestó. Lo único que les interesaba era ver el momento en que Isabel iba a quedar en ridículo. Azucena se sentía muy desesperada de no poder ver. Como Teo estaba preparando la cena para todos, Cuquita era la encargada de narrarle al oído lo que estaba pasando, lo cual era una verdadera desgracia para Azucena. Cuquita no podía mascar chicle y caminar al mismo tiempo. Nunca había podido ejecutar dos acciones simultáneas: o veía el televisor o narraba lo que pasaba. Se dejaba atrapar por los sucesos interesantes y congelaba la lengua para poder concentrarse en las imágenes. Azucena tenía que estarla interrogando segundo a segundo. Lo peor era que no tenía una mejor alternativa. Rodrigo y Citlali aprovechaban la menor oportunidad para estarse besuqueando y no tenían tiempo para nadie aparte de ellos. Ex Azucena era un desastre: narraba más de lo que veía y no había manera de pararle la boca en cuanto empezaba a hablar. El compadre Julito ya estaba medio tomado y decía puras sandeces, así que su única opción era Cuquita, y eso era desesperante. No sólo porque de repente se callaba, sino porque se dormía en las partes aburridas y Azucena entonces ya no sabía si lo que pasaba era demasiado interesante o demasiado ahuevante. En ese momento era realmente ahuevante. Las últimas diez vidas del candidato europeo habían sido de lo más aburridas que alguien se puede imaginar. Cuquita se había quedado tan dormida que ni siquiera roncaba. El silencio no le gustaba para nada a Azucena, la dejaba en la total oscuridad. Ella necesitaba una voz para poder permanecer amarrada al presente, de lo contrario su sentido del oído quedaba a expensas de las melodías que los candidatos a la Presidencia estaban escuchando y se ponía a divagar. Se perdía en la negrura a que estaba condenada y viajaba a sus vidas pasadas. Eso no tenía nada de malo, pero no era lo deseable. Ella quería ser la primera en saber si la computadora de Isabel la cagaba o no. Cuando le tocó el turno a Isabel, el silencio creció en la sala. Todo mundo tenía los dedos cruzados pidiendo que se le descompusiera el aparato. Las primeras tres vidas transcurrieron sin problema. El lío comenzó cuando llegaron a su vida como la Madre Teresa. Al principio todo iba muy bien. Las imágenes de su vida como "santa" empezaron a aparecer en la pantalla con gran nitidez. Se le vio cargando a un niño desnutrido en Etiopía, repartiendo comida entre leprosos, pero de pronto, ¡la microcomputadora por fin falló! (Track 9 CD)

E Scarpia chescioglie

¡Es Scarpia quien ha soltado

a volo il falco della tua gelosia

el halcón de tus celos!

Quanta promessa
nel tuo pronto sospetto!

¡Cuántas promesas habitan
en tus rápidas sospechas!

Nel tuo cuor s'annida Scarpia.

En tu corazón anida Scarpia

Va, Tosca!

¡Vete, Tosca!

CORO MASCULINO. Adjutorium nostrum in nomine Domini.

"Nuestra ayuda está en el nombre del señor."

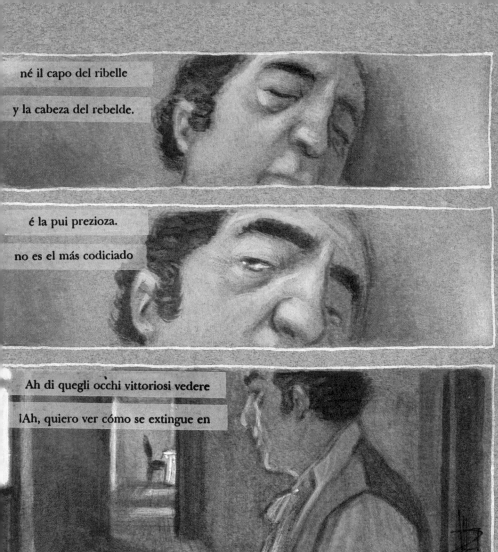

né il capo del ribelle

y la cabeza del rebelde.

é la pui prezioza.

no es el más codiciado

Ah di quegli occhi vittoriosi vedere

¡Ah, quiero ver cómo se extingue en

la fiamma illanguidir con spasimo d'amore!

esos ojos victoriosos la llama de amor!

CORO. Te deum laudamus:

"Te alabamos, Señor;

ta Domini confitemur.

te confesamos, Señor."

Tosca, mi fai dimenticare Iddio!

¡Tosca, haces que me olvide de Dios!

Te aeternum
Patrem omnis
terra veneratur!

"¡Padre Eterno,
serás venerado
por toda la tierra!"

Rodrigo gritó:

—¡Ésa es mi misma regresión! ¡Esa mujer era yo!

Azucena lo escuchó y se sobresaltó. Regresó bruscamente del lugar donde andaba. El silencio, no sólo de Cuquita, sino de todos los demás, la había dejado a merced de la música y había tenido una regresión. No había ido muy lejos. Sólo al momento de su nacimiento en la vida presente. Se encontró con que el parto había sido dificilísimo. Traía enredadas al cuello tres vueltas de cordón umbilical. ¡Tres vueltas! Había nacido prácticamente muerta. Los médicos la habían revivido, pero por poco logra suicidarse. El motivo que tenía para querer hacerlo era que sabía que su madre iba a ser nada más y nada menos que Isabel González. Ahora sí que, ¡puta madre! ¡Ella era la hija que Isabel había mandado matar de niña! Y lo que era peor, Ex Azucena, el guarura que tan gordo le caía porque la había asesinado y se había quedado con su cuerpo, era la persona que le había salvado la vida siendo ella una niña. Claro que si por un lado le debía la vida, por el otro le debía la muerte: estaban a mano.

Los gritos de Rodrigo la sacudieron de nuevo.

—¡Azucena! ¿Me oíste? ¡Esa vida de Isabel es la misma vida que yo había visto!

Azucena estaba tan aturdida por lo que acababa de descubrir que le tomó un rato entender lo que Rodrigo, auxiliado por la metiche de Cuquita, le estaba tratando de decir: que Isabel era una asesina de lo peor, que había sido empaladora, que había matado al cuñado de Rodrigo en otra vida, que ahora sí que todo se iba a aclarar, que había quedado como lazo de cochino frente a todos los habitantes del planeta, que se lo merecía por cerda, que de seguro la iban a matar por haber engañado a todos con la microcomputadora que traía en la cabeza, que pronto todos ellos iban a estar libres de sospecha, etcétera, etcétera, etcétera. El sueño de opio terminó cuando Teo silenció a todos y les pidió que pusieran atención a lo que estaba pasando. La imagen del televisor estaba en negro. La explicación que dieron a los espectadores fue que se les había caído el sistema de transmisión. Abel

Zabludowsky estaba leyendo un reporte especial enviado por la Procuraduría General del Planeta en el que se detallaba la información. Pero a fin de cuentas lo que se pretendía era convencer a la población de que las imágenes que acababan de apreciar no existían, que habían sido producto de un sabotaje a la estación de televirtual con el único objetivo de desacreditar a Isabel.

—¡No es posible! —aullaron todos—. Si lo vimos bien claro.

Azucena se desesperó. Tenían que demostrar que Isabel mentía. Era la única manera de derrotarla. El compadre Julito rápidamente abrió las apuestas para ver si lo iban a lograr o no. Los pesimistas se inclinaban por el fracaso, pero Azucena no. No podía resignarse. Estaba dispuesta a llegar hasta las últimas consecuencias con tal de triunfar, así fuera por medio de una lucha armada. Pero no era tan sencillo. En la Tierra nadie tenía armamento. El compadre Julito y ella habían diseñado un plan para organizar una guerrilla de a de veras, pero necesitaban dinero, contactos y una nave espacial para transportar las armas, y no tenían ni lo uno ni lo otro. Lo más fácil por el momento era presentar pruebas de que las imágenes que el mundo entero había visto eran ciertas. Tenían que reunirlas, pero ¿dónde? ¡Cómo le hacía falta la Ouija cibernética! La habían tenido que dejar dentro de la nave del compadre Julito, y la nave del compadre Julito estaba en un planeta alejadísimo de la Tierra. ¡Ya ni llorar era bueno! No habían tenido otra alternativa. Lo peor era que al huir habían salido tan deprisa que habían dejado dentro de su departamento las fotos de la regresión de Rodrigo, el compact disc, el discman para escucharlo y la violeta africana con todo y las fotos relativas al asesinato del doctor Díez. ¡Ni pensar en poder recuperarlas!

Azucena no sabía por dónde empezar. Buscó a Teo y lo abrazó. Le urgía que la inundara de paz. Estaba tan agotada de pensar que dejó la mente en blanco y, al hacerlo, el diamante que tenía en su frente proyectó al interior la Luz Divina. Azucena tuvo un momento de increíble lucidez. Recordó que durante la regresión que le había practicado a

Rodrigo en el interior de la nave espacial, él había mencionado que Citlali, la india a la que había violado en 1527, lo había violado a él en la vida de 1890. Citlali, por lo tanto, era el cuñado que había abusado de Rodrigo siendo éste el hermano de Isabel. Si pudieran hacerle una regresión se vería cómo la había asesinado Isabel. ¡Qué coraje que no tenía la música adecuada a la mano! Se trató de consolar pensando que aunque pudiera hacerle la regresión y obtener nuevas fotografías no le iban a servir de mucho, pues ninguno de ellos se podía presentar ante la policía mientras fueran buscados como presuntos criminales. Tenían que reunir nuevas pruebas en algún lugar. De pronto, Citlali se acordó que ella aún tenía en su poder la cuchara que a Azucena tanto le interesaba. Azucena se puso muy feliz, pero en cuanto recordó que ya no contaban con la Ouija cibernética se deprimió. Habría sido buenísimo obtener un análisis de la cuchara. Azucena recordaba perfectamente que en una de las fotos de la regresión de Rodrigo aparecía reflejado en la cuchara el rostro del violador y de la persona que se había acercado a asesinarlo por la espalda, o sea, el rostro de Isabel en su etapa de hombre. ¡Ésa sí que sería una buena prueba en contra de la candidata! ¡Qué coraje que no había manera de obtener la imagen! Cuquita dijo que por qué no intentaban hacerle una regresión a la cuchara. Todos se burlaron de ella, pero Azucena le encontró mucho sentido a su sugerencia. Todos los objetos vibran y son susceptibles a la música, con la enorme ventaja que no tienen los bloqueos emocionales que tienen los humanos. La única desventaja era que no contaban con música para hacerla vibrar ni cámara fotomental para registrar sus recuerdos. Cuquita se ofreció a cantar a capela un danzón buenísimo. Teo sacó del clóset una cámara fotomental medio cacheteada que tenía escondida, y todos juntos hicieron votos porque funcionara el experimento. Rodrigo sostuvo todo el tiempo la cuchara en la mano para activar los recuerdos de la vida que les interesaba. Y Cuquita, con gran desparpajo, cantó a voz en cuello el danzón "A su Merced".

 INTERMEDIO PARA BAILAR

Para todo el que disfruta
de la verdura y la fruta
va este danzón dedicado
a su Merced el mercado.
Platicaban las naranjas
que las limas son bien fresas,
que la vulgar mandarina
se siente tan tangerina;
y aconsejadas las tunas
por la pérfida manzana
se agarraron de botana
a las pobres aceitunas.
Todo pasa. Todo pasa.
Hasta la... hasta la...
Hasta la ciruela pasa.

Señoras no sean frutas
que todas somos sabrosas,
aquellos se sienten reyes
pero son puros mameyes.
"Huy, qué finas mis vecinas",
se burló el prieto zapote,
luego, criticó el membrillo,
que es como un gringo amarillo.
"No sea usted chabacano
—contestóle la granada—,
es usted zapote prieto
y nadie le dijo nada."
Todo pasa. Todo pasa.
Hasta la... hasta la...
Hasta la ciruela pasa.

Liliana Felipe

Cuquita se llevó un atronador aplauso que le cachondeó tremendamente el ego. Su voz, de un poder removedor más fuerte que el del amoniaco, le logró sacar a la cuchara hasta el último recuerdo de la escena de la violación. Todos estaban felices. Las imágenes eran muy claras. Sin embargo, el reflejo era muy pequeño. Teo tuvo que ir a su computadora para hacer una ampliación. De esa manera obtuvo una nítida reproducción de la cara de Isabel (hombre) en el momento en que asesinaba a su hermano, o sea, a Citlali (hombre). De ninguna manera se podía decir que ya habían resuelto su problema. Ésa era una prueba que servía para comprobarles a ellos que estaban en lo cierto en sus suposiciones, pero un buen abogado la desacreditaría en un segundo como prueba de la criminalidad de Isabel. La defensa podría alegar que la imagen de la cuchara había sido prefabricada. Era una lástima, porque la fotografía era muy buena.

Azucena se sentía desesperada de no poder analizar perso-

227

nalmente la foto. Su único recurso para recrearla en su mente era la narración que Rodrigo le proporcionaba. Conforme se la imaginaba Azucena sentía que estaba a punto de encontrar un dato perdido. De pronto gritó: lo había encontrado. Según lo que escuchaba, en el reflejo de la cuchara aparecía en primer plano el rostro de Citlali (hombre), en segundo plano el de Isabel (hombre) y en tercero la parte superior de un vitral. Su pulso se aceleró en segundos. La descripción del vitral correspondía exactamente con la del emplomado que ella había visto caérsele encima en su vida de 1985. Ante sus ojos se reprodujo el terremoto con la misma intensidad de antaño. En milésimas de segundo vio nuevamente a Rodrigo tomándola entre sus brazos, vio que se les caía el techo encima, sufrió nuevamente la confusión, el dolor, el silencio, el polvo, la sangre, la tierra, los zapatos caminando hacia donde ella estaba, las manos levantando una piedra que finalmente se estrellaría contra su cabeza... Y un segundo antes de la colisión vio el odio reflejado en el rostro de Isabel. Recordó que en ese preciso momento había girado su cabeza tratando de evitar ser alcanzada por la piedra, y su mente dejó de trabajar de golpe. Congeló sus remembranzas en una sola imagen. Sus ojos antes de morir habían alcanzado a ver enterrada bajo las ruinas de su casa la Pirámide del Amor. Estaba segura. Tenía grabada en la mente la escena de cuando Rodrigo había violado a Citlali. Sus masturbaciones mentales la habían hecho regresar a ella infinidad de veces, y recordaba que Rodrigo había mencionado que la violación de Citlali había sido sobre la Pirámide del Amor. Esa pirámide era la misma que ella había visto bajo su casa antes de morir. Ahora lo único que tenía que hacer era investigar dónde estaba ubicada esa casa para dar con el paradero de la pirámide. Ya que no podía avanzar en la recuperación de su alma gemela, al menos podría cumplir con su misión en la vida.

Le pidió ayuda a Teo y él entró en acción rápidamente. Con la ayuda de un péndulo y un mapa, en pocos minutos localizó el lugar exacto donde se encontraba dicha casa. Ex Azucena ahogó un grito en la garganta. ¡El lugar que el péndulo indicaba era precisamente la dirección de Isabel! Eso lo complicaba todo. Ex Azucena confirmó que en el patio de la casa efectivamente había una pirámide luchando por salir. Azucena aseguró que ahora sí se los iba a llevar la chingada, pues la casa de Isabel era una fortaleza inexpugnable a la que ninguno de ellos tenía acceso. Ex Azucena la tranquilizó. Sí había una manera de penetrar la fortaleza, y era a través de Carmela, su hermana la gorda. Carmela quería a Ex Azucena muchísimo. Él fue la única persona que le proporcionó cariño en su niñez, que estuvo a su lado en sus enfermedades, que hizo las tareas de la escuela con ella, que le llevó flores en sus cumpleaños, que la sacó a pasear todos los domingos, que le dijo que era bonita y que siempre le dio el beso de las buenas noches. Estaba segurísimo, pues, que si le pedía ayuda no se la iba negar, pues era como su hija adoptiva.

—Es más, no le va a importar que utilicemos su ayuda para acabar con su madre, pues la verdad, nunca la ha querido, y el odio entre ellas desde siempre ha sido mutuo —dijo.

Teo comentó que gracias al resentimiento que dejaba ese tipo de relaciones se habían gestado todas las revoluciones. En un momento dado todos los marginados, los olvidados y lastimados se unían contra el poderoso. Lo malo era que cuando triunfaban y había cambio de gobierno, los lastimados lo único que querían era vengarse y terminaban actuando igual que las personas que los antecedieron, hasta que otro grupo de descontentos los quitaba del poder. Así son las cosas desgraciadamente. La gente sólo cuando está siendo oprimida ve con claridad la injusticia, pero cuando consigue llegar al poder, lo ejerce sin piedad contra todo el mundo con tal de que no lo quiten del trono. Es muy difícil pasar la prueba del poder. La mayoría se enchamuca de a madres, olvida todo lo que había aprendido cuando formaba parte del pueblo y comete todo tipo de atrocidades. La solución para la humanidad va a llegar el día en que los que tomen el poder lo hagan de acuerdo con la Ley del Amor. Azucena tenía muy claro que eso sólo iba a ocurrir el día en que la Pirámide del Amor pudiera funcionar adecuadamente. Todos coincidieron con ella y empezaron a elaborar un plan para ponerse en contacto con la gorda de Carmela.

Fue una verdadera lástima que en ese momento, cuando estaban a punto de solucionar su problema, cuando ya tenían todos los datos en la mano, la policía llegara a aprehenderlos.

El juicio de Isabel era una rompedera impresionante de la Ley del Amor. Anacreonte asesoraba a Azucena. Mammon a Isabel. Nergal, el jefe de la policía secreta del Infierno, a la defensa. San Miguel Arcángel a la fiscalía. Los Demonios y Querubines se encargaban por igual de los jurados. Mammon rezaba. Anacreonte maldecía. Y todos trataban de romperse la madre a como diera lugar. La batalla era sangrienta. Sólo el más fuerte iba a sobrevivirla. Pero era imposible dar un pronóstico. Desde el inicio de la lucha había quedado demostrado que los dos bandos tenían las mismas posibilidades de obtener la victoria.

Isabel se había preparado muy bien. Como sabía que tenía que dar una pelea limpia, o sea, sin microcomputadora de por medio, se había entrenado con un Gurú Negro. Tomó en cuenta que el jurado estaría integrado en su mayoría por médiums y que le era indispensable controlar a voluntad las imágenes que su mente emitía para poder convencerlos de su inocencia. Después de meses de intenso entrenamiento Isabel era capaz de esconder sus verdaderos pensamientos y de proyectar con enorme fuerza las imágenes que le convenía que los demás observaran. Con gran éxito había impedido que los médiums penetraran en su mente. Los tenía descontroladísimos. No confiaban en ella pero no encontraban datos falsos en sus declaraciones. Isabel, pues, daba golpes bajos a la vista de todos sin que nadie se diera cuenta.

Primer round

¡Derechazo!

El primero en pasar a rendir su declaración por parte de la defensa había sido Ricardo Rodríguez, el marido de Cuquita. El muy pendejo se había dejado sobornar para declararse culpable del asesinato del señor Bush. Isabel le había prometido que en cuanto ganara el juicio y subiera al poder lo iba a sacar de la cárcel. Ricardo Rodríguez lo daba por hecho y estaba convencido de que iba a vivir a cuerpo de rey por el resto de sus días. Lo que no sabía era que Isabel no tenía palabra de honor y que no estaba dispuesta a ayudarlo para nada. Ricardo se había echado la soga al cuello solitito. De pasada se había llevado entre las patas a Cuquita, Azucena, Rodrigo, Citlali, Teo y el compadre Julito al acusarlos de ser sus cómplices.

Segundo round

¡Gancho al hígado!

El fiscal había contestado el golpe recibido con la declaración de Ex Azucena. Ex Azucena había explicado ampliamente cuál había sido su participación en los crímenes del señor Bush, de Azucena y del doctor Díez. Habló de la manera en que los había asesinado y acusó a Isabel de ser la autora intelectual de esas muertes. Su denuncia había logrado conmover al jurado no sólo por la sinceridad de sus palabras sino por la panza de nueve meses de embarazo que se cargaba y que lo hacía verse realmente angelical.

Tercer round

¡Golpe bajo!

La defensa, para contrarrestar el positivo efecto de la comparecencia de Ex Azucena, había llamado a declarar a Agapito. Agapito dijo que, efectivamente, Ex Azucena había participado junto con él en todos los asesinatos, pero que lo había hecho por órdenes suyas y no de Isabel. Se declaró autor intelectual de los crímenes y liberó a Isabel de toda responsabilidad. Dijo que él solo había planeado los asesinatos. No pudo justificar su motivación para haber cometido tales actos, lo único que enfatizó una y otra vez fue que había actuado por su cuenta. Isabel obtuvo un gran triunfo con esta declaración.

Cuarto round

¡Izquierdazo!

A continuación, el fiscal llamó a Cuquita a rendir su declaración, pero el abogado defensor se negó terminantemente a aceptarla como testigo. Su pasado como crítico de cine la convertía en un testigo de muy dudosa reputación. No por el hecho de haber sido crítico, sino porque había ejercido su profesión únicamente impulsada por la envidia. De su puño habían salido infinidad de notas venenosas. Se había metido de mala fe con la vida personal de todo el mundo. Si alguna vez había favorecido a alguien lo había hecho como resultado del cuatachismo y nunca como resultado de un análisis crítico y objetivo. Además, en su currículum no aparecía la manera en que había pagado esos karmas. Cuquita alegó y alegó que los había pagado viviendo al lado de su esposo, que era un reverendo cabrón, pero el abogado defensor contrarrestó esta aseveración con declaraciones que favorecían ampliamente a Ricardo Rodríguez, en las cuales se afirmaba que él era un santo y la que siempre le había hecho la vida de cuadritos era Cuquita. Cuquita enfureció, pero no pudo hacer nada. Lo que más coraje le dio fue que había perdido la oportunidad de actuar frente a las cámaras de la televirtual. Toda su vida se había estado preparando por si acaso algún día tenía que ser testigo de un crimen. En sus visitas al mercado trataba de memorizar las facciones de tal o cual marchanta, como si más tarde fuera a hacer un retrato hablado de ella. O trataba de recordar todos los detalles de su visita. Cuántas gentes estaban en el puesto de las verduras. Cuántas naranjas había comprado su vecina. Con qué tipo de moneda había pagado. Si se había peleado con la marchanta por el precio o no. Si la marchanta la había amenazado con un cuchillo o no. No sólo eso. Su mente amarillista la hizo pensar en la remota posibilidad de que le tocara ser la víctima en lugar del testigo, y para esos casos también se preparó. Nunca salía de su casa con un hoyo en los calzones o los calcetines. Le llenaba de horror llegar a la Cruz Roja y que los médicos al desvestirla se dieran cuenta de su fodonguez. ¡Toda una vida de preparación para nada!

Quinto round

¡Super gancho al hígado!

El fiscal, ante el fracaso anterior, llamó a declarar a Citlali. Su testimonio podía hacer mucho daño. Citlali, durante su condena en el Penal de Readaptación había tenido tiempo más que suficiente para trabajar en sus vidas pasadas. Ahora sabía perfectamente cuáles eran los motivos que la habían mantenido unida à Isabel. Inició su declaración narrando su vida de 1527. En esa vida, Citlali había asesinado al hijo de Isabel. Isabel se había muerto odiándola. En su siguiente vida juntas, Isabel y ella habían sido hermanos. Citlali había violado a la esposa de su hermano y en respuesta Isabel la había asesinado. Entonces, la Ley del Amor había intentado equilibrar la relación entre ambas haciéndolas reencarnar como madre e hija para ver si los lazos de sangre podían salvar el odio que Citlali sentía por Isabel. De nada había servido. Isabel nunca quiso a su hija. De niña, más o menos la toleró, pero en cuanto llegó a la adolescencia la sintió como una clara enemiga. Isabel era una mujer divorciada. Con los años había conocido a Rodrigo y se había enamorado de él. Se habían casado cuando Citlali era una niña. Cuando Citlali empezó a convertirse en una señorita, Rodrigo empezó a mirarla con otros ojos, ante el terror de Isabel. Por fin, un día sucedió lo que Isabel tanto temía. Rodrigo y Citlali huyeron de la casa y se hicieron amantes. Isabel los localizó viviendo en una casona en ruinas del centro de la ciudad. Citlali estaba embarazada y disfrutando plenamente su amor. Isabel estaba furiosa. Los celos la volvían loca. El día del terremoto de 1985 había corrido a la casa de los amantes, no para ver si su hija vivía sino porque quería saber si Rodrigo había sobrevivido al temblor. Los dos habían muerto, pero bajo los escombros Isabel encontró viva a Azucena, que en esa vida era su nieta. Isabel, enceguecida por el odio, dejó caer una piedra en la cabeza de la niña, que murió en el acto.

Sexto round

¡Super golpe bajo!

Este testimonio sí que había dañado a Isabel, pero como siempre que parecía que ya la habían derrotado, el abogado defensor daba un giro total a las cosas y cambiaba todo a su favor. En primera, le pidió a Citlali que mostrara las pruebas que tenía para comprobar su testimonio. Citlali no las tenía. Muchos años atrás, Isabel la había localizado y, aprovechando un momento en que estuvo internada en un hospital, programó su mente de forma que nunca pudiera recordar las vidas en que había sido testigo de los crímenes que Isabel había cometido. Quién sabe de qué métodos se habían valido en el Penal de Readaptación para permitirle acceso a esas vidas, pero una cosa era que ella pudiera entrar y otra que pudiera sacar la información. Su mente estaba incapacitada para proyectar las imágenes que veía. La única que conocía la palabra clave para anular esa programación era Isabel, y de pendeja la iba a soltar. Así que la declaración de Citlali les hizo "lo que el viento a Juárez".

Por otro lado, el abogado defensor insistió en que en 1985 Isabel no era Isabel sino la Madre Teresa. Les recordó a los jurados que Isabel era una ex "santa" que había alcanzado un grado muy alto de evolución y que no mentía. Les pidió que la miraran a los ojos y que comprobaran por sí mismos que era inocente de los crímenes que se le imputaban.

Isabel sostuvo la profunda mirada de los médiums con gran seguridad. El Jurado no encontró en sus ojos el menor signo de falsedad. Isabel sonrió. Todo le estaba saliendo tal y como lo había planeado. Estaba segura de que nadie iba a poder demostrar nada en su contra. Inmediatamente después del debate se había sacado la microcomputadora que llevaba instalada en la cabeza y no existía ninguna prueba de que alguna vez la hubiera traído. Había mandado dinamitar su casa para anular la posibilidad de que analizaran sus muros. Habrían sido unos testigos determinantes. Afortunadamente, ya no había ningún rastro de ellos. Lo único que se había escapado un poco de su control fue la explosión. Había dejado al descubierto la pirámide que estaba en el patio de su casa. Pero no había pasado a mayores. Antes que llegara la policía a investigar un supuesto atentado, Isabel había tenido tiempo de rescatar de entre los escombros la cúspide de la Pirámide del Amor. Esa piedra era lo único que le preocupaba. La había tirado al fondo del Pocito de la Villa. Estaba más que segura de que ahí nadie la iba a poder ver. Mientras la Pirámide del Amor no estuviera funcionando, la gente concentraría su amor en sí misma y no podría ver en el reflejo del agua más allá de su propia imagen. Ése era el mejor lugar para esconderla. Ahí nunca la encontrarían, y por lo tanto nunca podrían demostrar su culpabilidad. Podía estar tranquila. Esa piedra de cuarzo rosa con que había asesinado a Azucena en la vida de 1985 no sabía flotar.

A continuación Carmela pasó a rendir su declaración como testigo de la defensa. Carmela estaba realmente irreconocible. Los ocho meses que habían pasado desde el inicio del juicio en contra de su madre la habían transformado por completo.

La principal razón era que Carmela había entrado en contacto con su hermana, y eso le había dado una perspectiva diferente del mundo. El encuentro entre ambas había resultado de lo más provechoso. Se habían llegado a querer tanto que Carmela, del puro gusto de sentirse aceptada y valorada, había adelgazado doscientos cuarenta kilos. La primera entrevista entre ellas se había realizado en la sala de visitas del Penal de Readaptación José López Guido. Azucena había sido condenada a pasar siete meses en prisión. Finalmente resultaron ser los siete meses más agradables de toda su vida, ya que lo primero que les hacían a las personas que ingresaban en prisión era practicarles un examen para determinar cuánto rechazo y desamor tenían acumulado en su interior. Con base en eso se elaboraba un plan para suplir esa falta de amor, pues eran conscientes de que la falta de amor era la base de la delincuencia, de la crítica, de la agresión, del resentimiento. La condena no se sufría, se gozaba. Era un verdadero placer. A mayor desamor, mayores apapachos. A base de amor y cuidados era como se reintegraba a los delincuentes en la sociedad. Ahora que si durante el examen se descubría que un delincuente no sufría de falta de amor sino que había actuado bajo la influencia de un chamuco, se le enviaba al penal El Negro Durazo, especializado en exorcismos, hasta que lo liberaban de sus malas compañías.

Ése había sido el caso del compadre Julito. Lo habían enviado al Penal El Negro Durazo argumentando que estaba poseído por el demonio y que en su casa habían encontrado un enorme arsenal de explosivos. Nada. Eran unos cuantos cohetes y algunos fuegos artificiales de los que utilizaba en sus espectáculos del Palenque Interplanetario, pero no hubo manera de convencer a la autoridad de su inocencia. A Azucena, Rodrigo, Cuquita, Ex Azucena, Citlali y Teo los habían remitido al penal José López Guido, pero finalmente todos se la habían pasado de maravilla. Las dos instituciones contaban con astroanalistas de primera. Rodrigo inclusive había empezado a recuperar la memoria. La cercanía de Citlali le resultaba muy benéfica. Los habían instalado en una recámara matrimonial. Ahí, entre orgasmo y orgasmo, se le había ido iluminando su pasado. Claro que de ninguna manera había podido recuperar la memoria de las vidas en que había sido testigo de los asesinatos de Isabel. A los astroanalistas les faltaba la palabra clave. Sin ella no tenían acceso al subconsciente. Rodrigo sabía muy bien que la que sabía era Isabel. Pero ¿cómo sacársela? Vencer a Isabel, se veía a todas luces como una empresa imposible. Tenía la sartén por el mango.

Séptimo round

¡Chingadazo!

Isabel sabía que tenía la batalla ganada y estaba muy tranquila esperando la declaración de Carmela. "¡Gracias a Dios que adelgazó!", pensó. Ya no se avergonzaba de ella. Carmela se veía guapísima delgada. Despertaba miradas de admiración. Isabel se sentía muy orgullosa de ella y hasta la estaba empezando a querer.

—¿Cuál es su nombre?

—Carmela González.

—¿Cuál es su parentesco con la acusada?

—Soy su hija.

—¿Cuántos años ha vivido al lado de su madre?

—Dieciocho.

—Durante ese tiempo, ¿alguna vez usted la ha visto mentir?

—Sí.

Un cuchicheo recorrió la sala. Isabel tensó la boca. El abogado defensor se descontroló por completo. Aquello no estaba en sus planes.

—¿En qué ocasión?

—En muchas.

—¿Podría ser más específica y darnos un ejemplo?

—Sí, como no. Me dijo que yo era hija única.

—¿Y eso no es cierto?

—No. Tengo una hermana.

El abogado defensor buscó con la vista a Isabel. Él desconocía por completo esa información y no le gustaba nada. Podía resultar muy peligrosa. Isabel estaba con la boca abierta. No se podía imaginar de dónde había obtenido Carmela aquel dato.

—¿Cómo lo sabe?

—Me lo informó Rosalío Chávez.

—¿El guarura que su mamá despidió recientemente?

—Sí, el mismo.

—¿Y usted confía en la información que le proporcionó una persona que obviamente estaba resentida porque la acababan de despedir?

238

—¡Objeción! —pidió el fiscal.

—Aprobada —dijo el juez.

Carmela ya no tenía por qué contestar la pregunta. El abogado defensor se enjugó el rostro. No sabía cómo salir del embrollo en que se encontraba.

—¿Y usted considera al señor Rosalío Chávez como una persona de fiar?

—No sólo eso, lo considero como mi verdadera madre.

Una ola de comentarios se escuchó en toda la sala. Ex Azucena lloró emocionado. Nunca había esperado ese reconocimiento público a su actuación como madre sustituta. A Isabel se le descomponía la cara minuto a minuto. "¡Pinche gorda, me las vas a pagar!", pensó. Isabel le hizo una seña a su abogado y éste corrió a conferenciar con ella. Isabel le dijo algo al oído y el abogado regresó al interrogatorio con una muy buena pregunta en los labios.

—¿Es cierto que usted sufrió toda su vida de obesidad?

—Sí, es cierto.

—¿Y no es cierto que ese problema le causó muchos roces y enfrentamientos con su madre?

—Sí, es cierto.

—¿Y no es cierto que envidiaba terriblemente a su madre porque ella podía comer de todo sin engordar?

—Así es.

—¿Y no es cierto que por eso decidió vengarse de ella viniendo aquí a declarar en su contra sin tener ninguna manera de demostrar lo que dice?

—¡Objeción! —clamó el fiscal.

—Aprobada —dijo el juez.

Carmela sabía que no tenía por qué contestar la pregunta, pero quería hacerlo.

—Señor juez, me gustaría responder. ¿Puedo hacerlo?

—Adelante.

—Lo que me empujó a venir a declarar es un deseo de que se haga justicia. Yo no tengo nada que envidiarle a mi madre pues como todos ustedes verán, estoy más delgada que ella —Carmela sacó de su bolsa un pedazo de emplomado y se lo dio al juez—. Permítame entregarle este trozo de vitral para demostrar lo que digo. Si lo analizan verán que no estoy mintiendo.

Carmela había sido muy lista. En primera por haber quitado el trozo de vitral del emplomado a petición de Ex Azucena antes de que Isabel dinamitara la casa, y en segunda por haberlo presentado como prueba de que Isabel le había mentido con respecto a la existencia de su hermana. Pues para poder obtener las imágenes de los hechos que el vitral había presenciado tenían que analizar toda la historia del vitral. Desde que lo habían fabricado hasta el presente. En el camino, por supuesto que fueron saliendo a la luz uno a uno los crímenes de Isabel. El primero fue el ocurrido en 1890. Desde la altura, el vitral atestiguó la entrada de Isabel (hombre) a la habitación donde Citlali (hombre) violaba a Rodrigo (mujer) y vio perfectamente cuando Isabel le hundía el cuchillo por la espalda. Las imágenes correspondían perfectamente con las que todo el mundo había visto el día del debate. La única diferencia era que estaban narradas desde otro punto de vista. Más adelante aparecieron las imágenes del crimen de Azucena, acontecido en 1985. Las tomas estaban en movimiento, pues el vitral, lo mismo que toda la casa, se balanceaba de un lado a otro a causa del temblor. Desde la altura vio el momento en que Rodrigo entró en la recámara y cargó a su hija en brazos. Antes de alcanzar la puerta, a Rodrigo se le vino encima una viga y lo mató. Después sólo se veía polvo y oscuridad. De pronto, Isabel entró en la habitación y descubrió entre los escombros a Rodrigo y Citlali muertos. El llanto delató la presencia de la niña. Isabel se acercó a ella y vio que aún estaba con vida. Entonces tomó entre sus manos una piedra de cristal de cuarzo rosa y la estrelló salvajemente contra su cabecita. Con odio. Sin piedad. La imagen mostraba con toda nitidez el impasible rostro de Isabel sólo unos años más joven que en la vida presente en el momento de la colisión. ¡Definitivamente, Isabel era la misma persona que había matado a esa niña!

Por último, aparecieron las imágenes de Isabel en 2180, con una bebé en brazos. En la habitación la esperaba Ex

Azucena todavía en el cuerpo de Rosalío Chávez. Isabel le dio la niña y le ordenó que la desintegrase por cien años. Rosalío tomó a la niña en brazos y salió de la habitación.

Octavo round

¡K.O.!

Isabel estaba acabada. La defensa se había quedado sin argumentos. El fiscal pidió al juez permiso para interrogar a Azucena Martínez. Explicó que Azucena era esa niña que Isabel había mandado matar, pero que afortunadamente nunca fue asesinada. Estaba viva y dispuesta a rendir su declaración. El juez se lo concedió. Azucena con paso firme cruzó la sala. En el camino se encontró con Carmela y se dieron un cariñoso abrazo.

Isabel sintió que las fuerzas le faltaban. ¡Su hija vivía! No le había podido ganar al destino. Su mandíbula temblaba como castañuela. Sentía que la desgracia estaba tocando a su puerta y el miedo la tenía consternada. Ya no entendía nada. No quería ver lo que estaba pasando. Pero la curiosidad la hizo voltear para ver por primera vez a Azucena. Le resultó increíble aceptar que esa anciana que acababa de entrar fuera su hija. ¿Qué era lo que sucedía?

Azucena tomó el banquillo de los testigos y se dispuso a rendir su declaración. El fiscal inició el interrogatorio.

—¿Cuál es su nombre?

—Azucena Martínez.

—¿A qué se dedica?

—Soy astroanalista.

—Eso quiere decir que usted está en constante contacto con las vidas pasadas de otras personas, ¿verdad?

—Sí.

—¿Alguna vez le dieron ganas de haber vivido alguna de las experiencias de sus pacientes?

—¡Objeción! —pidió el abogado defensor.

—Denegada —respondió el juez.

—Sí.

—¿Podría decirnos cuándo?

—Sí. Cuando veía a pacientes que habían vivido felices al lado de su madre.

—¿Por qué?

—Porque mi madre me abandonó cuando era niña. Nunca la conocí.

—Y si la hubiera conocido ¿le habría reclamado su abandono?

—Antes de haber estado en el Penal de Readaptación, sí.

—¿En qué cambió su estancia en el penal su manera de pensar?

—En que ya perdoné a mi madre no sólo el haberme abandonado sino el haberme mandado matar dos veces.

Azucena buscó con la vista a Isabel. Sus ojos ciegos estaban muertos, y sin embargo brillaron como nunca. Isabel se estremeció al recibir su carga. Azucena decía la verdad. No le tenía odio. Nunca nadie la había mirado de esa manera. Todos a su alrededor la miraban con miedo, con respeto, con recelo, pero nunca con amor. Isabel no pudo más y soltó el llanto. Sus días de villana habían terminado.

*   *   *

—Me comprometo a guardar y hacer guardar la Ley del Amor de aquí en adelante —Isabel, muy a su pesar, tuvo que pronunciar estas palabras con las que se dio por terminado su juicio. La habían nombrado cónsul en Korma como parte de su condena. Su única misión de ahora en adelante sería la de enseñar a los nativos a conocer la Ley del Amor.

Sus palabras repercutieron como en nadie en las personas de Rodrigo y Citlali. La palabra clave para abrirles la memoria era precisamente la palabra "amor" pronunciada por Isabel. Al escucharla, Rodrigo se sintió como Noé el día que acabó el diluvio. La opresión que sentía en la mente, desapareció. Esa necesidad constante de poner algo en su lugar, se esfumó. Dejó escapar un profundo suspiro que llegó acompañado de una gran paz. Sus ojos se encontraron con los de Azucena y se hizo la luz. De inmediato la reconoció como su alma gemela. Revivieron por completo su primer encuentro, con la diferencia de que en esta ocasión tuvieron público. Cuando dejaron de escuchar la música de las Esferas, Rodrigo, inflamado de amor, le pidió a Azucena que se casara con él ese mismo día. Todos los amigos los acompañaron a la Villa. Primero que nada, pasaron al Pocito para cumplir con el ritual, y en el momento en que se inclinó para tomar agua Rodrigo descubrió bajo la superficie la cúspide de la Pirámide del Amor.

*   *   *

El sonido de un caracol lejano se empezó a escuchar en cuanto pusieron la piedra de cuarzo rosa en su lugar. El aire se llenó de olores. De una mezcla de tortilla y pan recién cocinados. La ciudad de Tenochtitlan se reprodujo en holograma. Sobre ella, el México de la colonia. Y en un fenómeno único, se mezclaron las dos ciudades. La voces de los poetas nahuas cantaron al unísono de los frailes españoles. Los ojos de todos los presentes pudieron penetrar en los ojos de los demás sin ningún problema. No existía ninguna barrera. El otro era uno mismo. Por un momento, los corazones pudieron albergar al Amor Divino por igual. Se sintieron parte de un todo. El amor les entró de golpe. Inundó cada espacio dentro del cuerpo. A veces la piel era insuficiente para contenerlo. El amor trataba de salir y formaba infinidad de levantamientos en la piel por donde afloraba la verdad. Como lo expresó Cuquita, era un espectáculo sin *paredón*. (Track 11 CD)

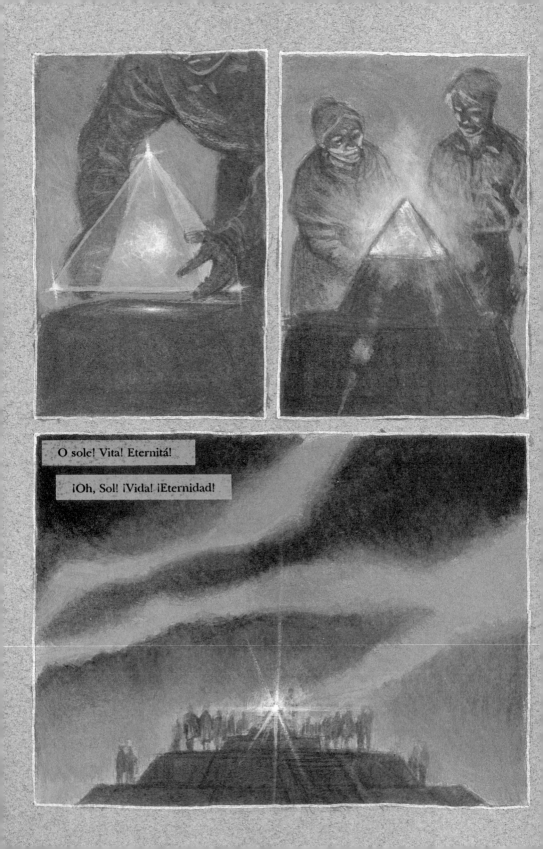

O sole! Vita! Eternitá!

¡Oh, Sol! ¡Vida! ¡Eternidad!

Luce del Mondo é amore!

¡Luz del mundo es el amor!

l'infinita nostra felicità!

nuestra infinita felicidad!

Ride e canta nel Sole

¡Ríe y canta en el Sol

El amor como un huracán borró todo vestigio de rencor, de odio. Nadie pudo acordarse de cuál era la razón por la que se había distanciado de un ser querido. Al reencarnado de Hugo Sánchez se le olvidó que el doctor Mejía Barón no lo había dejado jugar en el campeonato mundial de futbol de 1994. A Cuquita se le olvidaron las madrizas que su esposo le puso toda la vida. A Carmela se le olvidó que Isabel la llamaba "cerda". Al compadre Julito se le olvidó que sólo le gustaban las mujeres nalgonas. A los gatos se les olvidó que odiaban a los ratones. A los palestinos se les olvidó su rencor hacia los judíos. Se acabaron de golpe los racistas, los torturadores. Los cuerpos olvidaron las heridas de cuchillo, los balazos, los rasguños, las patadas, las torturas, los golpes y dejaron sus poros abiertos para recibir la caricia, el beso. Las lagrimales se aprestaron a derramar lágrimas de gozo. Las gargantas, a sollozar de placer. Los músculos de la boca, a dibujar una grandísima sonrisa. Los músculos del corazón, a expandirse y expandirse y expandirse hasta parir puro amor. Lo mismo que el vientre de Ex Azucena. Su momento de dar a luz le había llegado. En medio de la algarabía del amor, nació una bella niña. Nació sin dolor de ningún tipo. En absoluta armonía. Salió a un mundo que la recibía con los brazos abiertos. No tuvo por qué llorar. Ni Ex Azucena por qué permanecer en la Tierra. Con ese nacimiento había terminado su misión. Se despidió de su hija amorosamente y se murió con un guiño en el ojo. Rodrigo le dio la niña a Azucena y ésta la abrazó. No podía verla con la vista pero sabía perfectamente cómo era. Azucena deseó con toda el alma tener un cuerpo joven para poder cuidarla. Los Dioses se compadecieron de ella y le permitieron que ocupara su ex cuerpo nuevamente como premio al esfuerzo que había realizado para cumplir con su misión. En cuanto Azucena recuperó su cuerpo, terminó la misión de Anacreonte. Entonces, con toda libertad, se pudo ir a gozar de su luna de miel. Durante el juicio se había hecho novio de Pavana y se acababan de casar. Lilith, por su lado, se había casado con Mammon. A los pocos meses los primeros tuvieron un Querubín y los segundos un Chamuquito.

En la Tierra todo era felicidad. Citlali había encontrado a su alma gemela. Cuquita, lo mismo. Teo fue ascendido. Carmela descubrió que estaba perdidamente enamorada del compadre Julito y contrajeron matrimonio de inmediato. Finalmente el Orden se impuso y todas las dudas quedaron resueltas. Azucena supo que se le había asignado la misión de poner a funcionar la Ley del Amor como parte de una condena. Ella había sido la más grande asesina de todos los tiempos. Había volado tres planetas con bombas atómicas, pero la Ley del Amor, siempre generosa, le había dado la oportunidad de restablecer el equilibrio. Para beneficio de todos, lo había logrado.

> *Percibo lo secreto, lo oculto:*
> *¡Oh vosotros señores!*
> *Así somos,*
> *somos mortales,*
> *de cuatro en cuatro nosotros los hombres,*
> *todos habremos de irnos,*
> *todos habremos de morir en la Tierra...*
> *Como una pintura nos iremos borrando.*
> *Como una flor,*
> *nos iremos secando*
> *aquí sobre la tierra.*
> *Como vestidura de plumaje de ave zacuán,*
> *de la preciosa ave de cuello de hule,*
> *nos iremos acabando...*
> *Meditadlo señores,*
> *águilas y tigres,*
> *aunque fuerais de jade,*
> *aunque fuerais de oro*
> *también allá iréis,*
> *al lugar de los descarnados.*
> *Tendremos que desaparecer,*
> *nadie habrá de quedar.*

"Romances de los señores de Nueva España", fol. 36 r.
Nezahualcóyotl

Esta obra se terminó de imprimir
en octubre de 1995 en los talleres de
Compañia Editorial Ultra, S. A.
Centeno 162, México, D.F.

La edición consta de 120,000 ejemplares.